牛 虻

The Gadfly

———— [爱尔兰] 伏尼契◎著　　白江丽◎译 ————

煤炭工业出版社

·北　京·

图书在版编目（CIP）数据

牛虻/（爱尔兰）伏尼契著；白江丽译．－－北京：
煤炭工业出版社，2016（2022.3 重印）
ISBN 978－7－5020－5067－2

Ⅰ.①牛⋯　Ⅱ.①伏⋯　②白⋯　Ⅲ.①长篇小说—爱
尔兰—近代　Ⅳ.①I562.44

中国版本图书馆 CIP 数据核字(2015)第 298177 号

牛虻

著　　者	（爱尔兰）伏尼契
译　　者	白江丽
责任编辑	刘少辉
责任校对	郭浩亮
封面设计	新吉乐夫
封面插画	严文胜

出版发行　煤炭工业出版社（北京市朝阳区芍药居 35 号　100029）
电　　话　010－84657898（总编室）
　　　　　010－64018321（发行部）　010－84657880（读者服务部）
电子信箱　cciph612@126.com
网　　址　www.cciph.com.cn
印　　刷　唐山楠萍印务有限公司
经　　销　全国新华书店

开　　本　710mm×1000mm$^1/_{16}$　印张　17　字数　250 千字
版　　次　2016 年 1 月第 1 版　2022 年 3 月第 4 次印刷
社内编号　7918　　　　　　定价　58.00 元

目 录

第一卷

第二卷

第三卷

第一卷

第一章

在比萨神学院一座古老的图书馆里，亚瑟正坐在那里，一堆布道手稿摆在他的面前。

6月，那是一个燥热而又幽静的晚上，窗户全都打开了，而百叶窗却是半掩着，只是为了能透些凉意进来。神学院院长蒙泰尼里神甫放下笔来，慈祥地望着那埋在手稿里的一头黑发。

"Carino①，还没有找到吗？哦，没关系，我把那一节重写一遍。也许是被撕掉了，让你白白忙活了这么长时间。"

低沉而浑厚的声音从蒙泰尼里口中传来，动听的声音给他的话语增添了一份独特的魅力。或许只有一位天生的演说家才能具有这种抑扬顿挫的音质。当他跟亚瑟说话时，语调中总是带有爱意。

"不是的，Padre②，我一定能找到它的。我确定您是放在这里了。就算再写一遍，也不可能和以前的一模一样的。"

蒙泰尼里并没有停止工作。一只金龟子睡眼惺忪地停在窗外，在那里正无精打采地鸣叫着。"草莓！草莓！"从街道那边传来水果小贩的叫卖声，悠远而又凄凉。

"哦，就在这儿呢，《麻风病人的治疗》。"亚瑟从房间那头走过来，那轻盈的步伐却总会让他的家人感到恼怒。他又瘦又小，长得不像是英

---

① 意大利语：亲爱的。
② 意大利语：神甫，天主教徒对教士的称呼。

国 30 年代的一位中产阶级青年，更像是 16 世纪肖像画中的一位意大利人。从修长的眉毛、敏感的嘴唇到秀气的手脚，他身上的每一个部位都显得太精致了，太弱不禁风了。要是静静地坐在那里，别人一定会误以为他是一个穿着男装的女孩，长得如此的楚楚动人。但是在他行动的时候，他那轻盈而又敏捷的身姿却让人想到一只被驯服的豹子，没有了利爪。

"你真的找到了吗？要是我的身边没有了你，那该如何是好啊，亚瑟？我肯定总是丢三落四的。算了，现在我不写了吧。我们到花园去，我来帮你温习功课。有哪个地方你是不懂的？"

慢慢地，他们走向修道院的花园，这里绿树成荫，显得很幽静。神学院的这些古老的建筑曾是多明我会的一座修道院。两百多年前，这个方方正正的院落曾被收拾得整整齐齐。笔直的黄杨树间生长着一丛丛的迷迭香和薰衣草，它们都被剪得短短的。现在，那些曾经种植过它们的白袍修士们全都入土为安，没有人还会记起他们了。但是在静谧的仲夏夜晚里，幽香的药草仍会开花吐艳，尽管再也没有人去采集花蕊制作草药了。丛生的野荷兰芹和耧斗菜充塞在石板路的裂缝里，院中央的水井已经被羊齿叶和纵横交错的景天草所占据了。玫瑰花蓬蓬的，纷披的根伸出条蔓越过了小径；黄杨树篱中硕大的红霉粟花颤动着；高高的毛地黄在杂草的顶端低下了头；无人照看的老葡萄藤也不再结果了，藤条从一棵已被人遗忘的枸杞树枝上垂挂下来，摇晃着茂密的枝头，慢悠悠的，却不停下来，带着一种哀伤。

在院落的一角里，挺立着一株在夏季才会开花的木兰树，高大的树干似是一座由茂密的树叶堆积的巨塔，四下探出乳白色的花朵。

树干边上依着一只做工粗糙的木凳，上面坐着蒙泰尼里。亚瑟在大学里主修的是哲学，因为他在读书时遇到了一道难题，所以就来请教他的"Padre"。虽然他不是神学院的学生，但是蒙泰尼里对他来说却是一本百科全书。

"是时候了，我要走了。"等那一个章节讲解完后，亚瑟说道，"要是没有别的事情，我就走了。""现在我不打算继续工作了，要是你现在有空，我倒是希望你能留一会儿。"

"好吧！"他依在树干上，抬头透过茂茂密密的树叶，遥望着寂静的天空。第一轮星星早就开始在那里闪烁。一双深蓝色的眼睛在黑色的睫毛下藏着，似梦幻般的神秘。这双眼睛遗传了他那位来自康沃尔郡的母亲。蒙泰尼里转过头去，避免看见那双眼睛。

"你看上去很疲倦，Carino。"蒙泰尼里说道。

"我也没有办法。"亚瑟声带疲倦，Padre 立马就感觉到了。

"你当时选择这么早上大学就是不明智的，在那里照料病人整夜都睡不了觉，你的身体都被拖垮了。在你离开里窝那之前，你现在必须听我的，要好好休息一段时间。"

"哦，Padre，不，那一点儿用也没有。自从母亲去世后，那个讨厌的家我就再也待不下去了。朱丽亚会把我逼疯的！"

朱丽亚是他的嫂子，是他同父异母哥哥的妻子，对他而言，她却是一根带毒的尖刺。

"我当时应该反对你和你的家人继续在一起住着，"蒙泰尼里低声地说道，"我肯定没有比那还要糟糕的事情了。但是现在我希望你能接受那位在英国当医生的朋友地邀请，要是你在他家待上一个月，等再去上学时，你的身体会好得多。"

"可是，Padre，我不能那样做，不是吗？华伦一家人都非常友好，但是他们打心眼儿里就不懂。而且他们还认为我可怜，从他们的脸上，我就能看出来，谈起母亲，他们会试图安慰我。当然，琼玛不会那样，她总是知道该怎么说话，甚至在我们很小的时候她就知道。但是其他的人会说的。还有——"

"继续说吧，我的孩子？"

从一根压低了的毛地黄枝条上，亚瑟摘下了几朵花来，无聊地用手揉碎它们。

"那个小镇我再也忍受不了了。"在片刻后，他说道。

"当我还小的时候，她经常去那里的几家店铺给我买玩具；她在病重前，我经常扶她在沿河的道路散步。不管我走到哪里，总是让我回忆过去。每一位卖花的姑娘都会向我走来，手里捧着鲜花——好像我现在很需要它们似的！还有教堂——我必须离开那里，看见那个地方就让我非常伤心——"

他停了下来，坐着把毛地黄撕成了碎片。这寂静如此的悠长而又深沉，以至于他抬起头来，好奇神甫为什么不说话。木兰树下，天色渐渐地暗了下来，一切都若隐若现。但是还有一缕余光，可以看见蒙泰尼里脸色苍白，挺吓人的。他低着头，右手死死地抓住木凳的边角。亚瑟将头转了过去，心中莫名产生一种敬畏之情，惊愕不已。仿佛他是在无意之间踏上了圣地。

"我的天啊！"他想，"和他相比，我是多么的渺小，多么的自私啊！就算他遭遇到和我一样的痛苦，他也不可能觉得如此悲伤。"

接着，蒙泰尼里将头抬了起来，朝四处看了看。

"我现在不再强迫你回家，无论如何，这些事我都不会做了，"他深情地说道，"但是你必须答应我一个条件，今年放暑假时好好地休息一下。我觉得你最好还是远离里窝那地区，我可不愿意亲眼见到你的身体垮下去。"

"Padre，当神学院放假时，你会到哪儿去？"

"我还是会带着学生上山，像往常那样，照看他们，并在那里安顿下来。当然等到8月中旬，副院长休假回来后，我就会去阿尔卑斯山旅游一段时间。你想跟我去吗？我可以带你去山里长途旅行，你会很乐意去研究一下阿尔卑斯山的苔藓和地衣的。可是，只有我一个人在身边，你会觉得很无聊吗？"

"Padre！"亚瑟立马兴奋地拍起手来，朱丽亚说这种动作表露出"典型的外国派头"。"能和您去，无论叫我做什么都愿意。只是——我不确定——"他停住了。

"伯顿先生会同意让你跟我去吗？"

"当然，他肯定不会乐意的，但是他现在不能再干涉我的事情了。我现在都已18岁了，有行为的自主权了。毕竟，他只是我的同父异母兄长，我不认为我就该遵守他的命令。他对母亲总是不好。"

"要是他真的不答应，我认为你最好还是别跟他作对了。要不然，你在家里的处境会更艰难——"

"再也不会比现在更难了！"亚瑟非常生气地打断了他的话，"他们总是讨厌我，过去讨厌我，将来还会讨厌我——这与我不存在任何关系。另外，我是同您、同我的忏悔神甫一道外出，杰姆斯怎么能真的反对呢？"

"不要忘了，他可是一位新教徒呢。你最好还是给他写封信吧，我们等等，看他怎么说。但是你一定要有耐心，我的孩子。不管人家是讨厌你还是爱你，都要检点你自己的所作所为。"

他非常委婉地说出一些责备的话来，不想让亚瑟听了脸红。

"嗯，明白了。"他答道，并且轻轻地叹息了一声。"可这也太难了——"

"我见你周二晚上没有来，觉得非常失望。"蒙泰尼里说道，突然换了一个新话题，"阿雷佐主教到这儿来了，我多想让你见见他啊。"

"我跟一个学生说好了，去他住的地方开会。到时他们在那儿等我。"

"什么类型的会？"

忽然听到这个，亚瑟似乎有些尴尬。"它、它不、不是一次通、通常的会议，"他说道，因为紧张而有些口吃。"有个学生从热那亚来了，他给我们作了一次发言，算是、是——演讲吧。"

"他讲的主题是什么？"

亚瑟显得有点不知所措了。"Padre，不要问名字，可以吗？因为我许诺过——"

"我不会再问你问题了，而且要是你真的答应了对方保密，你必然不能告诉我。但是到了现在，我想你对我该信任了吧。"

"我当然相信你啊，Padre。他谈及——我们，以及我们对人民的责任——还有，对自己的责任，还谈及了——我们可以做些什么，以便能帮助——"

"去帮谁？"

"帮农民——以及——"

"以及什么?"

"意大利。"

紧接着是一段长长的沉默。

"你必须和我说实话,亚瑟,"蒙泰尼里说罢转向他,说得非常严肃。"这事你想了多长时间?"

"从——去年冬天开始的。"

"那就是在你妈妈去世前了?你和她说过这事吗?"

"哦,没、没有。我、我那时对这事并不关心。"

"那么为什么你——现在对这事在意呢?"

亚瑟又扯下一手的毛地黄花冠。

"神甫,事情是这样的,"他开始说,眼睛盯着地上。"在我去年秋天准备入学考试时,我认识了许多学生。我不知道你还记不记得了。呃,有些同学开始和我说——所有这些事情,并且把书借给我看。但是我一点都不感兴趣。当时我只想尽快回家看母亲。当然,你比任何人清楚,在那所地牢一般的房子里,妈妈和他们总是避免不了见面,她十分的孤独。朱丽亚那张嘴足以把她给气死。后来冬天到了,她病得更加厉害了,我就把那些学生和他们那些书全都忘了。后来,你是清楚的,我根本不来比萨了。如果我还想着这事,我当时一定会跟妈妈说的。但是我就是完全忘记了。后来我发现她要离开我了——你知道的,我几乎是一直陪着她,直到她死去。我经常整夜不睡,琼玛·华伦白天会来替换我,让我去睡觉。呃,就是在那些漫长深夜里,我才把那些书又想了起来,还有那些同学说的话——也思考他们说的是否正确,以及我们的主对这事会怎么说。"

"你去问我们的主了吗?"蒙泰尼里的嗓音并不十分平稳。

"经常问,Padre。有的时侯,我还会向他祷告,求他告诉我什么是必须做的,或者求他让我和母亲一起死去。但是我没有获得任何回复。"

"这些事情你从来都没有跟我说过。亚瑟,我多么希望你能相信我啊。"

"Padre，您必须明白我是信任您的！但是，有些事情是不能随便对任何人说的 。我——在我看来，那时没人能够帮我——即使是您和母亲都帮不上我。我必须从上帝那里直接得到我想要的答案。您知道的，这关系到我的一生和我整个的灵魂。"

蒙泰尼里慢慢地将身子转过去了，注视着那颗枝繁叶茂的木兰树。在昏暗的暮色中，他的身影变得模糊起来，像是一个黑暗的鬼魂，埋藏在颜色更暗的树枝间。

"然后呢？"他慢慢地问道。

"接着——妈妈就去世了。您还记得吗？最后三天晚上我一直待在她的身边——"

他无法说下去了，又有片刻的停顿，然而蒙泰尼里也丝毫未动。

"就在哥哥和嫂子把她安葬前的两天内，"亚瑟接着说，声音比先前的更低沉，"我什么事情都没法想。后来，我在葬礼之后就病倒了。您还记得吗，我都不能来做忏悔了。"

"嗯，我的确还有印象。"

"呃，在那天深夜，我轻轻地起床，慢慢地走进了母亲的房间。屋子里空荡荡的，只有神龛里那个巨大的十字架还留在那里。我期待也许上帝会给予我一些帮助。于是我跪了下来，等着——等了一整晚。到了早晨，我清醒了过来——Padre，没有用的。我解释不清楚。我没法告诉您我瞧见了什么——因为我自己一点儿都不知道。但是我知道上帝已经给了我答案，而且我也不敢违反他的意愿。"

他们不再说话了，在黑暗中，默默地坐了一会儿。蒙泰尼里随即转过身，把手放在亚瑟的肩上。

他说："上帝禁止我说他没有跟你说过的话，我的孩子。但是记住这件事情发生的时候你的处境，不要把痛苦或者疾病所带来的幻想当作是他向你发出了庄严的感召。如果他确实是通过死亡的阴影给了你答复，那么千万不要扭曲他的意思。你的心里到底在想做什么事呢？"

亚瑟站了起来。慢慢地、一字一句地作了回答，好像是在重复一段教义。

"为意大利而献身，帮她从奴役和苦难中解救出来，并且将奥地利人驱逐出去，使她成为一个自由的共和国，没有国王，只有基督。"

"亚瑟，天啊，想一想你到底在说些什么！你甚至都不是意大利人啊。"

"这又有什么区别呢，我是我自己就行了啊。既然我已经得到了上帝的旨意，那我就要为她而献身。"

接着又是一轮沉寂。

"你刚才所说的就是基督要说的话——"蒙泰尼里不慌不忙地说道，但是亚瑟立即打断了他的话。

"基督说：'只要是为我而献身的人都将获得重生。'"

蒙泰尼里用一只胳膊撑着一根树枝，另一只手遮住双眼。

"坐一坐吧，我亲爱的孩子。"他最终说道。

亚瑟坐下来，Padre 紧紧地握住了亚瑟的双手。

"现在我无法跟你说什么了，"他说，"这件事对我来说太出乎意料了——我从来不曾想过——我必然需要时间仔细考虑一下。然后我们再好好地谈谈。但是现在，我希望你把这个记住。要是你在这事上陷入了困境，要是你——死了，会让我心碎的。"

"Padre——"

"不要说话，让我接着把话说完。我曾经跟你说过，这个世上我只有你一人。我并不认为你完全明白这话的意思。当一个人在年轻的时候，是很难理解这话的含义的。要是我像你这么大，我也理解不了。亚瑟，你就像我的——就像我的——亲生儿子。你明白吗？你是我眼里的光明，你是我心中的希冀。为了防止你走错一步路，毁掉自己的一生，我情愿去死。但是我什么也做不了。我并不要求你向我许下什么承诺。我只要求你记住这一点，并且事事小心。在你毅然决然地走出这一步时要再三考虑，如果不是为了你那在天堂的母亲，那也为了我想一想。"

"我答应你，而且，神甫，请为我祈祷，为意大利祈祷。"

默默地，亚瑟跪在了蒙泰尼里的身边，蒙泰尼里静静地把手放在他垂下来的头上。过了一会儿，亚瑟抬起头来，亲吻了那只手，然后穿过沾满露水的草地，轻轻地离开了。蒙泰尼里独自坐在木兰树下，直直地望着眼前的黑暗。

"我身上已经降有上帝命令的罪了，"他想，"就像对大卫降罪似的。我现在玷污了他的圣所，还用肮脏的手亵渎了圣体——虽然之前他对我一直很有耐心，但是现在终于给我降罪了。'你在暗中行这事，我却要在以色列众人面前、日光之下报应你。故此你所得的孩子必定要死。'①"

第二章

杰姆斯·伯顿先生一想到同父异母的弟弟居然打算和蒙泰尼里去"漫游瑞士"，他就不乐意。但是要是武断地拒绝他跟一位神学教授一起旅行，增加对植物的认知，亚瑟一定会觉得没道理，也太专横了。可他不知如何编造拒绝这件事的理由。他会立马把这归因于宗教偏见或者种族偏见，而伯顿一族素以开明和忍让为豪。

约在一个世纪前，自从在伦敦和里窝那建立起了伯顿父子开的轮船公司，家族成员们都是坚定不移的新教徒以及保守派。即使他们和天主教徒打交道，却也保持着英国绅士必有的公正态度。所以当这家主人发现鳏夫的生活是多么的无趣后，就立马娶了家里的那位女教师，她是一位美丽的天主教徒。虽然他两个年长的儿子——杰姆斯和托马斯很不喜欢这位继母，但他们都采取含怒不发的态度，听从了父亲的安排。可自父亲去世后，长兄的婚姻状况使本就难处的局势变得愈加复杂。然而只要格拉迪丝活着，弟兄俩就必须保护她，不能让她受到朱丽亚那张充满

---

① 引自《圣经》——《撒母耳记下》。

恶意的嘴巴毒害，并且也必须按照必要的方式照顾亚瑟。他们甚至都不装出爱护这位少年的假象，他们的慷慨主要体现在拿出丰厚的零花钱，而且一切都随他自便。

所以，在回信给亚瑟时，他们仅仅是给了他一张支票供他花销，言语冷淡地答应他在假期里爱做什么就做什么。他把余下一半的钱用来买植物学方面的书籍和标本夹，然后开始跟着 Padre 起程，第一次去阿尔卑斯山游历。

蒙泰尼里心里很愉悦，有很长一段时间亚瑟都没有见过他这样高兴。上次在花园里的谈话，让他第一次感到震惊不已，现在他已经慢慢地恢复了平静，也更坦然地看那事。亚瑟现在还年轻，缺乏生活经验；他的决定不会已经到了无法挽回的地步。肯定还有时间把他争取回来，可以跟他说些道理，让他远离那条危险的道路，他还不能算已经走上了那条道路。

他们原本计划去日内瓦玩些日子，但是一眼看到那白得刺眼的街道和满是灰尘的、被游客所拥堵的湖滨大道时，亚瑟的脸上就微微表现出不满。蒙泰尼里饶有兴趣地观察着他。

"Carino，你难道不喜欢这里吗？"

"我不知道。这与我所期待的相差甚远。的确，这个湖还是很美的，那些山的形状也是我喜欢的。"他们现在正在卢梭岛上，他向萨瓦绵延不绝的群山望去。"可是那个山看上去那么拘束，那么整洁，不知怎的——那么富有新教的气息。它有一种自我满足的气氛。不，我对这个地方不怎么感兴趣，它会让我突然想起朱丽亚。"

蒙泰尼里哈哈大笑起来。"可怜的孩子，真是太不幸了啊！嗨，我们来这里可是为了自己娱乐，因此没有理由停下来。如果我们今天在湖中划船，明天早晨进山，你觉得如何？"

"可是，Padre，难道您想在这里待上几天吗？"

"哦，我的孩子，我都来过这些地方好多次了。我的假日就是要看着你玩得高兴。你想到哪里去呢？"

"要是您真的这样想的话，我想逆流而上，寻求它的发源地。"

"你说的是罗纳河吗？"

"不是的，是奥尔韦河。那里的河水流得真快啊。"

"那我们就去夏蒙尼呗。"

下午，他们乘一只小船，随波荡漾。那涟漪的湖泊给亚瑟留下的印象，远远不及灰暗浑浊的奥尔韦河给他留下的印象深刻。在地中海边上长大的他，早已看惯了碧波涟漪。但是他期待欣赏一下湍急的河流，因此急流而下的冰河使他感到无比的愉悦。"真是势不可当啊。"他说。

他们在第二天清晨就起程去了夏蒙尼。当经过那肥沃的山谷和田野时，亚瑟显得非常高兴。但是当他们进入了克鲁西附近的盘山道路，四周是陡峭的大山时，他就突然变得严肃起来，也不说一句话。他们从圣马丁徒步走到山谷，在道路旁边的牧人小屋或是小村里投宿，然后再次徒步前进。亚瑟对自然景观的影响特别敏感，经过第一道瀑布时他就流露出一种狂喜，那副模样看了真让人兴奋。然而当他们走近雪峰时，他就失去了那股欣喜若狂的劲儿，转而变得如痴如醉。这情景是蒙泰尼里从未见过的。仿佛他与高山之间存在着某种神秘的联系。他会非常安静的，躺在黑暗、神秘、松涛呼啸的森林里，穿过笔直而又高大的树干，望向那个阳光明媚的世界，那里闪烁着雪峰，也有荒芜的悬崖。蒙泰尼里凝视着他，带有一种伤感的嫉妒的心情。

"我很期待你展现给我你看到的东西，Carino。"他说道。当他把眼光从书上移开时，望到亚瑟舒展着身子躺在苔藓上，姿态还是和一个小时前一样，瞪着一双眼睛，出神地眺望那光彩夺目的蓝天白云。他们离开了大路，到了迪奥萨兹瀑布附近一个安静的小村子里投宿。太阳低低地挂在无云的天空，而现在已挂在了满是松树的山上，等着阿尔卑斯山的晚霞映红勃朗山大大小小的山峰。亚瑟抬起头来，眼里充满了惊奇和神秘。

"Padre，您在问我观看些什么吗？我现在看到了巨大的白色物体在蓝天里闪现着，既没有开始，也没有结束。我看到它一年又一年地在那里等着，似乎是在等待圣灵的来访。我是通过一个深色的玻璃状物模糊地瞧见它的。"

蒙泰尼里轻声叹息了一下。

"以前我也看过类似的景象。"

"难道您现在再也看不见它们了吗？"

"再也没见过了呢。我想我可能不会再看见它了。虽然我知道它们就在那里，但是我失去了看它的眼睛。我看到的是完全不同的东西。"

"那您现在看到了什么啊？"

"哦，我的孩子，你在问我吗？我现在只能看到蔚蓝的天空，白雪笼罩的山峰——这就是我抬头仰望时所瞧见的景象。但是在这下面，景物就截然不同了。"

下面是深深的山谷。亚瑟俯身跪了下来，小心地穿过陡峭的悬崖。夜色渐浓的傍晚下，高大的松树显得格外的凝重，就像哨兵一样在小河的两岸耸立着。红彤彤的太阳像极了一块燃烧的煤，过不了多久就会落到刀削斧劈的群山后面，一切的生命和光明都远离了大自然表象世界。紧接着就有某种幽暗和恐怖的东西降到了这山谷上——是那样的气势汹汹、张牙舞爪、全副武装，带着奇奇怪怪的武器。然而西边的群山却是光秃秃的，悬崖峭壁像是怪兽的牙齿一般，等待时机去捕捉一个可怜的家伙，并且将他拖到山谷里。那里漆黑一片，森林发出低鸣的吼叫。松树像是一排排的刀刃，轻声说道："摔到我们这儿来吧！"在逐渐变得凝重的夜色中，山泉怀着满腔的绝望在奔腾，疯狂地拍打着那岩石建起的牢房。

"Padre！"亚瑟站了起来，肩膀不断颤抖着。他从悬崖边抽身离开了。"它就是地狱！"

"不，亲爱的。"蒙泰尼里轻轻地说，"它只是一个人的灵魂。"

"是那些黑暗和死亡阴影下的灵魂？"

"是那些每天在街上都会从你身边经过的灵魂。"

亚瑟倾斜身子，望向那些阴影，浑身不断颤抖着。一层暗淡的白色迷雾挂在松树间，无力地试图去抓住汹涌澎湃的山泉，就像是一个不幸的幽灵，不能给予任何的安慰。

"看！"亚瑟说道，"黑暗里的人看见了一道巨大的光。"

那是在夕阳的照射下被映得通亮的雪峰。当那道红光从山顶上渐渐消散以后，蒙泰尼里转过身来，在亚瑟的肩膀上轻轻地拍了一下。

"我们回去吧。天色暗了。要是我们还待在这里，我们就必须摸黑走路，也许还会迷路呢。"

"像是僵尸。"亚瑟说。他早已转过身，不去看暮色下，闪耀的偌大山峰那副可怕的面孔。

穿过黑乎乎的树林，他们走向投宿的那间牧人小屋。

在屋里的餐桌边，亚瑟正坐着等着。当蒙泰尼里走进来时，他看见这个小伙子已从阴森的幻境中摆脱了出来，现在完全是另一个人了。

"哦，Padre，快看这只好玩的小狗！它还将后腿跷起来跳舞呢。"

他出神地看着小狗，还逗它表演，就像他沉浸于落日的余晖之中一样。这家女主人的脸红彤彤的，一条围巾在她身上系着，一双又粗又壮的胳膊在腰间交叉着。她在一旁站着，笑眯眯地望着他扯着小狗玩耍。"如果他一直这样玩耍，别人会认为他是个无忧无虑的孩子。"她用方言对自己女儿说，"这小伙子长得真秀气！"

亚瑟的脸突然红了，像是一个女孩子。那个女人立马知道他是听懂了她说的话，看着他不好意思的样子她慌忙走开。在晚饭时间，他对此什么也没有说，只是说着短途旅行、登山和采集植物标本的想法。他那些如同梦境般的幻想显然没有影响到他的心情和胃口。

第二天，当蒙泰尼里刚醒时，亚瑟就已经不在这儿了。早在天亮前，他就到山上的牧场去了，"帮着嘉斯帕赶羊"。

不一会儿桌上就摆上了早餐，就在这时，亚瑟慌忙跑进屋里。头上也没帽子，肩上却扛着个约三岁的农村女孩，手中捧着一束野花。

蒙泰尼里将头慢慢抬起来，满脸笑容。亚瑟在比萨和里窝那时都是不苟言笑的，而现在这副模样与那时简直是两个人，真有意思。

"你这个疯癫的小伙子，跑到哪儿去了？满山遍野地瞎跑，连早饭都没有吃吧？"

"哦，Padre，太好玩了！当太阳刚刚出来的时候，群山真是太壮观了。可惜露水有些重了！您瞧瞧！"

他将一只靴子举起来，上面湿答答的，沾满了泥巴。

"我们随身不是带了些面包和奶酪吗？现在又在牧场得了一些牛奶。噢，真棒！可我现在又有些饿了，我还想让这个小家伙吃一点儿东西呢。安妮塔，你想吃点儿蜂蜜吗？"

他自己先坐了下来，再把那个孩子放到自己的膝上，接着帮她摆好鲜花。

"不行，不行！"蒙泰尼里说，"你现在可不能着凉了。赶紧去房间换下湿衣服。过来，安妮塔。她是哪儿的？"

"在村头呢。昨天我们还见了她的父亲——就是村子的鞋匠。您瞧她的眼睛多好看！她的兜里有一只乌龟，她起名叫'卡罗琳'。"

当亚瑟把衣服换了后，回来吃饭时，他瞧见孩子就在 Padre 的膝上坐着，正在津津有味地对他说那只小乌龟。胖胖的手拿着四脚朝天的乌龟，目的是好让"先生"欣赏这个蹬个没完没了的小脚。

"快看啊，先生！"她用半懂不懂的方言认真地说道，"你看卡罗琳的靴子！"

蒙泰尼里边逗孩子玩，边抚摸她的头发，夸奖着她的宝贝乌龟，并给她讲着有趣的故事。当那家女主人进来打算收拾桌子时，看到安妮塔乱翻这位一脸严谨、教士装扮的绅士口袋，她大吃一惊。

"上帝告诉小孩子要识别好人。"她说道，"安妮塔总是不敢和生人说话。可是你看，她见到教士却一点儿也不扭捏。真是奇怪！跪着，安妮塔，快请这位先生离开前为你祈福，这将给你带来好福气。"

"我都不知道您可以以这样的方式和小孩子玩，Padre。"一个小时后，当他们走过阳光明媚的牧场时，亚瑟说道，"那个孩子老是盯着您看。您知道，我想——"

"你想说什么呢？"

"我仅仅想说——我觉得，教会禁止神职人员结婚，是一件非常令人遗憾的事。我真的不懂这到底是为什么。要知道，教育孩子是一件非常严肃的事情，对他们来说，一件格外重要的事就是从一开始就可以受到良好的熏陶，所以我觉得一个人的职业越高尚，他的生活越纯洁，他就越适合做一位父亲。我相信，Padre，如果不是您发过誓，终身不娶——要是您结了婚，您的孩子一定很——"

"嘘！"

突然的嘘声，导致接下来的寂静是那样的深沉。

"Padre。"亚瑟再次开口说话时，却看到蒙泰尼里表情很阴沉，他有些苦恼。"您觉得我说错什么了吗？也许我真的说错了，但是我只能说我是非常自然就想到这件事的。"

"可能，"蒙泰尼里轻声答道，"你不懂你自己刚刚说的话的意思。我想再过上几年，也许你的想法就会有所改变。但在这之前，我们还是别说这些了吧。"

在这次完美的假日旅行中，他们两个人一直相处得非常轻松、和谐，这是他们第一次闹别扭。

从夏蒙尼经过泰特努瓦山来到马尔提尼，他们接着在那里歇脚休息了一下，由于天气热得让人喘不过气来。吃过饭，他们就坐在旅馆的阳台上。因为这里既晒不到太阳，又可以享受群山的景色。亚瑟将他的标本盒拿了出来，用意大利语和蒙泰尼里认真地讨论起了植物学。

现在有两位英国画家在阳台上坐着，其中一位在写生，另一个却在懒洋洋地闲扯着。他不知道这两位陌生人懂英语。

"你可以不要在那儿乱画风景了吗，威利。"他说，"你看看那年轻的意大利男孩，他正专心致志地研究着那几片羊齿叶。你瞧瞧那双眉毛的线条！你只要把放大镜换成十字架，接着把上衣和灯笼裤换成罗马式的宽袍，这样你就能画出一个惟妙惟肖的早期基督徒来。"

"该死的早期基督徒！在吃饭的时候，我就和那小伙子坐在一起，他对那只烤鸡的着迷样子和对这些野草一样。他的确够英俊的，橄榄色的肤色的确很美，但是远远赶不上他的父亲上画。"

"他的——什么？"

"就是坐在你前面的那位，他的父亲啊。这么说难道你把他给遗漏了？那张脸才是精彩绝伦呢。"

"像你这样看起来是循规蹈矩的卫理公会教徒就是个大笨蛋啊！你

都没有认出来天主教教士吗?"

"上帝啊,教士? 他居然是一位是教士! 哦, 我忘了这事了。他们是要永远保留处子之身, 像这样的誓言。那好吧, 我们就行行好事, 把那个男孩当作是他的侄子。"

"你看看这些人真是太愚蠢了!" 亚瑟低声地说道, 两只眼睛一闪一闪的, 不断地乱转。"可是, 他们居然觉得我长得像您。我倒是希望真的是您的侄子——Padre, 怎么啦? 您的脸色怎么这么白啊!"

蒙泰尼里一只手扶着前额, 慢慢站起身来。"我现在有点不舒服。"他说, 很显然他的声音很弱, 显得无精打采的。"也许今天上午我在太阳底下逗留的时间太长了。我要去休息一会儿, 亲爱的。没什么大事儿, 只是天气太热罢了。"

他们有两个星期都是在吕森湖畔逗留的, 之后亚瑟和蒙泰尼里途径圣·戈塔尔山口返回意大利。好在天气一直晴朗, 他们还可以进行几次愉快的徒步旅行。然而一开始的那种快乐的心情已经消失殆尽了。蒙泰尼里显得心神不宁, 想着进行一次"更加正式的谈话", 他认为这次假期是开展谈话的绝妙机会。可是在安尔维山谷, 他却避免涉及他们在木兰树下的话题。他认为亚瑟是个艺术气质十足的人, 谈论那样的话题势必会影响阿尔卑斯山景致所激发的那种喜悦感, 而谈话也必然是痛苦的。可是从经过马尔提尼那天起, 他每天早晨都会自言自语地说:"我今天就说。"每天晚上他也会对自己说:"明天吧, 明天吧。"一种不可言说的冷酷之感使他无法开口, 这种感觉他是从来没有过的, 像一张看不见的薄纱悄悄地在他和亚瑟间拉开了。直到最后的那天晚上, 他才突然明白了如果要说的话, 他必须现在就说。他们那天晚上是在卢加诺睡的, 准备第二天上午返回比萨。至少, 他会发现他的宝贝陷进性命攸关的意大利政治旋涡有多深。

"亲爱的, 雨停了。"他在日落之后说道,"这是我们赏湖的绝妙机会。过来, 好吗? 我必须要和你谈谈。"

顺着湖边, 他们一直走到一处偏僻而又安静的小地方, 在一段又低又矮的石头墙上坐着。一丛可爱的玫瑰紧挨着他们, 上面还结着猩红的果实。一两簇迟开的乳白色花儿仍然在高处的一根花茎上挂着，随着沉重的雨滴在那里凄凉地摆动。碧绿的湖面上，一只小船在满含露水的微风中轻轻荡漾，白色的风帆无力地颤动着。小船显得那样的轻盈，像是一束银白色的蒲公英被扔到了水面上。远处的萨尔佛多山上，敞开着一家牧人小屋的窗户，像是一只金黄色的眼睛。玫瑰花低下头来，在 9 月悠闲的白云下它似乎在浮想连翩。湖水也不断地拍打着岸边上的鹅卵石，一阵低语轻轻地发出来。

"在这段旅行中的很长一段时间里，只有这次机会我才能和你心平气和地谈一谈。"蒙泰尼里开始说，"你将要回去上学，回到你的那些朋友圈里。我在今年冬天，也会变得很忙。我想要彻底地了解一下我们应该怎样相处。所以，如果你——"他停顿了下来，然后接着说了下去，说得更慢。"如果你觉得你还能像过去那样相信我，我想让你告诉我，比在神学院花园的那天晚上更加确切的，你在那条路上走了多远。"

亚瑟凝视着湖对岸，只是听着，不曾说出一句话。

"要是你愿意跟我说，我想知道。"蒙泰尼里接着说道，"你受到誓言的约束了吗？或者——其他什么。"

"亲爱的 Padre，我现在不想说什么。我对自己并没有什么约束，但是我的确是受到了约束。"

"你把我搞糊涂了——"

"难道誓言就有用了？要知道誓言不能约束人。要是你真的对某事有体会，当然就会约束到你。但是如果你没有体会，那么什么也不能对你有所约束。"

"也就是说，在这件事情上——这种——体会是固定存在的了？亚瑟，你知道你在说什么吗？"

他盯着蒙泰尼里的眼睛，缓缓转过身。

"当您问我是不是相信您时，Padre。难道您就那么不信任我？要是真有什么要说的，我肯定会和您说的。但是再谈这些事毫无用处了。我还没有忘记那天晚上您对我说过的话。我永远也不会忘记的。但是我必须自己选择出路，跟着我所发现的那片光明。"

从花丛中，蒙泰尼里摘下一朵玫瑰，一片接着一片的，他不断扯着花瓣，还将这些花瓣扔进水里。

"亲爱的，或许你是对的。那好，我们就不再说这些事了。长篇大论对你也不起任何作用——呃，呃，我们进去吧。"

第三章

秋冬两季安安静静地过去了。亚瑟读书很认真，没有什么闲的时间。他尽量每周都会去看望蒙泰尼里一两次，哪怕只是有几分钟。他有时也会带上一本晦涩难懂的书，让他帮着解答难题。但是在这些场合，他们的确只是谈论学习上的事情。与其说蒙泰尼里观察到了，倒不如说他感觉到了一道难以越过的小小障碍横在他们中间，所以他一举一动都很小心，不让自己显得像是尽量保持过去那种亲密的关系。

现在亚瑟的拜访给他带来的不安要远远大于愉快，所以总是装出相安无事、假装什么事情都没发生是件痛苦的事。亚瑟也发现到 Padre 的举止有了细微的变化，但是不大明白个中的原因。他隐约地感觉到这与恼人的"新思潮"问题有关，所以他避免谈到这个话题，尽管他现在只想这些东西。可是他深爱着他的神甫。从前他在模糊之间老是有一种难以满足的感觉，而且觉得精神空虚，他一直是在神学理论和宗教仪式的重压下努力克制这些感觉。但自从接触到青年意大利党后，这些不好的感觉立即烟消云散。因为寂寞和照料病人而带来的所有那些不健康的幻想早已消失殆尽了，曾经求助于祈祷的疑惑也早就消失，用不着驱邪伏魔。在一种新激情萌发后，一种更加明确、更崭新的宗教理想（因为他是从这个方面而非从政治角度来看待学生运动的，所以他更是如此）已经变成一种恬淡的感觉，体现出世界和平、四海之内皆兄弟的理念。在这种庄严温和的欢快气氛之下，他认为全世界都充满了希望。他在喜欢的人身上找到了一些可爱因素。五年来，他一直把蒙泰尼里当作理想中的榜样。在他的世界里，选择蒙泰尼里又有了新的光辉，就像是某种信仰的潜在先知。他怀着一腔的热情聆听 Padre 的布道，想在他的话中抓住与新共和理想的某种内在联系。他还潜心钻研《福音书》，非常高兴基督教在起源时就具备了民主的倾向。

在 1 月的某天，他想还书所以来了神学院。听说院长神甫外出以后，他直接走进蒙泰尼里的书房，直接把那本书静静地放在了书架上，接着准备离开房间。然而此时桌上另一本书却引起了他的注意。那是但丁的《帝制论》。他开始读起来，并且很快地投入进去，连房门开关的声音都没注意。直到蒙泰尼里在他背后说话，他才清醒过来。

"我不知道你今天来。" Padre 说，还斜眼看了一下亚瑟读的书。"我还打算派人去请你今天过来呢。"

"可是我今晚有约会呢，有什么重要的事要说吗？我可以不去赴约的，要是——"

"哦，没关系，那你明天过来吧。因为我周二要离开了，所以想见见你。我已经应召去罗马了。"

"是去罗马吗？那您在那儿待多久？"

"'直到复活节以后'，信上是这么写的。那是从梵蒂冈寄过来的。本来想马上就和你说的，可是我一直在忙神学院的事，还要迎接新院长。"

"Padre，您绝对不会离开神学院吧？"

"只能这样。也许我会回到比萨，待上一段时间再说。"

"告诉我您为什么要离开这儿？"

"呃，我已经被任命为主教了，只是现在还没有正式宣布。"

"Padre！在哪儿？"

"我去罗马就是为了弄清楚这件事情。是在亚平宁山区升任主教，还是在这担任副主教，我现在还不知道。"

"新院长已经选定了吗？"

“嗯，卡尔迪神甫是这儿的新院长，明天他就来。”

“这太突然了吧？”

“有些，但是——梵蒂冈的决定往往最后才公布。”

“您和新院长熟悉吗？”

“虽然我们没见过，但是我知道他的名声极好。喜欢写作的贝洛尼神甫也称赞他是一位学识渊博的人。”

“神学院所有的人都会想念您的。”

“我不知道神学院的事，但是我知道你肯定会想我，我的孩子。你会和我一样彼此想念对方的。”

“我当然会想您的啊。但是我还是为您感到高兴。”

“真的？我都不明白自己的心情。”他在桌边坐下来，脸上露出疲倦的面容，一点儿也不像是个马上就要升职的人。

“亚瑟，你今天下午还有其他的事情吗？”停顿了片刻后，他接着说，“要是你没事，可以陪我一会儿吗？今天晚上你又不能过来。我想我有点不舒服。我多么希望在离开前和你在一起。”

“好的，我能陪你一会儿。他们等我到六点钟。”

“是去开会吗？”

亚瑟点了点头，蒙泰尼里赶忙换了一个话题。

“我要和你说关于你的事。”他说，“我离开后，你需要另一位忏悔神甫。”

“您回来后我再向您忏悔，这样难道不可以吗？”

“哦，我的孩子，你不能说这样的话。我不在的三四个月里，你去找圣特琳娜教堂的一位神甫忏悔好吗？”

“好的。”

他们又聊了一会儿，接着亚瑟站了起来。

“我要走了，Padre。那些学生肯定在等我。”

在蒙泰尼里的脸上，又能看出疲倦的神情。

“这么快时间就到了吗？你差不多都使我感到快乐起来了。呃，再见吧。”

"再见。我明天还会来的。"

"早点吧，这样我还有时间和你单独见面。卡尔迪神甫在这里。亚瑟，亲爱的，我不在的时候一定要小心。不要被人误导做错事，至少在我回来前。你一定不知道离开你，我有多么担心。"

"不需要的，Padre。万事都顺利。真正的事情还远着呢。"

"再见。"蒙泰尼里不假思索地说道，说完就拿笔在桌边写了起来。

亚瑟走进学生们为举行小型集会而预定的房间时，看到的第一个人，居然是华伦医生的女儿，他小时侯的伙伴。她在靠窗的一角静静地坐着，全神贯注地听着一位发起人对她讲的话。那个身材高大的伦巴第人穿着一件破烂的外套。这几个月，她似乎有了新变化，身体有了很快的发育，现在就像是一位成熟女性，尽管背后还垂着一根粗黑的辫子，仍是女学生的打扮。

由于屋里还刮着冷风，一袭黑衣笼罩她全身，头上也裹着黑色的围巾。胸前的一串柏枝是青年意大利党的党徽。那位发起人是多么的热情四射，正对她描绘着卡拉布里亚农民的苦难。她安静地听着，一只手托着下巴，眼睛盯着地上。在亚瑟看来，她仿佛就是黯然伤神的自由女神，正在对毁于一旦的共和国表示哀悼。（朱丽亚一定会觉得她只是一个发育过快的野女孩，肤色蜡黄，鼻子长得又不规则，而且所穿的那件旧布衣料做的连衣裙又太短了）

他说："吉姆，你也在这儿！"当发起人被召唤到房间另一头去后，他朝她走了过来。她在受洗礼时取了詹妮弗这个名字，结果被孩子们叫变了样，成了"吉姆"。然而她意大利同学却叫她"琼玛"。

她非常惊讶，抬起头来。

"亚瑟！天啊，我都不知道——你也参与这里！"

"我也一点儿都不清楚你的近况啊。吉姆，你是从什么时候开始——"

"你不会理解的！"她马上说道。"我还不是这里的一员。只是我做了一两件小事。你知道，我结识了毕尼——你认识卡洛·毕尼吗？"

"当然认识。"他是里窝那支部的组织者，青年意大利党全都知道他。

"呃，之前，他和我说起过这些事，然后我就拜托他带我参加了一次学生会议。有天他给我写信，要我到佛罗伦萨去——你知道我是在佛罗伦萨过的圣诞节吧？"

"现在，我不常收到家里的信。"

"嗯，对！去时我住在莱特姐妹的家里（莱特姐妹是她的同学，她们搬到佛罗伦萨去了）。接着毕尼又写信给我，让我在今天，在回家的路上经过比萨，所以我就来到了这里。啊！他们开始了。"

演讲是关于理想共和国以及青年人为了实现这个共和国应该担负怎样的责任。可是那位演讲人对这个题目的理解显然并不很深刻，但是亚瑟仍怀着虔诚的敬意听着。这时，他的大脑是非常缺乏批判力的。在接受一个道德理想时，他就囫囵吞枣地接受所有的东西，没有去想可不可以消化得掉。演讲结束以后又开展了长时间的讨论，之后学生开始散去。他走到琼玛那里，琼玛仍在屋子的那一角坐着。

"吉姆，我送你回家吧。你住哪儿？"

"我和玛丽塔在一起住。"

"是你父亲的那位老管家？"

"嗯，她的住处离这儿还有些距离。"

他们安安静静地走了一段时间。亚瑟突然开口道："你现在 17 岁了吧？"

"10 月我就满 17 岁了。"

"我很早就知道，你长大后和其他女孩不一样，不会只是想着参加舞会，以及那些东西。亲爱的吉姆，我曾想过你会成为我们中的一员？"

"我也想过这个问题。"

"你说曾为毕尼做事，之前我都不知道你跟他认识。"

"我不是为毕尼做事，是为另一个人。"

"另一个人？"

"嗯，就是今晚跟我说话的那人——波拉。"

"你和他认识很久了吗？"亚瑟的话中有一丝嫉妒。谈起波拉他就不乐意，他们之间曾经争着去做某件事，但是青年意大利党委员会最终决定让波拉去，还说亚瑟太年轻，没有什么经验。

"我和他还算熟的，我非常喜欢他。他一直住在里窝那。"

"嗯，他是 11 月去的——"

"是关于轮船的事。亚瑟，难道你不觉得这项工作，你家比我家更安全吗？肯定不会有人怀疑像你们那样一个经营船运的豪门，而且你几乎认识码头上的每一个人——"

"小声点！亲爱的，别说这么大声！那这么说在你家藏着从马赛运来的书？"

"嗯，只藏一天。噢！我不该跟你说的。"

"为什么？你又不是不知道我也是组织中的一员。琼玛，亲爱的，世界上再也没有什么能比你们参加到我们中来更让人兴奋的了，我是说你和 Padre。"

"你说你的 Padre！他，当然——"

"不，他的看法与你不同。可我还是会幻想——我希望——我不知道——"

"亚瑟，要知道他是一位教士啊！"

"这又有什么关系呢？我们这个组织里也有教士啊——其中还有两位在报上发表过文章呢。为什么不可以呢？教士的使命就是引导世界通往更高的理想和目标，我们这个组织还想做些什么？归根结底，这不仅仅是一个政治问题，更是一个宗教和道德问题。如果人们都有享受自由的权力，都可以成为尽责的公民，那么谁都不能奴役他们。"

琼玛微微皱了皱眉头。"我认为，亚瑟，"她说道，"你的逻辑有些问题。一个教士传授宗教的教义，我不明白这与赶走奥地利人有什么关系。"

"因为教士传授基督教的教义，而在所有的革命家中，基督是最伟大的革命家。"

"你可能还不知道，有天我和父亲说起教士，他说——"

"琼玛，不要忘了你的父亲是位新教徒。"

停顿片刻，她径直地打量着他。

"算了，我们还是不要再说这个话题。一说到新教徒，你总是有偏见。"

"我不是有偏见。但我发现一旦谈起教士，新教徒都会带有偏见。"

"也许是吧。只要我们一说这个话题，我们就是争论不停，所以不要再提这个话题。你觉得演讲怎么样？"

"我很欣赏——尤其是最后部分。令我激动的是，他强调了实现共和国的必要性，而不仅仅是梦想。那样就成了基督所说的那样：'天国就在你的心中。'"

"我不喜欢的就是这个部分。关于我们该思考、感知和实现的东西，他谈得太多了。但是从头至尾，他基本上没有告诉我们要去做些什么。"

"到了关键时刻，我们要去做许多事情的。但是之前我们必须耐心等待，彻底的变化不是一蹴而就的。"

"若是要花很长时间去实现某件事情，那就更有理由立即开始行动。说到配享受自由——你认为还有谁比你的母亲更配享受自由吗？她不正是我们所见过的最完美的天使般的女性吗？这些美德的好处又在哪呢？直到她去世的那一天，她都是一个奴隶——受尽了你的兄长杰姆斯和他妻子的欺辱。要不是她由于温柔和耐心的性格，她的情况就会好得多。意大利的情况也是这样。需要的并不是耐心——得有人挺身而出，保卫他们自己——"

"亲爱的吉姆，要是愤恨和激情能挽救意大利，她早就获得了自由。可她需要的不是仇恨，她需要的是爱。"

当他脱口而出"爱"这个字时，他的脸上突然露出了羞愧之色，随即又消失了。还好琼玛没有看出来，她正皱着眉头，抿着嘴直视前方。

"你觉得我是错了吗，亚瑟？"停顿了片刻，她说道，"可我觉得我是对的，总有一天你会明白的。就是这家。你要进来吗？"

"太晚了，不了。晚安，亲爱的!"

在门口，他握紧她的手。

"为了上帝和人民——"

她将那句没有说完的誓言缓缓庄重地说完："始终不渝。"（青年意大利党的口号是"为了上帝和人民，始终不渝"）。琼玛抽回了自己的手，然后跑进了屋子。当她随手关上门时，他正弯腰拾起从她胸前落下的那串柏枝。

第四章

当亚瑟返回自己住的地方，他感觉自己长了翅膀似的。他现在无比高兴，没有一丝忧愁。在上次那个会上，有人暗示准备开展武装暴动。

琼玛现在已经是自己的同志了，而且他也知道自己爱着她。为了那个即将要实现的共和国，他们现在一起工作，甚至将来会一起牺牲。实现理想的时候已经来了，Padre 会看到它，并且相信它。

然而第二天一早，一觉睡醒后，他就清醒多了。他想起了琼玛马上要去莱亨，Padre 要去罗马。1 月、2 月、3 月——还有三个月才是复活节! 如果琼玛回到家中又受到"新教徒"的影响（在亚瑟的词汇中，"新教徒"就是"腓力斯人"①的另一种说法）——不会的，琼玛怎么也学不了卖弄风情，去引诱游客和秃了头的船主，像里窝那其他的英国女孩似的。但是她的日子可能也会很难熬。她还那么年轻，就没有了朋友，完全是孤苦无依地生活在那些木头人中间。如果母亲还活着——

傍晚，亚瑟去了神学院，还见到正在受招待的新院长，他看上去非

① 腓力斯人是指古代地中海东岸的腓力斯国居民。《圣经》中的腓力斯人被用来指自私虚伪的人。

常疲惫，百无聊赖。Padre 也没有像往常那样面露喜色，他的表情是那样的阴郁。

"他就是我刚刚和你说起的那个学生，"他说，态度非常生硬地介绍亚瑟，"要是您能答应让他继续使用图书馆，我将会非常感激。"

卡尔迪神甫是位长得慈眉善目的年长教士。他立马就开始和亚瑟谈起了萨宾查大学。他说话轻松自在，看来他是非常熟悉大学生活的。他们又很快转而谈论起大学校规，这算是个热门话题。新院长非常反对大学采取种种限制性的措施，认为这些一点儿意义也没有，而且令人愤怒，让学生不得安宁。亚瑟为他的言论感到很高兴。

"在带领青年人上面，我还是有些经验的，"他说，"我秉承一条原则，如果没有充分的理由千万不要禁止什么。一定要对他们表示适当的重视，还要尊重他们自己的人格，那么很少会有学生会惹上麻烦。但是，当然了，要是你总是扯紧缰绳，那么最温顺的马也会踢人的。"

亚瑟睁大了眼睛，没有料到这位新院长居然会为学生辩护。蒙泰尼里也没有插话，他对这个话题显然没有兴趣。他的脸上露出难以言喻的绝望和厌倦，所以卡尔迪神甫突然中断了谈话。

"我想我的谈话已使您感到劳累了，神甫。请您原谅我的侃侃而谈。我非常喜欢谈论这个话题，忘掉了别人对它也许会毫无兴趣。"

"不，我非常感兴趣。"蒙泰尼里其实并不擅长这种客套话，在亚瑟听来他的语调令人很不舒服。

蒙泰尼里在卡尔迪神甫回自己房间后，将身子转向了亚瑟。

他的脸上在整个晚上都透露出焦急和忧虑。

"亚瑟，亲爱的，"他慢慢地说，"有些话我想要和你说。"

"难道他是知道了什么坏消息？"亚瑟非常焦急地望着那张憔悴的面孔，他的心中闪过这个想法。他们俩在很长时间里都没有说话。

"你喜欢新院长吗？"蒙泰尼里忽然问道。

这个问题太突然了，亚瑟居然不知怎样回答。

"我——我觉得他很好，我觉得——至少——不，我也不知道自己是否喜欢他。初次见面很难说出什么来。"

听到他的话，蒙泰尼里慢慢地坐了下来，一边还用手轻轻地敲打着椅子的扶手。每当他焦急不安或者满腹疑惑时，他就有这个习惯。

"罗马的出行，"他再次开口说道，"要是你认为有什么——呃——如果你不希望我去的话，我可以写信表明自己不能去。"

"Padre！可是梵蒂冈——"

"梵蒂冈可以另找他人。我愿意写信表达歉意。"

"这是为什么？我不懂。"

蒙泰尼里的手轻轻拂了下前额。

"我还是放心不下你。我总是不停地想这想那——毕竟，我没有什么必须要去——"

"那主教的职位——"

"哦，亚瑟！主教的职位又有什么关系呢，就算我没有了——"

他不再说话。以前亚瑟没见过他这样的表情，所以他心神不宁。

"我还是不懂，"他说，"Padre，要是你能更——更明确地对我阐释你的想法——"

"我现在不想什么事，我只为一种恐怖感到感烦心。你可以跟我说，有什么特别的危险吗？"

"他肯定是听说了一些事情了。"虽然亚瑟想起了有关起义的种种谣传，但是他清楚不能泄露这个秘密。因此他反问了一句："有什么特别的危险呢？"

"你别反问我问题——你只需要回答我的问题就好！"蒙泰尼里一时情急，声音显得有些粗暴。"你会有危险吗？我不想知道你的秘密，你只要回答我的问题！"

"上帝掌握着我们的命运，Padre。什么事情都有可能发生。但是我不知道存在什么理由，在您回来前，我不能在这里平安地活着。"

"在我回来前——听着，我的孩子。你来决定这事。你不需要和我说理由，只要你跟我说一声'留下'，那我就不去罗马了。这对谁都不会有损伤，而且我也认为待在你的身边，你会更平安的。"

这种奇怪的胡思乱想与蒙泰尼里的性格一点儿都不相符，所以亚瑟怀着非常担忧的心情望着他。

"Padre，您是身体不舒服吗？您必须得去罗马啊，争取好好休息一下，治好您的失眠和头痛的毛病吧。"

"好。"蒙泰尼里打断了他的话，似乎对这个话题已经感到厌倦。"我明天一早乘驿车离开。"

亚瑟满怀疑惑地望着他。

"您还要跟我说什么吗？"他说。

"不，不。没有什么——没有什么要说的事情。"他的脸上露出了一种惊慌，像是恐惧的表情。

蒙泰尼里离开后几天，亚瑟到神学院的图书馆去取一本书。

他在上楼时碰到了卡尔迪神甫。

"呀，是伯顿先生！"院长大声说道。"我正打算去找你呢。想请你帮我解决一个难题。"

院长将门打开，亚瑟跟着走进了书房，心中涌上一股莫名的愤恨。看到 Padre 至爱的私人书房被一个陌生人占用，他心里感到很不舒服。

"要知道我是个爱书如命的人。"院长说道，"我来到了这里之后，做的第一件事就是查看图书馆。这个图书馆真的很不错，只是我不懂图书的分类。"

"图书分类的方法不是很完善，再加上近来又增了不少本书。"

"你能花上半个小时给我说明一下编目的方法吗？"

走到图书馆里，亚瑟仔细地跟他说明图书的分类。当他站起身来拿帽子时，院长却笑着拦住了他。

"不行，不行！我不能让你就这样匆忙离开。今天是星期六，时间还有很多呢，功课可以留到星期一嘛。既然我已经耽误了你这么长的时间，干脆就陪我吃顿饭吧。我一个人还是有些无聊的，要是你能做伴我将非常感激的。"

他的言谈举止既开朗又令人高兴，亚瑟立即就没有了拘束感。他们海阔天空地聊了一会儿后，院长开始问他多久前认识蒙泰尼里。

"可能大概有 7 年时间了吧。在我 12 岁的时候，他从中国回来的。"

"哦，是的！他以前是一名传教士，他在那里有了点名气。自那以后，你就是他的学生吗？"

"在 1 年以后他才开始教导我的，大约就在那时我第一次向他忏悔。在我进入萨宾查大学以后，他还继续辅导我——我想学在正课上学不到的东西。他对我非常和蔼可亲——您不可能知道他对我是多么和蔼可亲。"

"这我非常相信。应该说没有谁对此不表示钦佩——他品格高尚，性情温和。我和那些跟他接触过的传教士打过交道，他们对他身处困境所表现出来的毅力、勇气以及虔诚，都不停称赞。在你年轻的时候，幸亏有这样的人帮助你、引导你。我从他那里得知你已经失去了双亲。"

"嗯。我父亲在我很小的时候就去世了，我的母亲去年也离开了人世。"

"那你有兄弟姐妹吗？"

"没有。我的确有两个同父异母的哥哥，但我还是婴儿时，他们就从商了。"

"我猜你的童年很孤单吧，或许是因为这个，你才会更加珍惜蒙泰尼里神甫的慈爱。顺便问一下，在他离开的这段时间里，你已经选好了忏悔神甫吗？"

"我打算去找圣·卡特琳娜的一位神甫，要是那里忏悔的人不多的话。"

"你愿意让我做你的忏悔神甫吗？"

亚瑟诧异地睁大眼睛。

"哦，尊敬的神甫，当然我——感到非常高兴，只是——"

"只是一位神学院的院长通常并不接受俗世的人的忏悔。这不错。但是我知道蒙泰尼里神甫对你非常照顾，而且在我看来他对你有点放心不下——要是我丢下一位心爱的学生，我也会一样感到不放心——他会非常高兴见到你接受他的一位同事给予你精神上的引导。而且坦白地跟你说，我的孩子，我欣赏你，我愿意尽力帮助你。"

"要是您这样想，在您的引导下我当然会充满感激的。"

"那你下个月再来，好吗？就这么决定了。要是晚上有时间，我的孩子，你可以过来看看我。"

复活节前，蒙泰尼里就被正式任命为布里西盖拉教区的主教，布里西盖拉是在伊特鲁里亚地区的亚平宁山区。他从罗马怀着愉快而平静的心情给亚瑟写了信。他的忧郁显然已经完全消失殆尽了。"你最好每个假期都能来看我，"他在信上说，"我也会常常去比萨。即使我不能像以前那样常常见到你，但我还是希望多见你几次。"

华伦医生邀请亚瑟去他家，和他及孩子们一起庆祝复活节，从而不必回到那个沉闷不堪、老鼠横行的豪门旧宅，在那里朱丽亚主宰一切。信里还附寄了一张便条，琼玛用幼稚而不规则的书法恳请他尽量去，"因为我想和你说点事情"。更加让人感到鼓舞的是，大学里的学生相互联系，每个人都准备在复活节以后有大的举动。

亚瑟因为这些事情一直处于一种喜不自禁的期待中。这种情况下，学生中流传的那种最不切实际的空想，在他看来都是自然的事，很有可能在两个月后就会实现。

他决定在受难周的周四回家，放假的前几天打算就在那里过。这样拜访华伦一家的快乐心情以及见到琼玛的喜悦感就不会影响他参加庄重的宗教默念仪式，教会要求所有教徒在这个季节参加默念仪式。他写了回信给琼玛，答应在复活节星期一到她家去。所以他在星期三夜晚怀着一颗肃穆的心走进卧室。

在十字架前，他虔诚地跪了下来。卡尔迪神甫答应在第二天清晨接见他，而且因为这是他在复活节圣餐前做的最后一次忏悔，所以他必须长久而又虔诚地祈祷，以使自己做好准备。他在那里，双手合掌，脑袋低垂地跪着。他回想了过去一个月里的所作所为，历数因急躁、粗心、急性子而犯下的轻微过错，那些已经在他纯洁的心灵里留下了淡淡的细小污点。此外，他并没有发现其他的。这一整个月里，他真是高兴极了，没有时间去犯下太多的罪过。他在胸前画了个十字，然后站起来开始脱衣服。

正当他将衬衣纽扣解开时，一张纸条从里面飞了出来，落在地上。

这是琼玛写给他的信，他把它塞在脖子里已有一整天了。

他将信捡起来后展开，吻着那些备感亲切的字迹。

接着又把那张纸叠起来，隐隐约约地觉得自己做了某件非常可笑的事情，他这时才注意到信纸后有几句附言，在先前他是没有看到的。"请务必快点来，"上面写道，"因为我想让你见见波拉。他一直在这里，我们每天都一起读书。"

在他看着这几句话时，亚瑟的前额涌上了一股热血。

又是波拉！他在莱亨又做些什么？为什么琼玛想要和他一起读书？他就凭借走私就把琼玛给迷住了吗？在1月的那次会上，他已经爱上了她的事实已经很明显了，因此他才如此热心从事宣传工作。现在他就在她的周围——每天都和她在一起读书。

突然，亚瑟把信扔到了一边，重新跪在十字架前。这个准备请求基督赦罪的丑恶灵魂，准备接受复活节的圣餐——那颗要与上帝、其本身以及世界和平相处的灵魂！这颗灵魂居然生出这等卑鄙的妒恨和猜忌、自私的恶意和狭隘的仇恨——

可对方竟是自己的同志！他感觉十分羞愧，不禁用双手捂住自己的脸。在五分钟前，他还梦想着能成为一名烈士。而现在他却为这么一个卑鄙、龌龊的想法而深感愧疚。

在周四上午，当他走进神学院的小教堂时，他瞧见卡尔迪神甫一个人在那里。他背诵了一遍忏悔祷文，接着就讲起了前天晚上所犯的罪过。

"神甫，我陈述自己所犯的妒忌和仇恨的罪过，我对一个于我没有过失的人起了不纯的念头。"

卡尔迪神甫十分明白，知道他在应付一个什么类型的忏悔者。他只是轻声说："你还没有告诉我事情的因果关系，我的孩子。"

"神甫，我对一个我原本应该热爱和尊敬的人，起了非基督教念头。"

"他是跟你有血缘关系的人吗？"

"不，但是比血缘关系更加密切。"

"那和你存在什么样的关系呢？"

"我们是有志同道合的关系。"

"哪方面的志同道合？"

"那是一项伟大而又神圣的事业。"

接着迎来短暂的停顿。

"你对这位——同志所产生的愤怒，对他的忌妒，是因为他在这项工作中比你取得更大的成就而引起的吗？"

"我——算是吧，但只是部分原因。我嫉妒他的经验——他的才能。还有——我想——我怕他会从我那里夺去我——喜欢的那位姑娘的心。"

"那这位你喜欢的姑娘，她也是圣教中的人吗？"

"不，她是一位新教徒。"

"哦，她是一位异教徒吗？"

亚瑟握紧了双手，感到非常焦躁。"是的，异教徒。"他重复说道，"我们在一起长大，我们的母亲是朋友。我——妒忌他，因为我发现他也爱她，因为——因为——"

"亲爱的，"片刻停顿后，卡尔迪神甫说道，声音缓慢而又肃穆，"你并没有将一切实情告诉我。你的灵魂不仅只有这些东西。"

"神甫，我——"他吞吞吐吐着，又停了下来。

"我讨厌他，因为在我们那个组织里——青年意大利党——我是这个组织的一员——"

"啊？"

"把一项我曾想从事的工作分配给他了——这项工作本来可以交给我的，因为我非常适合这项工作。"

"做什么呢？"

"运书——政治书——从运进这些书的轮船取来——为它们找一个合适的隐藏地点——是在城里——"

"青年意大利党让你的竞争对手接手了这项工作？"

"是的，交给了波拉——我嫉妒他。"

"他为什么可以引起这种感情？你并不责备他对交给他的任务疏忽大意吗？"

"不是的，神甫。他工作的时候非常勇敢，也很忠诚。他是一位真正的爱国者，我只该热爱并尊敬他。"

现在卡尔迪神甫陷入了沉思。

"我亲爱的孩子，如果你的心中点起新的光明，产生为你的同胞去完成某种伟大的工作的梦想时，一种为减轻劳苦大众重担的希望时，你一定要留意上帝赐给你的最宝贵恩惠。他赐予人们所有美好的东西，也只有他才会赐予新生。要是你已经找到了牺牲的道路，找到了通向和平的道路，要是你已经认识了至亲至爱的同志，准备解救那些在暗中哭泣、悲痛的人们，那么你就一定要使自己的心灵免受妒忌和激情的干扰，要使自己的心灵成为一个圣坛，让圣火永远在那里燃烧。记住一个高尚而神圣的事业，接受这一事业的心灵必须纯洁得不受任何自私的邪念影响。这种天职也是教士的天职。它不仅仅是一个女人的爱情，也不是为了短暂的儿女私情，这是为了上帝和人民，它是始终不渝的。"

"啊！"亚瑟听到这句誓言时，吓了一大跳，双手紧握，激动得满含热泪。"神甫，你是以教会的名义赞成我们的事业啊！基督是站在我们的一边——"

"亲爱的，"那位教士神情严肃地说，"基督曾把金钱兑换者从神庙里赶了出来，因为他的圣地是祈祷的圣殿，而不是他们的贼窝。"

经过一段漫长的沉默后，亚瑟颤巍巍地低声说道："将他们赶走后，意大利就会是上帝的圣殿——"

他不再说话，柔和的声音又从他的口中响了起来："主说：'大地和大地上的全部财富都是属于我的。'"

第五章

当天下午，亚瑟觉得应当多散散步。所以他将行李交托给了同学，接着徒步走到里窝那。

那天，空气相当湿润，乌云布满了天空，但是并不感觉到冷。一望无际的平原在他看来似乎比以前更加美丽。脚下是柔软的湿地，在春天里开放的野花也在路旁露出羞答答的目光，亚瑟为此而感到赏心悦目。在一小片树林边上有一丛刺槐，一只小鸟正在那里筑窝。当他经过时，那只小鸟吓得叫了一声，拍打着褐黄色的翅膀慌张地飞走了。

由于明天就是耶稣受难日了，所以他试图聚精会神，进行一次虔诚的默念。但是他心里却一直念着蒙泰尼里和琼玛，以至于他只好放弃这种虔诚的默念，任凭他的思绪随意落在即将发动的起义所产生的种种奇迹和荣耀，还想着给两位偶像安排一定的角色。神甫会是领袖、使徒和先知，在他的圣威下，黑暗的力量将会慌忙逃走，在他振臂高呼下，保卫自由的青年将会重温旧的教义，并且将从一个全新的、未曾想象过的角度再次认识旧的真理。

那琼玛是什么呢？噢，琼玛将会在前冲锋。她是用塑造女英雄的材料铸造而来的，她会变成一位完美的同志，她是无数诗人梦想中的那种无所畏惧的坚强女性。她会和他并肩战斗，在死亡的狂风暴雨中狂喜。他们将共赴死亡，也许是在将要取得胜利的时刻——毫无疑问将会取得胜利。他决不会向她表露出他的爱情，他担心会影响她的内心的宁静，或是破坏平淡的同志情谊。对他而言，她是一个圣洁的神物，一个无瑕的牺牲物，为了解救大众而被贡献到祭坛上燃烧。他算是什么，竟敢走进那片只知道热爱上帝和意大利的心灵洁白的圣地？

当他一步步走进"宫殿街"中那座宏伟、沉闷的住宅时，上帝和意大利——突然之间像是从云端上跌落下来。在楼梯上，朱丽亚的管家就遇见他了，他穿的还是那样考究，神态安详，彬彬有礼，但却不把人放在眼里。

"吉朋斯，晚上好。现在我哥哥在吗？"

"先生在家呢，先生。当然夫人也在家。现在他们都在客厅。"

怀着沉重的心情，亚瑟不情愿地走了进去。多么让人感到郁闷的房子啊！美好的生活像洪流一样绕它而去，总是让它停在高水位上。什么都没有变化——人没变，家族的画像也没变，拙劣的家具和丑陋的餐具也没变，粗俗的豪华的摆设也没变，一切不具生命的什物也没变。甚至连花瓶里的花都像是抹了油彩的假花，在春风温暖的日子里，也不会焕发青春活力。朱丽亚身穿进餐的装束，正在客厅里等着客人。

在她的心目中，客厅就是生活的中心，她坐在那里，就像是在让人为她描绘时装图样似的，脸上流露着木然的笑容，头上盘了淡黄色的发卷，一只小狗趴在她膝上。

"好啊，亚瑟。"她生硬地说道，然后伸出手指让他握了一下，继而转去抚摸身子柔软的小狗，这种动作来得更为亲切。"我希望你一切都好，并在大学里取得了令人骄傲的成绩。"

亚瑟随意地说了几句突然想出来的客套话，接着就陷入一种拘谨不宁的沉默里。杰姆斯气度非凡地走了进来，身边跟着一位不苟言笑、已经上了年纪的船运经纪人。可就算他们来了，也没有打破这种尴尬局面。当吉朋斯宣布开饭后，亚瑟站了起来，如释重负。

"我不想吃饭了，朱丽亚。要是你不介意，我想回房了。"

"我的孩子。你的斋戒过头了吧。"托马斯说道，"这样下去，你身体肯定会出问题的。"

"哦，不用担心！晚安。"

在走廊里，亚瑟遇见一位专门帮忙的女佣，并请她在早晨六点时将他叫醒。

"少爷是想去教堂吗？"

"嗯。晚安了，特丽萨。"

他踱步走进自己的房间。这原本是母亲的屋子，在她生病的时候，窗户对面的神龛被改造成一个祈祷室，一个巨大的十字架下面是一个黑色的底座，占据了圣坛的中间，圣坛前有一盏古罗马式的小吊灯挂着。她就是在这里离开人世的。她的肖像现在还挂在床边的墙上，她曾用过的瓷钵也在桌子上摆着，里面还有她心爱的紫罗兰。她刚刚去世一年，那些意大利仆人还没有忘记她。

他将一个包裹从手提包里拿出，里面放着一帧镶嵌了镜框的画像。那是蒙泰尼里的一张蜡笔肖像画，这是前几天刚从罗马寄来的。当他打开这件无价之宝的包装时，朱丽亚的小厮将一个盛有晚餐的托盘端了进来。在新女主人到来之前，服侍格拉迪丝的厨娘弄了一些小吃，她以为她的小主人可能在不犯教规的情况下愿意吃这些小吃。可亚瑟什么也不想吃，只拿了块面包。那小厮是吉朋斯的侄子，刚从英国回来。在他拿走托盘时，意味深长地笑了。他已经加入了仆人之中的新教徒阵营。

亚瑟在走进壁龛后，在十字架前默默地跪了下来。他试图让心灵静下来，抱着祈祷和默念的态度。可他觉得很难做到这一点。正像托马斯说的，他执行四旬斋戒过于严苛了。他就像喝了酒一样。一阵又一阵轻微的兴奋从背上穿下去，眼前的十字架也在云中翻滚。只是经过长时间的连续祈祷，机械地背诵经文之后，才能收回任意驰骋的思绪，心无旁骛地思考赎罪的玄义。最后纯粹的体力劳累压过了神经的狂热，使他摆脱了所有令人焦虑的念头，于是躺了下来，平静而安详地睡去了。

当他正沉睡时，一阵急促的敲门声突然响起。"哦，特丽萨！"他边想边懒懒地翻了一个身。敲门声紧接着又响了起来，他猛地吓了一跳，并且醒了过来。

有人用意大利语叫道，"少爷！少爷！看在上帝的份上，赶紧起来吧！"

亚瑟立马下床起来。

"发生什么事了？谁？"

"是我啊，吉安·巴蒂斯塔。快点起来吧，看在圣母的份上！"

亚瑟匆忙地穿衣服，打开房门。当他带着疑惑的眼睛注视马车夫那张苍白、惊慌的面庞时，一阵沉重的脚步声和银铛的金属声从走廊那头传了过来。他突然意识到发生了什么事。

"他们是来逮捕我的？"他很冷静地说道。

"对，是来逮捕你的！哦，少爷，赶紧！你还有什么要隐藏的？看，我可以把——"

"我不需要隐藏任何东西。我哥哥现在知道了吗？"

一个身穿制服的人首先出现在过道的另一头。

"现在先生已经被人叫起床了，屋里所有的人也醒了。天啊！祸端从天而降——真是从天降啊！居然是在神圣的星期五！贤德的众神啊，行行好吧！"

吉安·巴蒂斯塔难以自制地哭了起来。亚瑟向前走了几步，等待着那些宪兵。他们走过来，一群瑟瑟发抖的仆人跟在后面，身上穿着很随意的衣服。就在宪兵们把亚瑟围住的时候，家里的主人和太太同时出现在这个奇怪的队伍后面。主人穿着睡衣和拖鞋，太太穿着长睡袍，头发扎着卷发纸。

"一场洪水势必要来了，可这些两两结伴的人都在往方舟走近！这不，又来了一对怪异的野兽了！"

当亚瑟看到这些形态迥异的人们时，心里闪过这些话来。他忍住没笑出声，因为觉得这样很不合适——现在应该考虑更为紧迫的事情。"哦，再见了，圣母玛利亚，天国的女王！"他低声地说道，把眼光转向了别处，免得让朱丽亚头上跳动不安的卷发再次引起他做出任何轻率的举动。

"请你向我好好解释一下，"伯顿先生走近宪兵军官身旁，"这样堂而皇之地闯入私宅到底是为了什么？我警告你，除非你准备给我一个合理的解释，否则我就有权利向英国大使投诉。"

"我想，"那位军官非常生硬地回答，"你会认为这是一个必要的解释，英国大使也会这么想的。"他取出一张逮捕证，亚瑟·伯顿的名字就写在上面，并且注着是主修哲学的学生。他把它递给杰姆斯，并且冷言冷语地说道："要是你想得到进一步的解释，最好还是去问警察局长。"

朱丽亚一把从丈夫手中抢过那张逮捕证，匆忙扫了一眼，然后扔向亚瑟，绝对像极了一位勃然大怒的时髦女人。

"你真是太丢人现眼了！"她尖声呵斥道，"这下可让城里那些小人大眼瞪小眼了，可以好好看上一场闹剧！这么说你要坐牢了，你那么虔诚竟也落到这种地步！我们原本就该料到那个信奉天主教的女人生出的孩子——"

"太太，你必须对犯人说本地语言。"那位军官打断了她的话。

然而朱丽亚还是滔滔不绝地说着，在她那一番根本没有停顿的英语中，人们根本就没听见她的劝告。

"真是不出所料！又是斋戒，又是祈祷，又是默念。实质上干的就是这种事情！我还以为也就如此，不会出什么事呢。"

华伦医生曾对朱丽亚有过绝好的比喻：将她比作沙拉，在里面橱子把醋瓶子打翻了。她那尖厉而又刺耳的声音气得亚瑟直发抖，所以他突然想起了这个比喻。

"你现在用不着说这种话。"他说，"你不必担心将会引起什么不愉快的事情，大家都明白这事跟你是一点儿关联都没有的。先生们，你们是想搜查我的东西吗？我没有私藏什么东西。"

在他的房间里，宪兵们还是胡乱翻找，也读了他的信件，翻看他在大学里写的文章，将抽屉和柜子倒空了。他就在床边坐着，因为兴奋而显得有些脸红，但是没有一点儿苦恼。搜查也不会让他心神不安。他总是及时烧毁那些可能危及任何人的信件，除了几首手抄的诗歌，多半是有点革命性的，有点神秘性的，两三份《青年意大利》报，宪兵们在折腾了一阵过后也没有发现什么。朱丽亚经不住小叔子的多次恳求，最后还是回床睡觉了。她摆出一副鄙夷神态，从亚瑟身边走过，杰姆斯乖乖地跟在后面。

而托马斯不停地在屋里踱步，尽量装出毫不在意的样子。

可当他们离开后，他朝那位军官走去，请求允许他同犯人说几句话。对方点头表示同意后，他来到亚瑟前，扯着沙哑的嗓音说："这真是一件非常尴尬的事。对此我表示非常遗憾。"

亚瑟慢慢地抬起头，脸上展现出如夏日清晨般的镇静。"你待我一直很好，"他说，"你不需要对此感到遗憾。我会没事的。"

"哎，亚瑟！"托马斯使劲捋了捋胡子，提出一个难以开口的问题。"这——这些与——与钱有关吗？如果是的话，我——"

"和钱一点儿关系也没有！对，没有！怎么可能与——"

"那就是你做了政治上轻率的行为吗？我想是这样的。呃，不要伤心失望——也不要介意朱丽亚说的那些话。就是她那讨厌的舌头在搞怪。如果你需要我帮忙的话——现金或是别的什么——跟我直接说就好，行吗？"

亚瑟沉默地伸出他的手，托马斯从房间里离开了。他尽量装出一副无所谓的样子，且这使他的脸显得异常冷漠。

恰好在这时，宪兵们结束了搜查。负责的军官命令亚瑟穿上外出的衣服。他立即照办，转身离开了房间。突然他有些迟疑，停下了脚步，他觉得很难当着这些宪兵的面，就这样离开母亲的祈祷室。

"你们可以离开房间一会儿？"他问，"你们知道我是逃不掉的，而且也没有什么地方可以藏身。"

"抱歉，不是这个原因。"

走进祈祷室后，他跪了下来，亲吻着蒙难耶稣的双脚和十字架的底座。并轻声说道："主啊，请让我至死不渝吧。"

当他站起来时，站在桌旁的那位军官正在审视着蒙泰尼里的肖像。"这是你的亲戚吗？"他问道。

"不，他是我的忏悔神甫，也是布里西盖拉的新主教。"

那些身为意大利人的仆人也在楼梯上等着，又着急又悲痛。他们全都喜欢亚瑟，因为他和他母亲都是好人。他们走到他的身边，带着真切的悲痛亲吻他的双手和衣服。

吉安·巴蒂斯塔也站在一旁，眼泪顺着他那灰白的胡子，不断地落了下来。没有一个家人出来送他。他们的冷淡越发显现出仆人的友善和同情心。当他握紧伸出的手时，亚瑟快要哭出声来。

"吉安·巴蒂斯塔，再见了，替我亲吻你家的小孩。再见了，特丽萨。请你们为我祈祷吧！再见，再见！"

他匆忙下了楼梯跑到前门。过了一会儿，一群沉默的男人和抽泣的女人站在门口，望着马车开走。

第六章

他们把亚瑟带进了港口那个巨大的中世纪城堡里。亚瑟发现监狱生活相当痛苦。他那间牢房又湿冷又阴暗，让人感到很不舒适。但是他是在维亚·波拉街的一座豪华府邸里长大的，因此对他来说，密集不流通的空气和令人作呕的气味都不是什么新奇的玩意儿。食物也差得要命，而且分量显然不够。但是杰姆斯很快就得到准许，从家里给他送来了生活上的必需品。他被独自关着，尽管狱卒对他的监管并不像他想象的那样严格，但他还是没能了解逮捕他的原因。可是他却保持平静的心情，这种心情自他进入城堡以后就没有发生改变。因为不许他带书来看，所以他只能祈祷和做虔诚的默念，借此打发时间，不急不躁地等着事态的进一步发展。

一天，有一名士兵将牢房打开了，向他喊道："请往这边走！"又提了两三个问题，回答却是："不许交谈！"亚瑟只好听天由命，跟着那位士兵穿过迷宫似的庭院、走廊和楼梯，一切都带了些霉味。接着他们走进一个宽敞明亮的房间，里面有三个身着军服的人坐在一张铺着绿呢的长桌子边，桌上杂乱地堆着文件。他们正在懒洋洋地闲谈着。

亚瑟走进来时，他们摆出一副正儿八经的样子。他们中年纪较大的那位像是一位花花公子，他还留着灰白色的络腮胡子，穿着上校军服。他用手指着对面的一把椅子，然后就开始了预审。

威胁、侮辱甚至是谩骂，这些亚瑟都曾想过，因而他带着尊严和耐心来应答。但是他们对他相当客气，这使他有些失望。对他的提问也都是那些平常的问题，诸如他的姓名、年龄、国籍和社会地位，对此他一一给予回答。他的回答也都按照顺序被记录下来。他开始觉得无聊，不耐烦。这时那位上校问道："现在，伯顿先生，你对青年意大利党有何了解？"

"我知道这是一个组织，还出版了一份报纸，是在马赛意大利散发，目的在于动员人们挺身而起，把奥地利军队从这个国家赶出去。"

"我猜想你是读过这份报纸的吧？"

"嗯，我对这件事情很有兴趣。"

"你知道你读报的行为是违反法律的吗？"

"嗯，我知道。"

"你是从哪里弄来我们在你房间所发现的报纸的？"

"这我不能告诉你。"

"伯顿先生，你在这里不能说'我不能告诉你'。你有义务回答我的问题。"

"要是你不准我说'不能'，那我只能说'不愿'。"

"要是你允许自己用这些字眼，你肯定会后悔的。"上校严肃地说。因为亚瑟没有回答，因此他接着说道："我可以这么跟你说，从我们所拥有的证据来看，你与这个组织的关系十分密切，不仅是阅读了违禁读物。你最好还是坦白交代，这对你有好处。不管怎样说，事情总会弄个水落石出的，你会发现回避和否认对开脱自己的恶行是没有用处的。"

"我也不想为自己开脱。你们到底想知道什么呢？"

"首先，你是一个外国人，你是怎么参与到这种事情当中的？"

"我曾思考过这件事，读了我找的所有资料，还得出了自己的结论。"

"又是谁鼓动你参加的呢？"

"没有人，我自己想加入这个组织。"

"这样做，你是在和我浪费时间。"上校厉声说道，他现在慢慢失去了耐心。"没有人能自己参加这个组织。你跟谁说过想参加这个组织?"

又是一阵沉默。

"请你对我的问题做出回答,好吗?"

"你要是问我这样的问题,我没法回答。"

亚瑟也满含怒气地说,他产生了一种莫名其妙的恼怒。在这时,他知道里窝那和比萨有许多人被逮捕了。虽然他现在不知道这场灾难影响有多大,但是风言风语他已听了很多了,所以他为琼玛及其他的朋友的安危感到很不安。这些军官们表面上礼貌待人,在狡诈阴险的问题和不着边际的回答间有来有往,他们相互之间玩弄着搪塞和回避这种无聊的把戏,这一切都让他感到担忧和烦闷。门外的哨兵迈着沉重的脚步走来走去,刺耳的脚步声让他难以平静。

"哦,顺便问一下,上次见到乔万尼·波拉是什么时候呢?"经过一阵争辩后,上校问道。"在你离开比萨前,是吗?"

"我不认识这个人。"

"你说什么!乔万尼·波拉?你怎么可能不认识他——他是一个高高的年轻小伙,脸上总是刮得非常干净的。哦,他还是你的同学呢。"

"我不认识大学里许多学生。"

"哦,但是你肯定认识波拉,你一定认识波拉!看,他的手迹。你看,他对你可熟悉着呢。"

上校假装漫不经心地给他递过一张纸条,抬头写着"招供自白",并且签署有"乔万尼·波拉"的字样。亚瑟匆忙扫了一眼,瞄到了自己的名字。他惊讶地抬起头。"要我读吗?"

"嗯,你可以读出来,这事和你有关。"

因此,他开始读了起来,那些军官默不作声地在那里坐着,观察他的面部表情。这份文件包括对一长串问题所做的供词。波拉显然也已经被捕。供词的第一部分是通常的那一套,接下去简短地介绍了波拉与组织的关系,如何在里窝那宣传违禁读物,以及学生集会的情况。后面写着"在参加我们这个组织当中有一位年轻的英国人,他叫亚瑟·伯顿,是一个富有的船运家族的成员"。

亚瑟的脸上激起一股热血。他已经被波拉出卖了！波拉，这个挺身担任一位发起人之庄严职责的人——波拉，这个改变了琼玛信仰的人——他还爱着她呢！他放下那张纸，出神地盯着地面。

"这张小纸条让你恢复记忆了吧？"上校彬彬有礼地问道。

亚瑟摇摇头。"我还是不认识这个人。"他重复了一遍，声音单调而又坚决。"肯定是什么东西弄错了。"

"什么错了呢？哦，尽瞎扯！算了吧，伯顿先生，骑士风格和堂吉诃德式的侠肝义胆，就其本身来说是非常美好的品质，但是过分实践这些品质则是毫无益处的。像你这样的年轻人一开始总犯这样的错误。算了吧，想一想，为了一个出卖你的人委屈自己，拘泥于小节，毁了自己一生的前途又有什么好处呢？你看你自己吧，他把你供出来可是没有给予你什么特别的关照。"

亚瑟从上校的声音里听出一种淡淡的嘲弄口气，为此他大吃一惊，抬起头来。他的心头突然闪过一道光亮。

"骗人！"他大声叫道。"这是假的！从你的脸上我就看出来了，你们这些胆小鬼——你们一定是想要陷害哪个犯人，要么你就是想引我上钩。你们伪造了这个东西，你一定是在撒谎，你这个浑蛋——"

"别说了！"上校大声吼道，突然站起身来。"托马西上尉，"他面对着身旁的一个人继续说道，"请你把看守叫来，把这个年轻人带进惩戒室关上几天。我看需要好好教训他一顿，只有那样他才会变得理智起来。"

所谓的惩戒室其实就是一个地下洞穴，它阴暗、潮湿、肮脏。它没有让亚瑟变得"理智"起来，相反，却把他彻底激怒起来。他那个豪奢的家庭已经使他养成了讲究个人清洁卫生的习惯，可在这里，污秽的墙上到处是毒虫，地上堆积着垃圾和污物，青苔、污水和朽木散发出令人作呕的气味。这里的所有物品对他产生的最初影响足以使得那位受到冒犯的军官感到满意。亚瑟被推了进去，牢门立即被关上。他伸出双手，小心翼翼地向前走了三步。他的手摸到滑溜溜的墙壁，一阵恶心使他浑身颤抖起来。在漆黑之中，他找到一个不那么脏的地方，然后坐了下来。

在黑暗和沉默中，他度过了相当漫长的一天。夜里什么事儿也没有发生。一切都是那样的空虚，完全没有了外界的影响。他逐渐失去了时间的概念。在第二天清晨，当钥匙在门锁里转动时，受惊吓的老鼠吱吱地从他身边穿过，他立马吓得站起身来，他的心还怦怦地跳得厉害，耳朵里也嗡嗡直响，仿佛他被关在一个隔绝光与声的地方已有几个月，并不仅仅是几个小时。

当牢门打开时，一丝微弱的灯光透了进来——对他来说，这是一道耀眼的光亮。看守长走了进来，手里有一块面包和一杯水。亚瑟向前走了一步，他坚信这个人是来放他出去的。还没等他说话，看守就把面包和茶杯塞到他的手里，转过身，什么也没说就走了，又锁上牢门。

亚瑟气得立马跺起脚。这是他一生中第一次感到怒火中烧。可随时间流逝，他渐渐失去了对时间和地点的把握。黑暗就是无边无际的黑洞，没有开始亦没有结束。对他而言，生命好像已经停止了。当第三天傍晚，牢门再次被打开时，看守长带着一位士兵站在门槛上。他抬起头，惶恐而又茫然。用手把眼睛遮住了，以便避开不太习惯的亮光。他神情恍惚，不知道自己在坟墓里待了多长时间。

"走这边吧。"看守严肃地说道。亚瑟站了起来，机械地往前走去。他步履蹒跚，晃晃悠悠，就像是一个喝醉了的人。他不想看守扶他走上陡峭而狭窄的台阶，但是在他走上最后一层台阶时，他突然觉得头晕目眩，因此他摇晃起来，要不是看守及时地抓住他的肩膀，他肯定会向后摔下去。

"行啦，现在他会慢慢好起来的，"有人高兴地说，"像这样走出来，大多数人都会晕过去。"

亚瑟不断地挣扎着，试图喘过气来。这时他的脸上又泼到一捧水。黑暗好像也随着哗啦啦的水声慢慢地从他眼前消失了，这时他才恢复起了知觉。他推开看守的胳膊，走到走廊的另一头，然后稳稳当当地登上楼梯。在一个门口，他们停顿了片刻，接着门被打开了。没等他想出他们想把他带到哪里，他就已站在灯火通明的审讯室里，惊魂未定地打量着那张桌子，以及那些文件和那些坐在老位置上的军官。

"呵，是伯顿先生啊！"上校说，"我想我们现在能好好地聊一聊了吧。呃，喜欢那间暗无天日的牢房吗？肯定比不上你哥哥家中那间客厅豪华，是吗？嗯？"

当亚瑟抬头看到上校那张笑嘻嘻的面孔时，他产生了一种难以遏制的愤怒，想直接扑上前去，掐住花花公子的喉咙，想用牙齿把它咬断。很可能他的脸上流露出什么异样了，因为上校立即换用一种截然不同的语气说道："坐下，伯顿先生，喝点儿水。你有些激动。"

亚瑟将递给他的那杯水推开。他将双臂支在桌上，一只手托住前额，想静下心来。上校就坐在那里，老练的目光敏锐地盯着他那颤抖的双手和嘴唇，以及湿漉漉的头发和迷离的眼神。他知道这一切说明亚瑟已经体力衰弱，神经紊乱了。

"伯顿先生，现在，"几分钟后，他说，"我们就接着上次往下谈吧，我想我们之间产生了一些令人不高兴的事情，所以我不妨首先向你表明，对我而言，除了宽容待你别无他意。要是你的举止是得当、理智的，我可以向你保证，我们不会对你采取任何不必要的粗暴行为。"

"你到底要我做什么呢？"亚瑟非常愤怒地说道，声音与他平时说话的腔调大相径庭。

"你只需要坦率地跟我们说，你对这个组织及其成员有多少了解。直截了当，大大方方地说出来。首先说说你认识波拉有多长时间了？"

"我不认识他。我对他一点儿也不了解。"

"是吗？好吧，我们过会儿再讨论这个话题。你认识卡洛·毕尼这个年轻人吗？"

"我也不认识这个人。"

"这就太奇怪了。弗兰西斯科·奈里呢？"

"我没听说这个人。"

"可这是你写的信吧，上面还有他的名字。看！"

亚瑟漫不经心地瞥了一眼，然后将它扔在一边。

"你还记得这封信吗？"

"我不记得。"

"这不是你写的吗?"

"我不否认什么。只是我不记得了。"

"那你还记得这封信吧?"

上校又递给他另一封信,他知道这是秋天里,他给一位同学写的信。

"不知道。"

"也不知道收信的人?"

"是的。"

"你的记忆真成问题。"

"这也是我常抱怨的一个缺点。"

"那是! 可我有天从一位大学教授那里得知你没有一点儿缺陷,事实上你是一个聪明的人。"

"你是根据暗探的标准来断定我是否聪明的,要知道大学教授们用词是不同的。"

亚瑟的声音反映出他的火气越来越旺了。由于饥饿、空气污浊和缺乏睡眠,他已经疲惫不堪了。他身子里每根骨头都在作痛,上校的声音折磨着他那早已怒不可遏的神经,气得他咬紧牙关,并且发出石笔摩擦一样的声音。

上校仰面靠在椅背上,严肃说道;"伯顿先生,我想你又忘记了自己的处境。我再次提醒你,这样谈话对你没有益处。你肯定尝够了黑牢的滋味,现在不想回到那里面吧。我把话给你挑明了,如果你再这样不分好歹,我就会采取果断的措施。别忘了我可是有证据的——确凿的证据——证明这些年轻人当中有人把违禁的书报带到港口来,而且你一直与他们保持联系。现在你是不是愿意主动交代你对这件事了解多少?"

亚瑟慢慢地垂下了脑袋、心中萌发出了一股盲目、愚昧和疯狂的怒火,难以熄灭。对他而说,失去自制比任何威胁都可怕。他第一次认识到,在任何绅士的修养和基督徒的虔诚背后,都隐藏着那种不易觉察的力量,于是他都害怕他自己。

“我还在等你的回答呢。”上校说道。

“我不需要说什么了。”

“你是在拒绝回答吗?”

“我不会和你说什么的。”

“那我只好再次下令将你关回到惩戒室去,并且一直把你关在那里,直到回心转意。要是你再惹麻烦,我就会给你戴上手铐脚镣。”

当亚瑟抬起头时,气得浑身抖个不停。“随你。”他说道,“英国大使会做决定,是否允许你们如此虐待一个无罪的英国臣民。”

最后,亚瑟还是被带回到自己的牢房。进去后,他就倒在床上,一直睡到第二天早晨。既没有给他戴上手铐脚镣,也没有把他关进那间恐怖的黑牢。但是每一次的审讯过后,他与上校之间的仇恨就会日益加深。对亚瑟来说,他在这间牢房里祈祷上帝的恩惠来平息心中炽烈的怒火,或者利用半夜的时间思考基督的耐心和忍让,都是一点儿好处也没有的。当他又被带进那间狭长的空屋时,看到那张铺着绿呢的桌子,看到上校那撮蜡黄的胡子,非基督教的精神立即就再次充斥他的内心,使他做出各种辛辣的反驳和恶意的回答。他在监狱里还没有待上一个月,他们之间的愤恨就已达到水火不容的地步,以至于他和上校一打照面就会勃然大怒。

这样的冲突已经严重地影响到他的神经系统。他知道自己受到了密切的监视,而且也想起了那些令人毛骨悚然的谣言。

给犯人偷偷服用颠茄,再把他们的谵语记录下来,这些事情他是听说过的。因此他慢慢开始害怕睡觉或吃饭。要是一只老鼠在夜里突然跑到他身边,他都会吓得一身冷汗,因为恐惧而浑身发抖,并且幻想有人在屋里藏着,企图诱使他在某种情况下作出供词,从而供出波拉。他害怕因为疏忽而落进陷阱中,以至于真有危险仅仅是由于紧张而做出这样的事。波拉的名字无论白天黑夜都在他的耳边响起,甚至扰乱了他的祈祷,以至于在他数着念珠时忽然会说出波拉的名字,而不是玛利亚的名字。可是最糟糕的事情就是他的宗教信仰就像外界的事情一样,一天天地离他远去。他怀着狂热的固执劲儿拼命地抓住这最后的立脚点,每天他都会花上几个小时用于祈祷和默念。但是他的思绪越来越容易地转到波拉的身上，可怕的是祈祷正在逐渐变得机械化。

认识了监狱的看守长是他最大的安慰。他是一位身材不高的小老头，胖胖的，头已秃顶。起先他总是板着一张严肃的脸。可时间一长，他那张胖脸上的每一个酒窝都流露出善良的痕迹，这种善良阻碍了职务在身而应有的顾忌。他开始为犯人传递口信和纸条，从一间牢房传到另一间牢房。

在5月的一个下午，当这位看守走进牢房时，他皱着眉头，阴沉着脸。亚瑟有些吃惊地望着他。

"发生什么事啦，恩里科！"他大声说道。"你今天究竟是发生什么了？"

"没事。"恩里科没好气地说道。他走到草铺面前，开始搬毛毯。这条毛毯是亚瑟带来的。

"你为什么拿我的东西，我要搬去另一间牢房吗？"

"不，你是被释放了。"

"什么，释放？——是今天吗？全都犯人都被释放了吗？恩里科！"

由于亚瑟过于激动，情急之下抓住了那位老人的胳膊，可是他却愤然挣脱开了。

"你到底怎么啦？恩里科！你怎么不说话？我们全被释放吗？"

他仅仅哼了一声，算是回答。

"不要这样！"亚瑟抓住了看守的胳膊，并且开心地大笑。"你对我生气可没用，因为我不介意。我想知道其他人的情况。"

"谁？"恩里科突然放下正在叠着的衬衣，非常生气地说道。"我想不包括波拉吧？"

"当然包括波拉，还有其他所有的人。恩里科，你到底是怎么啦？"

"好吧，他可能不会马上被释放，可怜的孩子，他居然被一位同志给出卖了。哼！"恩里科再次拿起衬衣，带着鄙夷的神情。

"他被出卖了？还是一位同志！哦，太可怕了！"亚瑟吃惊地睁大眼睛。恩里科迅速转过身去。

"难道不是你？"

"我？伙计，你疯了吧？怎么会是我呢？"

"可是昨天审讯时，他们是这么和他说的。不是你，我很高兴。因为我一直觉得你是一个非常正直的年轻人。这边走！"恩里科站到走廊上，亚瑟跟在他的身后。他心中的一团迷雾有了头绪。

"你说他们跟波拉说是我出卖了他？他们当然会这么说了！伙计，他们还跟我说他出卖了我呢。波拉肯定不会相信这些的。"

"真的不是你？"恩里科在楼梯上停了下来，打量着亚瑟。亚瑟耸了耸肩膀。

"他们当然是撒谎。"

"那就好，听到这句话我很高兴，我的孩子。我会跟他说你的反应的。但是你要知道，他们跟他说，你是出于——呃，出于妒忌而告发他，因为你俩爱上了同一个姑娘。"

"撒谎！"亚瑟气急败坏，急匆匆地重复着这句话。

突然，亚瑟心中产生一种恐惧，并且浑身没了力气。"同一个姑娘——妒忌！"他们是怎么知道的——他们是怎么知道的？

"等等，我的孩子。"在通向审讯室的走廊里，恩里科停下来，和颜悦色地说道，"我相信你，但是请告诉我一件事。我知道你是位天主教徒，你在忏悔的时候说过——"

"这是谎话！"这一次亚瑟提高了嗓门，快要哭出声来。

恩里科耸耸肩膀，接着往前走去。"你当然最清楚，但是像你这样上当受骗的傻小子，也不止你一个人。比萨现在正闹得满城风雨，你的一些朋友已经揭发了一个教士。他们已经印发了传单，说他是一个暗探。"

审讯室的门被他打开了，可亚瑟一动不动，面无表情地望着前方，他轻轻地把他推进门槛里面。

"伯顿先生，下午好。"上校咧嘴笑着说道，态度亲切，"我不胜荣幸，向你表示祝贺。佛罗伦萨方面已经下令释放你了。请你在这份文件上签字好吗？"

"我要知道，"亚瑟走到他的面前，浑身无力地问道，"是谁出卖了我。"

上校微微扬起了眉毛，轻轻一笑。

"你还猜不到吗？想一想。"

亚瑟又摇摇头。上校伸出双手，作了一个诧异的手势。

"真的猜不到吗？不会吧？哈哈，你自己呀，伯顿先生。又有谁知道你的儿女私情呢？"

亚瑟静静地转过身，一个巨大的木制十字架挂在墙上，他的眼睛缓缓地移到耶稣的脸上。但他的眼里没有祈求的神情，只是隐约地好奇这位漠然而又耐心的上帝为什么不严惩出卖忏悔教徒的教士。

"这收据上需要你的签字，表明你领回了自己的论文，好吗？"上校和气地说道。"我就不留你了。我相信你一定赶着回家。为了波拉那个傻小子，我今天下午已经耗了太多的时间了。他把我作为基督教徒的耐性可考验苦了。恐怕他会被判重刑。再见！"

在收据上，亚瑟签了自己的名字，接过论文，又一声不吭地走了。他跟着恩里科来到大门口。他没说一句道别的话，径直走到河边。在那里有一位船夫，正等着把他渡过护城河。当他登上通往街道的台阶时，一位戴着草帽、穿着棉布连衣裙的姑娘伸出双臂，向他跑过来。

"亚瑟！哦，太好了——我真高兴！"

他赶紧地抽回了手，不断颤抖着。

"吉姆！"他后来说道，声音好像不是他自己的。"吉姆！"

"我已经在这里等了半个多小时了。听说你四点会出来。亚瑟，你怎么这样看着我？到底出了什么事？亚瑟，你发生什么事了？别这样！"

他转过身，慢慢地向街道另一头走去，好像已经忘记了她在那儿。她被他的样子给吓坏了，她跑上来，一把抓住了他的胳膊。

"亚瑟！"

他停了下来，抬起头，非常恐惧地看着她。她挽起他的胳膊，他们不说话，一起又走了一会儿。

　　她轻声说道："听着，亲爱的，你不必为这事而感到担忧。我知道，对你来说这是痛苦，但是大家都会理解你的。"

　　"你说什么？"他问道，还是那样浑身无力。

　　"关于波拉写的信。"

　　当亚瑟听到这个名字，他的脸痛苦地抽搐起来。

　　"我本想你不会知道这事的，"琼玛继续说道，"但是我看他们已经和你说了。波拉一定是发疯了，竟然会有这样的事。"

　　"什么事——"

　　"这么说你一点儿也不知道这件事了？他写了一封耸人听闻的信，说你已经把关于轮船的事情泄露了出去，并且导致他被捕。这当然是不可能的事情，每个了解你的人都会知道这是假的。只有那些不了解你的人才会感到惶恐。所以我来这里——就是想和你说，我们那个圈子里的人都不信。"

　　"琼玛！可这是——真的！"

　　她慢慢地抽身，从他身边移开，站在那里一动也不动。她睁大了眼睛，满眼都是惊恐。她的脸色就像脖子上的围巾一样煞白。沉默就像一道冰冷的巨浪，冲刷到他们的跟前，淹没了他们，把他们与市井的喧闹隔绝开来。

　　"是，"他最后低声说道，"我说了——轮船的事情。我还说了他的名字——噢，我的上帝！我的上帝啊！我到底在做什么？"

　　他突然醒悟了过来，发现她就在他的身边，并且发现了她的脸上展现出致命的恐惧。对了，当然她肯定误以为——

　　"琼玛，你不知道！"他脱口说道，立马凑到她的跟前。

　　但是她吓得直往后退，并且厉声叫出来："别碰我！"

　　突然间，亚瑟猛地抓住她的右手。

　　"听着，上帝知道！这不是我的错。我——"

　　"你放开我，把我的手放开！放开！"

　　她立即从他的手里将自己的手指挣开，并且扬起手，结实地打了他一个耳光。

他的双眼也变得模糊不清。刹那间，他只能注视着琼玛那张苍白而绝望的面孔，以及那只凶猛地打他的手。她在棉布连衣裙上用力地蹭着那只手。过了一会儿，日光再次显露出来，他望向四周，看见只是独自一人。

第七章

当维亚·波拉大街那座豪华府邸的门铃被亚瑟摁响时，天色早已暗了。这才意识到自己一直在街上游荡。可在哪儿、为什么，或游荡了多久，他一概不知。门是朱丽亚的仆人打开的，他哈欠连天，当他看到亚瑟憔悴而无表情的脸，他意味深长地咧嘴笑了笑。少爷从监狱回家，竟像一个"烂醉如泥、衣衫不整"的乞丐，对他而言，这是个天大的笑话。

当亚瑟走到二楼时，他遇见从楼上走下来的吉朋斯，他阴沉着脸儿，摆出一副高深莫测、不以为然的样子。他试图低声说上一句"晚安"，然后从一旁走过。可吉朋斯这个人要是感觉到你不顺他的心，你就甭想顺顺利利地从他身边经过。

"主人们都已出去了，先生。"他说，同时带着厌恶的眼神打量着亚瑟脏乱的衣服和头发，"他们一起去参加晚会了，要到十二点才回来。"

手表显示现在才九点钟。哦，好！他还有时间——有的是时间……

"女主人让我问你想不想吃点晚饭，先生。她说希望你能等她，因为她想今晚和你谈谈。"

"我不吃了，谢谢你。你可以告诉她我没有上床睡觉。"

他走进房间。自从他被捕后，里面什么也没有变。蒙泰尼里的画像还在桌上的，十字架也像以前那样立在神龛里。他在门口站了一会儿，侧耳倾听。但是宅子里安静极了。显然没有任何人会前来打扰他。他轻轻地走进房间，接着锁上了门。

他想让自己就这样走完人生。什么也不想，也没有什么让他担心的事。只是消灭一个讨厌而又无用的意识，此外再也没有别的事情可做。可是看来还有一件愚蠢而又盲目的事情。

他还没有想好要不要自杀，对此我也没想太多。这是一件显而易见、无法回避的事情。他甚至不知道要采取什么方式自杀，最重要的是把这一切尽快了结——做完后忘得一干二净。他的房间也没有什么武器，甚至连小刀都没有。但是这没关系——一条毛巾就行，或者把床单撕成碎片也行。

好在窗户上还有一枚大钉子。这就够了，但是它必须牢固，能够经受住他的重量。他站在椅子上试了试，钉子并不十分牢固。他又跳下椅子，从抽屉里拿出一把锤子。

他敲了敲钉子，正准备从床上撕下一块床单。这时他想起他还没有祈祷呢。一个人在死前必须要祈祷的，每一个基督徒在死前都要做祈祷的。对于一个马上要死去的人，还有特别的祈祷文呢。

因此，他又走进了神龛，在十字架前跪了下来。"万能而慈悲的上帝——"他开始祈祷。但说到这儿，他就停了下来，不再继续说了。这个世界的确很无聊了，能有什么值得祈祷或者诅咒的呢。

基督对这些又知道多少呢？从来没有经历过这种麻烦的基督知道什么呢？他仅仅被出卖了，像波拉一样。他并不曾因为被骗而出卖别人。

亚瑟又站了起来，习惯性地在胸前画了个十字。他走到桌子跟前，看见上面放着一封信。信纸上是蒙泰尼里的笔迹，是写给他的。信是用铅笔写的：

我的孩子：不能在你释放的当天立马见你，对我来说这是多么令人失望啊。可是我被请去看望一个行将就木的人，很晚我才能回来。明早过来看我。急草。

劳·蒙

他放下信来，叹息一声。看来这件事对 Padre 打击的确够大。

在街上的人们还是笑得很开心，聊得很欢快！自他出生后一切都没有变化。至少他周围那些日常烦琐的小事不会因为一个人、一个活人的逝世而改变，一切都像从前那样。喷水池的水还在溅荡，屋檐下的麻雀还在叽叽喳喳地吵闹着。昨天是这样，明天还是这样。对他来说，他已经死了——彻彻底底地死了。

他以双手交叉抓住床头的栏杆的姿势坐在床边，额头枕在胳膊上。还有很多的时间，而且他的头还很疼——大脑也疼得很。一切都是那么乏味，那么愚蠢——没有一点儿意思……

前门传来急促的铃声，他吃了一惊，快要喘不过气来。他将双手扼住了喉咙。他们已经回来了——他坐在这里胡思乱想，任由宝贵的时间流逝——现在他必须得去看他们的面孔，听他们冷酷的声音——他们会嗤之以鼻，大发议论——如果他有把刀子该有多好……

环视四周后他非常绝望。在小柜子里，还有他母亲做针线的篮子，篮子里必定会有剪子，他可以绞断一根动脉。不，如果他有时间的话，床单和钉子更安全。

他将床罩从床上掀下，发疯似的撕下一条布来。楼梯里传来了阵阵脚步声。不，这条布太宽了。用它打结不牢，而且还要留下一个套索。脚步声越来越近了，他的动作也越来越快。血液不断地撞击着他的太阳穴，并在他的耳朵里嗡嗡作响。

再快点——再快点！哦，上帝啊！再给五分钟吧！

一阵敲门声响了起来。那条撕下来的布条也从他手中滑落了，他坐在那里一动也不动。屏住呼吸听着。有人扭动了门把，然后朱丽亚大声叫道："亚瑟！"

他喘着粗气站了起来。

"亚瑟，把门给我打开。我们还在等着你呢。"

他捡起已经撕坏了的床罩，将它塞进抽屉里，然后匆忙把床抚平。

"亚瑟！"这一次是杰姆斯在叫门，而且有人在不耐烦地扭动门把。"你睡着了吗?"

亚瑟看了看屋子，感觉一切都已藏好了，这才打开了房门。

"亚瑟，我有话必须说在前头。至少你应该遵照我的要求，坐着等我们回来吧。"朱丽亚闯进屋里，怒气冲冲地吼道，"你看来是认为我们应该在门口恭候你半个小时——"

"哦，亲爱的，是四分钟。"杰姆斯和缓地予以更正。他紧随妻子的粉缎长裙走进屋里。"我会认为，亚瑟，你这样做不大——不大合规矩——"

"你们想做什么？"亚瑟打断了他的话。他站在那里，手扶着房门。他就像是一只被囚禁的动物，偷偷看看这个，接着又偷偷瞄瞄那个。然而杰姆斯反应迟钝，朱丽亚又在气头上，因此他们都没有留意到他脸上的怪异表情。

伯顿先生拉过一把椅子给他妻子，自己也坐了下来。他小心翼翼地在膝盖处拉直他那条新裤子。"我和朱丽亚，"他开口说道，"认为我们有责任跟你好好地谈谈——"

"今天晚上算了吧，我——我身体不大舒服。我头疼——你们等等吧。"

亚瑟说话含含糊糊的，声音也有些异样。他神情恍惚，前言不搭后语。杰姆斯吃了一惊，朝四处望了一下。

"你不舒服吗？"他着急地问，突然想起了亚瑟曾睡在那个有传染病的温床上。"我希望你没有得什么病。你看上去很像是在发烧。"

"瞎说什么呢！"朱丽亚打断了他的话。"他在装腔作势，因为他不好意思面对我们。过来坐下，亚瑟。"

亚瑟慢慢地走过去，坐在了床上。"嗯？"他疲惫地说道。

伯顿先生干咳了几声，清了清嗓子，捋了捋他那已够整洁的胡子，然后再次开始说出那些经过准备的话来："我认为我有责任——我有痛苦的责任——跟你严肃地谈谈你这种离经叛道的行为，与——呃——那些无法无天、杀人越货之徒，以及——嗯——那些品行不端的人交朋友。我相信你，可能只是糊里糊涂，而不是已经堕落了——呃——"

他不再说话。

"嗯？"亚瑟又问。

"哎，我不想让你为难。"杰姆斯接着说道，看到亚瑟那副疲倦的充满绝望的神态，他不由自主地缓和了一下语气。"我愿意相信你是被坏蛋引入了歧途，因为你年纪还小，缺乏经验，还有——呃——鲁莽，以及——呃——你的性格太轻率了，我想是从你母亲那里继承下来的。"

他的眼光慢慢转到母亲的画像上，接着又收回眼光，但是他什么话也没有说。

"我想你早晚会明白的，"杰姆斯继续说，"我们是一个为人敬仰的家庭，要我收留一个在大庭广众之下辱没门风的人是绝对不可能的。"

"嗯?"亚瑟又问了一遍。

"好吧，"朱丽亚说道。她啪的一声将扇子合上了，把它放在膝盖上。"亚瑟，除了'嗯'这一声，你就不能说一点其他的吗?"

"当然，你们想怎么做就怎么做。"他慢吞吞地说，身体一动不动。"不论做什么都不要紧的。"

"不——要紧?"杰姆斯重复说道，目瞪口呆。他的妻子哈哈大笑，并且站起身来。

"噢，不要紧，是吗? 那好，杰姆斯，你现在明白了你期待能从这个人那里得到多少报答。我可是跟你说过好心得不到好报吧，对一个投机钻营的女天主教徒和他们的——"

"轻声点，嘘! 亲爱的，不要总是算计这些事!"

"别瞎说了，杰姆斯。别感情用事了，我已经受够了! 一个孽种居然想做这个家庭的成员——他该知道他的母亲是什么样的人了! 我们为什么要承担一个天主教教士一时风流而养下的孩子呢? 这儿，瞅瞅!"

从口袋里，她扯出一张早就被揉烂的纸来，隔着桌子扔给了亚瑟。亚瑟将它摊开，上面是她母亲的笔迹，署名的日期是他出生前四个月。这是一封忏悔书，是写给她丈夫的，落款有两个签名。

亚瑟将注意力缓慢地移到纸的下方，跳过拼成她名字的潦草字母，看到那个有力而又熟悉的签名："劳伦佐·蒙泰尼里"。他注视这张忏悔书，看了好一会儿。然后他一言不语，把这张纸折起来，并放下来。

杰姆斯站起身来，挽起了他的妻子。

"好了，朱丽亚，就这么办吧。现在下楼去吧。时候不早了，我想和亚瑟谈点小事。你不会对此感兴趣的。"

她抬头看了看丈夫，然后又看看亚瑟。亚瑟正静静地凝视着地板。

"我觉得他现在有些傻。"她小声说道。

当她撩起裙子的后摆，慢慢地走出房间后，杰姆斯小心翼翼地关上门，接着走回到桌旁他那把椅子跟前。亚瑟还是坐在那里，一动也不动，一声也不吭。

杰姆斯温和地说道："亚瑟，现在朱丽亚已经不在这儿，听不到她说什么了。事情弄到这个地步，我感到非常抱歉。你也许不知道它要好些。可是，一切都过去了。我感到欣慰的是你现在很克制。朱丽亚有——有点激动，女人总是——反正我不想太让你为难。"

他不再说话了，想看看他的好言好语会产生什么效果。但是亚瑟仍旧纹丝不动。

"当然，亲爱的，"杰姆斯停顿了片刻，接着说道，"这样的事情让大家都感到很无奈，我们对此只能保持缄默。"

"我的父亲很大方，在她承认失身以后并没有和她离婚。他只是要求那个勾引她误入歧途的男人立即离开英国。你也知道，他去了中国当了一名传教士。就我来说，我是不赞成你在他回来后和他来往的。但是我的父亲最后还是同意让他来引导你，条件是他永远也别奢望看望你的母亲。说句公道话，我必须承认他俩始终都忠实地履行了这个约定。这是一件让人感到遗憾的事情，但是——"

亚瑟缓缓地抬起了头，脸上已经丧失了所有的生气和表情，看上去就像是一张蜡制的面具。

"你、你不觉得，"他轻声说道，奇怪的是他说话吞吞吐吐的，有些口吃，"这、这——一切——非、非常——可笑吗？"

"可笑？"杰姆斯把他的椅子从桌边移开，坐在那里盯着他看。他吓得发不出火来。"可笑？亚瑟，你疯了吗？"

突然，亚瑟抬起头来，发出一阵神经质似的狂笑。

"亚瑟!"船运老板大声叫道,因为生气而抬高了嗓门,"你竟然这样轻浮,这使我感到太失望了。"

除了一阵又一阵的大笑,没有得到任何回答,并且笑得是那么得响亮,笑得那么有力,以至于杰姆斯开始怀疑这里是否有比轻浮更危险的事情。

"真像是个歇斯底里的女人。"他喃喃地说道,随即转过身去,鄙夷地耸了耸肩膀,并在屋子里不耐烦地踱来踱去。"真的,亚瑟,你还比不上朱丽亚。好了,别笑了!我可不能在这里等上一整夜。"

他或许还不如请求十字架从底座上自己下来呢。对于抗议或者规劝,亚瑟不再有所顾忌了,他只是放声笑,不停地笑着。

"太过分了!"杰姆斯说道,他最终停止了气急败坏的踱步。"你显然是过于激动,失去了理智。如果你再这样下去,我就没有办法和你谈正经事。明天早晨吃过早餐以后找我。你现在最好还是去睡觉吧。晚安。"

杰姆斯走了并随手关上了门。"现在还要面对楼下那个歇斯底里的人。"他喃喃地说道,随即迈着了沉重的脚步走了。

"我看一会儿就又会哭开了!"

亚瑟停住了疯狂的笑声。他从桌上抓起锤子,然后扑向十字架。

在轰隆一声巨响后,他突然立即清醒了过来。他站在空荡荡的底座前面,手里仍然拿着锤子,他的脚边散落着破碎的塑像。

他把锤子扔下了。"这么容易!"说完转过身去。"我真是一个傻子!"

亚瑟坐在桌边,他不断地喘着粗气,双手扶着额头。他站了起来,走到盥洗池前,端起一壶冷水浇到自己的头上。他走了回来,十分安静,并且坐下来思考问题。

仅仅是为了这些——为了这些虚伪而又奴性的人民,这些愚昧而又没有灵魂的神灵——他受尽了耻辱、激情和绝望的种种煎熬。他准备用一根绳子结束自己的生命,真的,因为一个教士是个骗子。他现在聪明多了。他只需抖掉这些毒虫,重新开始生活。

还好码头边有许多货船，藏在其中的一艘货船里是一件非常容易的事情，偷偷乘船逃走，到达澳大利亚、加拿大、好望角——不管哪。随便哪个国家，只要远在天边。至于那里的生活，他可以先看看再做决定，如果不适合他，他可以再到别的地方。

他拿出钱包，里面只有33个玻币，但是他的手表还是有点价值的。这能帮他挨过一段时间，不管怎样都没有什么——反正他都要挺下去。但是他们会找他的，所有这些人都会找他的。他们一定会到码头找他。不，他必须给他们布下迷阵——使他们相信他死了。然后他就自由自在——自由自在。一想到伯顿一家将会寻找他的尸体，他不禁暗自笑了起来。那将是一场多么好笑的闹剧啊！

他找到一张纸，随手写下几句想到的话：

我相信过您，就像我曾相信过上帝一样。上帝是一个泥塑的玩意儿，我可以用锤子将它砸碎。您却用一个谎言欺骗了我。

他将这张纸收起，写上"蒙泰尼里亲启"的字样。然后他又拿过另一张纸，写下了一排字："去达赛纳码头找我的尸体。"然后他戴上帽子，离开了房间。当他经过母亲的画像时，他抬头不禁大笑起来，耸了耸肩膀。她也欺骗了他。

他轻手轻脚地走过了走廊，拉开了门闩，走到大理石楼梯上。楼梯又大又黑，能够发出回声。当他往下走时，楼梯好像张开了大口，像是一个阴暗的无底洞。

他又走过了庭院，小心翼翼地放轻脚步，以免惊醒吉安·巴蒂斯塔。他就睡在一楼。后面堆藏木柴的地窖有一扇装着栅栏的小窗，正对着运河，离地面只有不到四英尺。他想起生锈的栅栏已经断裂，只要轻轻一推就能弄出一个豁口，然后钻出去。

经过栅栏时，他的手被擦破了皮，外套的袖子也被扯坏了。但是这没有什么大不了的。他上下扫视了一下街道，一个人都没有看见。黑漆漆的运河没有一点动静，这条面目可憎的壕沟两边是笔直细长的堤岸。未曾体验过的世界或许是一个令人扫兴的黑洞，但是它根本就不可能比他丢开的这一角更加沉闷和丑陋。

没有什么值得可惜的，没有什么值得怀念的。这是一个讨厌的小世界，死水一潭，充满了谎言和欺骗，以及臭气熏天的阴沟，阴沟水浅得都淹不死人。

他沿着运河堤岸，静静地走着，又来到梅第奇宫旁的小广场上。

对，就在这里，琼玛绽开那张楚楚动人的面容，伸出双臂，跑到他跟前。这里有一段潮湿的石阶通往护城河，可怕的城堡就在这条肮脏的小河对面。他在以前从来没有注意到这条小河是多么粗俗和平庸。

穿过狭窄的街道，他来到了达赛纳船坞。他脱下了帽子，将它扔进水里。在他们打捞他的尸体时，他们当然会找到它。然后他沿着河边往前走去，满怀忧愁地考虑下一步该怎么办。他必须想办法溜到某一艘船上，但是这样做很难。唯一的机会就是走到那道巨大而又古老的梅狄契防波堤上，接着走到防波堤的尽头。在那个尖角处有一家下等的酒馆，他很可能在那里找到一个可以行贿的水手。

可码头大门现在还是关着的。他怎么才能过去，还要混过海关官员？他没有护照，他们放他过去就会索要高价的贿赂，可是他身边钱是远远不够的。此外，他们也许会认出他来。

有个人影在他经过"摩尔四人"铜像时，从船坞对面的老房子里探了出来，在往桥边走。亚瑟立即跑到铜像的阴影之中，然后蹲在黑暗处，从底座的拐角谨慎地向外探望。

春天的夜晚，夜色柔和而温和，天空中布满了星星。河水拍打着船坞的石堤，并在台阶周围形成平缓的漩涡，声音像是低浅的笑声。附近的某个地方，一条铁链缓缓地晃动着，发出吱吱的响声。一架巨大的铁起重机隐约地矗立在那里，高大而又凄凉。在星光灿烂的天空和浅灰蓝色的云彩下，映出的奴隶身影。他们带着锁链，站在那里徒劳地挣扎，并且恶毒地诅咒悲惨的命运。

那人沿着河边摇摇晃晃地走来，并且扯着嗓子唱着一支英国小曲。很明显，他是个水手，肯定是在某个酒馆里痛饮一顿后往回走。看不出周围还有别的什么人。当他走近时，亚瑟站起来，走到了路中间。那个水手停住歌声，骂了一句，并且止住脚步。

"我要和你做笔交易，"亚瑟用意大利语说，"你能听懂吗？"

那人摇摇头。"跟我讲这种鬼话是完全没用的。"他说。接着他转而说起蹩脚的法语，生气地问道："你想干什么？你为什么不让我过去？"

"从光亮的地方走到这儿来一下，我想和你谈谈。"

"啊！要是你，你愿意吗？从亮的地方走开！你带着刀子吗？"

"不，不，朋友！你看不出我只想得到你的帮助吗？我会给你钱的。"

"呵？什么？装得倒挺像个有钱人，还——"那个水手不由自主地说起了英语。他现在挪到了暗处，在铜像底座的栏杆上靠着。

"好吧，"他说，接着又说起他那难听的法语。"你想干什么？"

"我想离开这儿——"

"哈哈！你想偷渡！是想让我将你藏起来吗？我看是出了事吧。杀了人了？呃，就像这些外国人一样！那么你想去哪呢？我想总不是想上警察局吧？"

他醉醺醺地笑起来，而且不断地眨巴着一只眼睛。

"你是哪条船上的？"

"卡尔洛塔号——是从里窝那开往布宜诺斯艾利斯，先去运油，再运皮革回来。它就停在那里，"——他用手指着防波堤的方向——"一条破破烂烂的旧船！"

"行啊——布宜诺斯艾利斯，你能偷偷把我带上船吗？"

"你打算支付我多少钱？"

"钱不是很多，我只有几个玻里。"

"不行。少于 50 可不行——这还算是便宜的——像你这样的有钱人。"

"有钱人是什么意思？你要是喜欢我的衣服，我们可以交换，可我身上就这么多钱，拿不出更多的了。"

"你不是还有一只手表嘛。递过来。"

亚瑟取出一只女式金表，花纹和镶嵌的珐琅都被磨刻的很精致，背后还雕有"格·伯"两个字母。这是他母亲的表——但是现在又有什么关系呢?

"呀!"那个水手迅速瞄了一眼,发出了一声惊叹。"这一定是偷的!让我看看!"

亚瑟赶紧将手缩了回去。"不,"他说,"等我们上了船,我会给你的。在这之前,我是不会给你的。"

"嗯,看来你不是白痴!我敢打赌,这是你第一次落难,呃?"

"这与你无关。哟!巡查来了。"

在群像后面,他们蹲了下来,一直等到巡查走了过去。然后那个水手站了起来,告诉亚瑟跟在他后面,继续往前走,一边傻乎乎地暗自笑着。亚瑟默默地跟在后面。

他在水手的带领下来到梅第奇宫附近那个不规则的小广场,然后在一个阴暗的角落里停下了。他原本因为小心而想要低声说话,可是说出的话却含糊不清。

"在这里等着,如果你再往前走,那些当兵的会看见你的。"

"你去干吗?"

"去给你找些衣服啊。你这外套袖子上还留有血迹,我可不能这样带你上船。"

亚瑟低头看到被窗户栅栏划破的袖子。手给擦破了,流出的血滴到了上面。那人显然把他当成了杀人犯。哎,人家怎么想又有什么关系呢。

不多久,那个水手就昂然地走回来,胳膊下夹着一个包裹。

"穿上它们,"他小声说道,"动作要快。我必须回去,那个犹太老头没完没了,一个劲儿跟我讨价还价,耽误了我半个小时。"

亚瑟按命令办事。但刚一碰到旧衣服,他就本能地觉得恶心,难免有些缩手缩脚。所幸的是这些衣服虽然粗糙,可却相当干净。当他穿上这套新装束走进光亮处以后,那个水手醉眼醺醺地打量着他,神情很是严肃。他像煞有介事地点头表示赞许。

"你这样就没有问题了,"他说,"就这样,不要发出声响。"亚瑟带着换下来的衣服，跟他一起穿过迷宫一样的弯曲运河和漆黑的狭窄小巷。这里显然是中世纪留下来的贫民窟，里窝那人叫作"新威尼斯"。几座阴森森的古老宫殿孤独地伫立在那里，夹在嘈杂的邋遢的房舍和肮脏的庭院中间。这些宫殿两边各有一条污浊的水沟，凄惨地想要保持昔日的尊严，尽管知道这样徒劳无功。他知道有些小巷是劣迹昭著的黑窝，里面藏着小偷、亡命徒和走私犯，其他的小巷只是住着一些穷困潦倒之人。

在一座小桥旁，那个水手停下了脚步，朝四周巡视，发现没人观察到他们。然后走下石砌的台阶，到了一个狭窄的码头上。桥下还有一只肮脏破旧的小船。他命令亚瑟跳进去躺下，然后他自己坐在船上，开始摇着小船向港口划去。

亚瑟安静地躺在潮湿又漏水的船板上，身上盖着那人扔来的衣服。他从里面向外窥视那些熟悉的街道和房屋。

很快他们就过了桥，进入一段运河，这里就是城堡的护城河。在水边，巨大的城墙耸立着，墙基很宽，越往上越狭窄，顶部是肃穆的塔楼。就在几个小时前，塔楼在他看来是多么强大，多么可怕！现在——

亚瑟在船底躺着，轻轻地笑了笑。

"别说话，"那个水手小声说道，"把头给盖好！我们快到海关了。"

亚瑟将衣服拉过来盖在头上。又往前划了几下，小船停在一排桅杆前，这排桅杆用链子锁在一起的。它们横在运河上，挡住了海关和城堡墙壁之间的那条狭窄水道。一位睡眼惺忪的官员一边打着哈欠一边朝外走，他提着灯笼在河边俯下身。

"请将护照拿出来。"

那个水手将他的正式证件递给官员。亚瑟在衣服下面憋得很难受，他屏住呼吸侧耳倾听。

"你专门挑着夜晚的时光回船的吧！"那位海关官员不高兴地说。"我看是出去狂欢了一阵吧。你的船上装了什么？"

"一些旧衣服罢了。买的一些便宜货。"他拿起那件马甲给他看。那位官员放下了灯笼，俯下身子，睁大眼睛看个究竟。

"没什么事了。你可以走了。"

他将栅栏抬起，小船慢慢地划进了漆黑动荡的海水里。划了一段距离后，亚瑟起身坐了起来，推开了衣服。

"船就在那里。"那个水手默默地又划了一段路，然后小声说道。"靠近我，别说话。"

他爬上那艘巨大的黑色货船的侧舷。一看到这位不熟悉水性的人这么笨手笨脚，水手心里不禁暗骂起来。尽管亚瑟天生敏捷，但是假如处在他这个位置，大多数人都会比他更加笨拙。

等他们都平安地上船后，小心翼翼地在黑乎乎的巨大缆索和机器之间爬了过去，然后来到一个舱口前。那个水手轻轻地掀起舱盖。

他轻声说道："赶紧下去！我马上就回来。"

底舱不仅又潮湿又阴暗，而且散发出一种难闻的气味，让人难以忍受。亚瑟起先本能地往后直退，生皮和脂油的味道呛得他透不过来气。这时他想起了"惩戒室"，然后爬下了梯子，耸了耸肩。看来不管到了哪里，生活都是一样的，丑陋，腐朽，满地毒虫，充满了可耻的秘密和阴暗的角落。生活还是生活，但他必须设法过得好一些。

那个水手在过了几分钟后也走了下来，手里拿着东西。因为光线实在是很暗，所以亚瑟看不清是些什么。

"快点，现在赶紧给我表和钱！"

趁着黑暗亚瑟成功地给自己留下了几枚硬币。

"你还要给我找点儿吃的，"他说，"我快饿死了。"

"就在这儿，已经给你带来了。"那个水手递给他一个水壶、一些饼干和一块咸肉。"现在你记住，在明天早晨海关官员前来检查时，你只能藏在这只空桶里，就在这里。在我们开到公海上之前，你必须像只老鼠一样静静地待在这里。到了可以出来的时候，我自然会告诉你的。要是让船长看到了，那你彻底就完了——就这些！把喝的放好了吗？晚安！"

舱盖再次被合上了，亚瑟把珍贵的"喝的"放在一个安全的地方，爬在一个油桶上吃着饼干和肉。吃完了他就缩成一团，睡在肮脏的地板上，这是他生平第一次不做祈祷就睡觉。黑暗之中，老鼠在他周围跑来跑去。但是老鼠发出的持续的声响、货船在海中的颠簸和令人作呕的油臭，还有明天可能晕船的担心，全都没有让他睡不着觉。他一点儿也不在意这一切，就像他毫不在乎那些名誉扫地的破碎偶像。然而在昨天，它们还是他崇拜的神灵。

第二卷

第一章

十三年以后……

在 1846 年 7 月的晚上，几位朋友在佛罗伦萨的法布里齐教授家里聚会，讨论即将开展政治工作的计划。

这其中有几个人是玛志尼党，要不是为了建立一个民主共和国和一个联合的意大利，他们是不会聚在一起的。其余的人当中既有君主立宪党人，又有程度各异的自由主义分子。可是在一点上，他们的意见是相同的。那就是他们不满托斯卡纳公国的报刊审查制度。于是这位著名的教授召集了这次会议，希望在这个问题上，各个党派的代表能够心平气和的讨论些事情。

庇护九世在即位之时，颁布了"释放教皇领地之内的政治犯"那道著名的大赦令后，仅仅在过去了两个星期的时间里，由此引发的自由主义热潮已经席卷整个意大利。在托斯卡纳公国，甚至连政府都显然已经受到了这一惊人事件的影响。在法布里齐和几位佛罗伦萨的名流看来，这是大胆改革新闻出版法的一个绝妙机会。

首先，这个话题由他提出后，戏剧家莱嘉曾经这么解释道，"除非我们能够修改新闻出版法，否则创办报纸就是不可能的事。我们连创刊号都应该出。但是也许我们能通过报刊审查制度出版一些小册子。我们越是尽早开展，就越是可能修改这条法律。"

在法布里齐的书房里，他正在解释着他的那番理论，他认为自由派的作家当前应该采取这条路线。

"不需怀疑。"有人插嘴说，这是一位上了年纪的、头发花白的律师，说起话来慢吞吞的。"在某方面，我们必须利用现在这样的机会了。我们可以借此进行切实的改革，以后再也不会出现这样一个难得有力的机会了。但是我对出版小册子的用处表示怀疑。它们只会激怒政府，使得政府感到恐惧，却不会把政府拉到我们这边来，而我们真正要做的事情正是这个。假如当局一旦肯定我们是危险人物，尽搞些煽动活动，那么我们就没有机会得到当局的支持和帮助了。"

"那请问你觉得我们应该采取什么措施呢？"

"请愿。"

"向公众请愿？"

"是的，请求放宽新闻出版自由权力的尺度。"

一位目光敏锐、肤色黝黑的人，正靠窗坐着。他转过头，笑出声来。

"要是你去请愿一定会有收获的！"他说。"我还以为伦齐一案的结局足以让大家醒悟过来，再也不会那样做了。"

"哦，这位亲爱的先生，我们没能阻止引渡伦齐，我和你一样感到忧心忡忡。但是说实话——我并不希望伤害任何人的感情，但我还是觉得我们这件事之所以失败，原因就是我们当中有些人缺乏耐心，言行过激。我当然不想——"

"只要是皮埃蒙特人都会这样，"那个肤色黝黑的人打断了他的话，"我并不知道有谁有过激的言行，缺乏耐心。我们呈交的一连串请愿书都是采用温和的语气，除非你能从中挑出毛病来。在托斯卡纳和皮埃蒙特，也许还算过激的言行，但是在那不勒斯，我们却并不把它当作是特别过激的言行。"

"幸好，"那位皮埃蒙特人直截了当地说道，"那不勒斯的过激言行只限于那不勒斯。"

"先生们，别再说了，就此打住吧！"教授插言说道。"那不勒斯的风俗习惯有其独到的长处，皮埃蒙特人的风俗习惯也是一样。但是现在我们在托斯卡纳，托斯卡纳的风俗习惯是抓紧处理眼前的事情。格拉西尼投票赞成请愿，加利则反对请愿。里卡尔多医生，你的意见是什么？"

"我看请愿没什么不好的影响，要是格拉西尼起草好了一份，我会满心欢喜地签上我的名字。但是我认为不做其他的事情，仅仅是请愿也没有多大的作为。为什么我们不能既去请愿又去出版小册子呢？"

"这很好解释，那些小册子会使政府不愿接受请愿。"格拉西尼说道。

"也就是说政府不会做出任何的让步。"那位那不勒斯人站起来，走到桌旁。"先生们，你们采取的方法是错误的。迎合政府不会有什么好处。我们必须要做的事情就是唤起民众。"

"说当然比做容易得多啊。可是你打算怎么开始做呢？"

"难道不想过去问加利吧？他当然先会把审查官的脑袋敲碎。"

"不，我绝对不会那么做，"加利断然说道，"你总是相信如果一个人是从南方来的，那么他一定只相信冰冷的铁棍，而不相信真理。"

"好吧，你有什么想法呢？嘘！注意了，先生们！加利有个想法要说出来。"

早前所有的人都已分成两人一伙或是三人一堆的，分头进行着讨论。这时他们围到了桌边，想要听个明白。加利举起双手劝慰大家。

"哦，不，先生们，这不能算是一个想法。只能说是一个建议。大家对新教皇的即位感到非常兴奋，在我看来这是非常危险的。因为他已制订了一个新的方案，并且颁布了大赦，我们只需——我们大家，整个意大利——投入他的怀抱，他就会把我们带到一片安宁的土地。现在我也和大家一样，对教皇的举动表示钦佩。大赦的确是一个了不起的行动。"

"我肯定教皇陛下会非常感动——"格拉西尼带着鄙夷的口吻说道。

"好了，格拉西尼，让他说完吧！"里卡尔多也插了一句。"要是你们俩不像猫和狗一样见面就咬，那才是一件天大的奇事呢。继续说，加利！"

"这就是我想要表达的,"那位那不勒斯人接着说道,"毫无疑问,教皇陛下是怀着最诚挚的本意,所以才会采取这样的行为。但是他将把他的改革成功地推进到哪一步,那是另外一个问题。就现在的情况来说,当然一切都很平静。在一两个月内,意大利全境的反动分子将偃旗息鼓。他们会等着大赦产生的这股狂热劲儿消散。但是他们不大可能在不行动的情况下就让别人从他们手中夺过权力。我本人坚信今年冬天过不了一半,耶稣会、格列高利会、圣信会的教士们和其他的跳梁小丑就会对我们展开行动,他们会密谋策划,对不能收买的人,他们将会置之于死地。"

"这很有可能。"

"那好。要么我们在这里什么都不做,谦和地送上请愿书,直到兰姆勃鲁契尼及其死党劝说大公成功,根据耶稣会的法规将我们治罪。也许还会派出几名奥地利的轻骑兵在街上巡逻,替我们维护治安呢。要么我们就采取先发制人的策略,利用他们一时的窘状抢先出击。"

"请先跟我们说,你提议如何出击?"

"我提议我们先组织反耶稣会的宣传及鼓动工作。"

"也就是说用小册子形式来宣战吗?"

"对,揭穿他们的阴谋诡计,揭露他们的秘密,号召人民团结起来同他们斗争到底。"

"但是这里并没有我们需要揭穿的耶稣会教士。"

"真的没有吗?再等上3个月,你就会看见究竟有多少了。可那时就太晚了。"

"可是要想唤起市民与耶稣会教士,我们就必须直截了当地宣传。可一旦这样,你能避开审查制度吗?"

"我并不打算避开呢,我偏要违反审查制度。"

"也就是说你打算匿名印刷小册子?这也行,但事实上我们已经瞧见了许多秘密出版物的下场,我们知道——"

"我也不是想表达这个意思。我会公开印刷小册子,写明我们的住址。如果他们敢的话,就让他们起诉我们好了。"

"这简直太疯狂了，"格拉西尼大声吼道，"这就是把脑袋伸进狮子的嘴里，纯粹是胡来。"

"呀，你不用害怕！"加利厉声说道，"为了我们的小册子，我们不会让你去坐牢的。"

"闭嘴，加利！"里卡尔多说道。"这不是关于害怕的问题。如果坐牢有用的话，我们都会像你一样准备好去坐牢。但是不为了什么事而去冒险，那是非常幼稚的行为。让我来说，我建议修改这项提议。"

"那好，怎么改？"

"我觉得我们也许可以想出一举两得的办法，一方面小心翼翼地和耶稣会教士展开斗争；另一方面又不与审查制度发生直接冲突。"

"我不知道你怎么做到这点。"

"我认为可以采用比较隐藏的方式，掩盖我们必须表达的意思——"

"那样就可以无法审查了吗？你难道指望每个贫穷的手工艺者或是出卖苦力的人靠着无知和愚昧来探寻其中的意思！这听起来真不靠谱。"

"马尔蒂尼，你的想法呢？"教授转身问坐在旁边的那个人。此人长得圆圆胖胖的，留着一把棕色的大胡子。

"在我了解更多的情况前，我会保留我的意见。这个问题需要不断商讨，要视结果而定。"

"你呢，萨科尼？"

"我很想知道波拉夫人对此有什么想法。她的建议总是十分宝贵的。"

大家都把目光转向屋里唯一的女性。她一直在沙发上坐着，一只手托着下巴，静静地听着别人的讨论。她那双黑色的眼睛深沉而又肃穆，但是当她抬起眼睛时，里面显然流露出颇觉有趣的神色。

"我不赞成大家的意见。"她说。

"你又这样，最可怕的是你总是对的。"里卡尔多插了一句。

"我同意我们确实应该和耶稣会教士展开斗争，要是我们使用这种武器不行，那么我们就必须使用另一种武器。但是仅仅只是对着干则是一件软弱无力的武器，躲避审查又是一件麻烦的武器。至于请愿，那是小孩子的玩意儿。"

格拉西尼板着个面孔，插嘴说道，"夫人，我希望你不是建议采取诸如——诸如暗杀这样的举动吧？"

马尔蒂尼拉了拉他的大胡子，加利竟然大声笑了出来。甚至连那位青年女人都忍俊不禁，微微一笑。

"请对我抱有起码的信任，"她说，"要是我有那么歹毒，竟然想出了这种举动，那么我也不会那么幼稚，竟然侃侃而谈。但是我知道最厉害的武器是语言上的冷嘲热讽。如果你们能把耶稣会教士想象成滑稽可笑的人物，引发人们嘲笑他们，嘲笑他们的主张，那么你们不用流血就已征服了他们。"

"单就这个来说，我认为你是对的，"法布里齐说道，"但是我不知道怎样才能做到这一点。"

"为什么我们就不做这个呢？"马尔蒂尼问道，"一篇讽刺文章相比一篇严肃的文章更有可能通过审查。而且如果必须要有所遮掩，那么比起一篇科学论文或者一篇经济论文来，普通读者也就更会能从一个看似荒唐的笑话中找出双关的意义。"

"夫人，你是在建议大家应该发行讽刺性的小册子或是办一份滑稽小报吗？我敢肯定审查官们永远都不会允许出版一份滑稽小报的。"

"出版小册子或是滑稽小报也不是我想做的事情。我倒是认为打印一系列讽刺性的小传单是可以尝试的，可以诗歌的样子或者散文的样式，以非常低的价格卖出去，或者在街上免费散发。这会很有效果的。如果我们能够找到一位聪明的画家，能够领悟这类文章的内涵，那么我们就可以加上插图。"

"要是事情真的能像我们想的那样容易办成，这倒是一个绝妙的想法。但是假如真要去做，那我们就必须把它做好。我们必须找到一位水平一流的讽刺作家。可现在的问题是，这样的人我们去哪儿找呢？"

"你们自己看看，"莱嘉说道，"大家都是严肃作家那个类型的，虽然我很尊敬在座的各位，但是我认为，要是勉强大家一起去写幽默的文章，恐怕就像大象想要跳塔伦泰拉舞一样可笑。"

"我不是建议大家去争着做不适合我们自己的事情。而是或许我们可以努力去找一位真正具有幽默才能的讽刺作家，我们一定能在意大利的某个地方找到这样的人。我们可以给他提供必要的报酬。当然我们必须对这个人了如指掌，确保他将会按我们的方针工作。"

"可我们去哪儿才能找到这样的人呢？真正具有才能的讽刺作家是少之又少的，我们怎么能找得到呢？裘斯梯是不会答应的，他忙得不可开交。伦巴第倒有一两位好人，但是他们只用米兰方言写作——"

"不仅如此，"格拉西尼说道，"我们还可以运用更不错的方式来影响托斯卡纳人。要是我们将严肃的事情比如公民自由或是宗教自由当成一桩小事，我确定别人至少会觉得我们没有政治策略才干。佛罗伦萨可不像伦敦那样，是片蛮荒之地，就知道办工厂赚大钱，也不像巴黎一样是个醉生梦死的地方。它是一个拥有光荣历史的城市——"

她带着一脸微笑地插嘴说道，"雅典也一样，但是它'因为臃肿而显得相当笨拙，需要一只牛虻把它叮醒'——"

里卡尔多激动地把桌子一拍。"嗨，我们竟然把牛虻给忘了！就是他了！"

"谁？"

"牛虻阿——费利斯·里瓦雷兹。你们把他忘了吗？就是穆拉托里队伍中的成员之一，3年前从亚平宁山区下来。"

"噢，那群人你是认识的，对吗？我记得他们去巴黎的时候，你是和他们一起走的。"

"嗯。我当时到里窝那是为了去送里瓦雷兹去马赛。他不想待在托斯卡纳，他说起义失败以后，除了放声大笑也没有其他的事情可做，所以他还是选择去巴黎。他无疑赞同格拉西尼的意见，认为在托斯卡纳那个地方是笑不出来的。可我几乎可以确定，如果我们出面请他，他会回来的，因为现在又有机会为意大利做点儿什么了。"

"牛虻的真实姓名叫什么？"

"里瓦雷兹。我猜他是巴西人吧。反正我知道他在那里住过。在我认识的人当中，他算是一个非常聪明的人。天晓得我们在里窝那的那个星期没有什么令人高兴的事情，可怜的兰姆勃鲁契尼足以让人伤心难过的了。但是每当里瓦雷兹待在屋里时，所有人都忍不住开心地笑。他只要说话那一定是笑话，就像是一团经久不息的火。他脸上还有一处难看的刀疤。我记得还是我替他缝合了伤口。虽然他相当奇怪，但是我相信就是因为有了他，有了他的胡言乱语，有些可怜的小伙子才没有完全垮下来。"

"你说的是那个笔名为'牛虻'，在法语报纸上写些政论性讽刺短文的吗？"

"对。他写的基本上都是短小精悍、内容滑稽的小品文。亚平宁山区的私贩子叫他'牛虻'，因为他那张嘴太厉害了。后来他就以这个绰号当作他的笔名。"

"我倒是对这个人有些许了解。"格拉西尼插嘴说道。他说起话来一字一板的，神情相当严肃。我不能说我所听到的都是说他的好话。他的确具有某种哗众取宠的小聪明，虽然我有时候觉得他的能力被人们夸大了。可能他并不缺少身体力行的勇气，但是他在巴黎和维也纳的声誉，我相信，不仅仅是白璧无瑕的。他是一个历经很多奇特遭遇的人，而且身世不明。据说杜普雷兹探险队以慈善之心，在南美洲热带的某个地方收留了他，那时的他都不成个人样了。至于原因，我知道他从来没给出过圆满的解释。说到亚平宁山区的起义，什么人都参加那次不幸失败的起义，我想这不算个秘密。我们知道在波洛尼亚被处以死刑的人是地道的罪犯。在那些逃脱的人当中，大多数人的人品根本不值得一提。毫无疑问，参加起义的人当中也有些是具备高尚品格的人——

"那群人中有你们的好朋友吧！"里卡尔多打断了他的话，声音里带着愤怒。"置身事外，对别人挑毛病倒是挺好的，格拉西尼。但是这些'地道的罪犯'是为了他们的信仰而付出生命的，他们所做的事情比你我所做的事情要多得多。"

"如果还有人下次再跟你这些无聊的话，"加利接着说道，"你就可以说，就我所知，他们有关杜普雷兹探险队的说法全是不对的。我认识杜普雷兹的助手马尔泰尔本人，我从他那里听到了事情的始终。他们的确发现里瓦雷兹流落到了那里。他在争取阿根廷共和国独立的战斗中被俘，而且还逃了出来。他假装各类人，在那个国家四处漂泊，试图回到布宜诺斯艾利斯。但是说什么本着慈善之心收留了他，这种道听途说纯粹是瞎编的。他们的翻译生了病，只好送他回去。那些法国人全都不会说当地的语言，所以请他担任翻译。他和他们一起待了3年，考察了亚马孙河的支流。马尔泰尔告诉我，他认为他们如果没有里瓦雷兹，他们是不可能完成那次探险。"

"现在不需要去弄清楚他是什么样的人"法布里齐说道，"他必然具有过人的本领，否则他就不会得到像马尔泰尔和杜普雷兹这两位老练的探险家赞赏，而且看来他确实受到了他们的赞赏。夫人，你有什么看法？"

"我一点儿都不知道这件事。当他们经过托斯卡纳逃走时，我还在英国。但是我倒认为，如果跟他在蛮荒的国度探险3年的同伴和跟他一道起义的同志对他都有很高的评价，这就算是一份很有分量的推荐书，足以抵消街上那些流言蜚语。"

"要是问同志们对他的意见，就更没有什么值得说的了。"里卡尔多说道，"从穆拉托里和赞贝卡里到最粗鲁的山民，他们所有的人都对他很诚实。此外，他与奥尔西尼有很深的私交。另一方面，关于他在巴黎的事情，的确不断传出不太好的无稽之谈。但是一个人要是不想树敌太多，那么他就不该成为一个政治讽刺家。"

"我倒是忘了，"莱嘉插嘴说道，"不过当那些人从这离开时，我好像记得见过他一次。他是不是背有点驼，或者腰部弯曲什么的？"

教授已经将写字台的抽屉拉开了，正在翻着一堆材料。"我看我这里还放着警察通缉他的告示，"他说。"你们一定记得在他们逃到山里藏了起来以后，他们的画像到处都有，而且那个红衣主教——那个浑蛋叫什么名字来着？——斯宾诺拉，他还悬赏他们的脑袋呢！"

"我问一下，关于里瓦雷兹和那张告示，是不是还有件奇特的事？

他穿上当兵的旧军装到处晃荡，装扮成在执行任务时受伤的骑兵，试着寻找他的同伴。他竟使斯宾诺拉的搜查队允许他搭乘便车，并一起在一辆马车上坐了一天。他对他们说了许多惊心动魄的故事，说叛乱分子是怎么俘虏他的，他又是怎样被带进了山中的匪巢，并说自己受尽了折磨。他们把通缉告示拿给他看，紧接着他就编了一通瞎话，大谈他们称作'牛虻'的魔鬼。到晚上他们都睡着了，他往他们的火药上浇了一桶水，然后他就溜之大吉，口袋里塞满了给养和弹药——"

"对，就是他，"法布里齐插进话来，"'费利斯·里瓦雷兹，又名牛虻。年龄大概30岁。籍贯和出身不详，可能是南美人吧。职业是记者。身材比较矮小。黑发。黑色胡须。皮肤黝黑。眼睛：蓝色。前额：又阔又圆。鼻子，嘴巴，下巴——'对了，右脚有些跛；左臂有点弯曲；左手有两指少了；脸上有最近被马刀砍伤的疤痕；有些口吃。下面还有一句附言：'善于枪法，捕时要加以注意。'"

"这么多的资料被搜查队掌握着，他竟然还能骗过他们，真是让人太吃惊了。"

"只有凭借无所畏惧的勇气，才能渡过所有难关。要是他们对他还有怀疑，那他就没命了。可当他装出一副无话不说的天真模样时，他就能闯过任何难关。好了，先生们，你们怎么认为这个提议？看来在座的几位都很了解里瓦雷兹。我们是不是应该向他表示，我们很高兴请他到这里帮忙呢？"

"就我的观点，"法布里齐说道，"我们可以先和他说说这个提议，看看他愿不愿意考虑我们这个计划。"

"噢，这你不用担心，只要是和耶稣会教士斗争，他一定愿意。在我认识的人当中，他是最反对教士的。他的态度非常坚决。"

"里卡尔多，那我们赶紧联系他吧？"

"好的。让我想想，他现在在什么地方呢？我想是在瑞士吧。他是哪儿也待不住的人，总是东奔西跑。但是至少小册子的问题——"

他们紧接着又进行了长时间的激烈讨论。等与会的人都离开的时候，马尔蒂尼走到沉默寡言的青年妇女前。

"让我将你送回去吧，琼玛。"

"好的，我还有件事想要和你商量。"

"难道是地址错了吗？"他轻声地问道。

"并没有那么严重，可我还是觉得需要做些调整。这个星期有两封信被扣在邮局里了。信都不怎么重要，也许是事出意外吧。但是我们可不能有任何冒险。如果警察一旦开始怀疑我们任何一个地址，那么我们得立即更换。"

"我们明天再讨论这件事吧。今晚我不想和你谈正事，你看上去有点累。"

"可我现在一点儿也不累呢。"

"那么你心情又不好了。"

"噢，不。没事。"

第二章

"凯蒂，现在女主人在家吗？"

"在，先生。她现在在穿衣。您在客厅等着吧，她一会儿就下楼。"

带着德文郡姑娘那种欢乐友好的态度，凯蒂把客人迎了进来。她很喜欢马尔蒂尼。由于会说英语，因此像是个外国人，但是仍然十分恰当。在女主人疲倦的时候，他从来不会坐在那里扯着嗓子大谈政治，一直能折腾到凌晨一点。有些客人则不是这样。此外他曾到过德文郡，帮助过女主人解决疑难问题。当时她的小孩死了，在那里，丈夫也是生命垂危。从此以后，凯蒂就把这位身材高大、笨手笨脚、不善言辞的人差不多当作是这个家里的成员，就跟现在卧在他膝上的那只懒洋洋的黑猫一样。帕希特则把马尔蒂尼当作是一件有价值的家具。这位客人从来没有踩过它的尾巴，也不会把烟往它的眼里吹，而且也不和它过不去。他的一举一动就像个绅士：让它舒舒服服地躺在膝上，打着呼噜，上桌吃饭的时候，从来不会忘记人类吃鱼的时候，猫在一旁观望会认为没意思的。他们之间的友谊早就建立了。当帕希特还是一只小猫时，有一次女主人生了很厉害的病，没有心思照顾它。还是马尔蒂尼照顾了它，把它放在篮子里，从英国带了过来。从那以后，漫长的经历使它坚信，这个像熊一样笨拙的人不是一个只能同甘不能共苦的朋友。

"看上去你们倒是挺开心的嘛，"琼玛走进屋子说道，"人家会以为你们这样安顿下来，是要打发这个晚上呢。"

马尔蒂尼小心翼翼地将猫从自己的膝上赶了下来。"我来早了，"他说，"希望我们在动身之前，你能让我喝杯茶。那边的人可能非常多，格拉西尼不会给我们准备丰盛的晚餐——身居豪华府第的人们从来都不会这样做的。"

"好！"她笑着说道，"你现在说话怎么像加利一样尖酸刻薄啊！可怜的格拉西尼，就是不算他的妻子不善持家，他也是罪孽深重啊。一会儿茶就好了。凯蒂还特意为你做了一些德文郡的小饼。"

"帕希特，凯蒂是个好人，是不是？噢，你还是穿上了这件漂亮的裙子。我怕你会忘了。"

"我记得我说过我会穿的，尽管今晚这么热，穿上不怎么舒服。"

"到了菲耶索尔，天气会逐渐凉下来的。没有什么比白羊绒衫这样适合你了。我给你带来了一些鲜花，你可以戴上。"

"呀，多么美丽的玫瑰啊。我真是太喜欢了！最好还是把它们放进水里。我不喜欢戴花。"

"你这是迷信，乱七八糟得瞎想。"

"不是。只是我觉得整个晚上，陪伴我这么一个沉闷的人，它们会觉得无聊的。"

"那估计整个晚上我们都会觉得无聊了。这次晚会一定乏味得让人受不了。"

"何出此言？"

"一方面是因为是格拉西尼碰到的东西就会变得像他那样乏味。"

"不要这样说话太狠毒了。我们是到他家去做客，这样说他就有些不公平了。"

"你说的总是有道理的，夫人。那好，之所以乏味是因为一半有趣的人都不去。"

"为什么呢?"

"这我也不知道。到其他的地方去啦，生病啦，或是出于别的什么原因。反正会有两三位大使和一些德国学者，照例还有一群难以形容的游客和俄国王子及文学俱乐部的人员，还有几位法国军官。谁我也不认识——当然了，除了那位新来的讽刺作家。他会是今晚众人瞩目的焦点。"

"是哪位新到访的讽刺作家? 是里瓦雷兹吗? 在我看来，格拉西尼对他可是有些不满意。"

"嗯。当那个人来了，人们肯定会谈论他的。所以格拉西尼一定想让他的家成为那头新来的狮子第一个露面的场所。你尽管放心，里瓦雷兹肯定还没有听到格拉西尼不赞成的话。或许他已经猜到了，他可是一个聪明的人。"

"我还不知道他已经在这里了。"

"他是昨天到的。茶来了。别，别起来了。我去拿茶壶吧。"

他在这间小书房里总是那样欢快。琼玛对他的友谊，她总是在不经意间对他流露出来的魅力，她那直率而又淳朴的同志之情，这些对他来说都是一生中最壮丽的东西。

当他感到非常无聊时，他在结束工作后来到这里，坐在她的身边。通常他都是一言不发，看着她低头做着针线活或者斟茶。她从来都不问他碰到了什么麻烦事儿，也不用言语表示她的同情。可在他离去时，他总是觉得自己变得更加坚强，更加平静，就像他常对自己说的那样，觉得他能"十分体面地熬过另外两个星期"。她并不知道她具有一种能体恤他人的异样才能。两年前，他那帮好友在卡拉布里亚被人出卖了，并像屠杀野狼一样被枪杀了。或许正是她那种坚定的信念才把他从绝望之中挽救出来。

　　有时当星期天的早晨到来时，他会进来"谈谈正事"。这个说法表明了与玛志尼党的实际工作有关的一切事情，他们都是积极的、忠诚的党员。那时她就变成一个截然不同的人：敏锐，镇静，思维清晰，一丝不苟，完全将自己置之度外。那些仅仅看到她从事政治工作的人把她看成是一位训练有素、纪律严明的革命党人，可信、勇敢，不管从哪个方面来说都是一位难得的党员。"她天生就是一位革命党人，比我们十几个人都强。别的她什么也不是。"加利是这样评论她的。马尔蒂尼所认识的"琼玛夫人"，别人是很难读懂的。

　　"啊，你们所说的那位'新来的讽刺作家'是什么样子的啊？"她在打开食品柜时扭过头来问道。"你瞧，塞萨雷，这是给你的麦芽糖和蜜饯当归。我只是顺便说一句，我就很奇怪为什么干革命的男人都那么喜欢吃糖。"

　　"谁说其他的男人不爱吃糖啦，只是他们觉得承认这一点有些丧失尊严。那位新来的讽刺作家吗？噢，他是那种会让普通的女人着迷的男人，你是不会喜欢他的。他这个人尤其善于说一些刻薄的话来，装出一副毫不在意的样子满世界游荡，后面还有一位跳芭蕾舞的漂亮姑娘紧紧跟着。"

　　"跳芭蕾舞的一位姑娘真的跟着他吗？你不会是因为气愤，也想模仿说些刻薄的话吧？"

　　"哦！不。的确有个跳芭蕾舞的姑娘。有人喜欢泼辣大方的美女，对于他们而言，她长得确实相当漂亮。可我却不喜欢。她是个匈牙利吉卜赛人，或者是诸如此类的一个人吧。里卡尔多是这么说的。来自加利西亚的某个外省剧院。他显得非常大方，总是把她介绍给别人，好像是他的一个还没有出嫁的小姑。"

　　"嗨，要是他们是从自己家里将她带来的，才公平啊。"

　　"你是这样想的啊，亲爱的夫人，但是社会上可并不这么认为。我想，在他把她介绍给别人时，大多数人会觉得心里很不痛快，因为他们知道她是他的情妇。"

　　"难道是他和他们说的，不然他们怎么能知道呢？"

"这太明显了，你见了她以后自然就知道了。可我还是认为他没有那么大的胆量，竟会把她带到格拉西尼的家中。"

"他是不会被他们所接待的。像格拉西尼夫人这样的人是不会做出这种违背礼俗的事情的。但是我想了解的是讽刺作家的里瓦雷兹，而不是这个人本身。法布里齐告诉我，他在接到信以后表示愿意过来，并且愿意开展对耶稣会派教士的斗争。我听到的就是这些情况。这个星期工作太多，忙得不可开交。"

"我也不知道我能和你说多少内容。在钱的问题上似乎不存在什么困难，我们一开始还担心这一点呢。他很有钱，看来是这样。他愿意不计报酬地工作。"

"也就是说他还有私人财产了？"

"他肯定有啊，尽管似乎有点奇怪——那天晚上在法布里齐家里，你听到了杜普雷兹探险队发现他时他的境况了吧。但是他拥有巴西某个矿山的股票，而且作为一名专栏作家，他在巴黎、维也纳和伦敦都是取得非常出色的效果成绩。他显然是能够熟练地运用十几种语言，就是在这里也无法妨碍他跟别处的报纸联系。抨击耶稣会教士不会占用他所有的时间。"

"那当然。该出发了，塞萨雷。对了，我还是戴上玫瑰吧。等我一下。"

她向楼上跑去，回来的时候玫瑰已经别在了裙子的前襟上了，头上还围着镶有西班牙式黑边的长围巾。马尔蒂尼仔细端详着她，像个艺术家似的表示赞许。

"你看上去简直就是一位女王，我亲爱的女士，就像是那位伟大而聪慧的示巴女王。"

"你这话说得也太不谦虚了！"她笑着反驳道，"你可知道让我打扮成像模像样的社交女士对我来说有多困难！谁愿意让一个革命党人看上去像示巴女王一样？不过想要摆脱暗探，这也是一个办法。"

"就算你去装成那个样子，你也永远学不会那些愚昧至极的社交女流。但是话说回来，这无所谓。你看起来那么美丽，暗探也猜不出你的观点怎样。即便这样，你也不会一个劲儿地傻笑，并用扇子掩住自己的脸，就像格拉西尼夫人那样。"

"算了吧，塞萨雷，别再说那个可怜的女人了！哎，来尝点麦芽糖，好让你的脾气也变得好起来。准备好了吗？那么我们最好还是出发吧。"

马尔蒂尼真的说对了，晚会确实拥挤而又乏味。那些文人彬彬有礼地聊着天儿，看起来确实没意思。"那群难以名状的游客和俄国王子"在屋里踱来踱去，相互打听谁是名人，并且还想大肆谈论高雅艺术。格拉西尼正在接待客人们，态度非常谦恭，就像他那双擦得锃亮的靴子一样。但是在看见琼玛后，他的脸上顿时焕发神采。他并非真的喜欢她，私下还有点畏惧她。但是他知道要是没有了她，他的客厅就会黯然失色。

在事业上他无疑已经到了非常高的地位，现在他已经非常富有，也有了名声。他主要的目的就是让他的家成为开明人士和知识分子聚集的中心。他在年轻的时候犯下一个错误，娶了这么一个不足挂齿、穿着花哨的女人，她说起话来索然无味，而且早已人老珠黄。她并不适合担任一个伟大的文学沙龙的女主人，这使得他感到非常难过。当他可以说服琼玛前来，他就觉得晚会将一定会取得成功。她那种娴静文雅的风度会让客人感觉非常放松。在他的想象之中，她来了后，就能一扫屋子里的这种俗不可耐的气氛。

格拉西尼夫人也非常热情地对琼玛表示欢迎，大声地对她耳边大声说道："今晚你看上去真迷人！"同时她还不怀好意，满眼挑剔地打量着那件白羊绒衫。她十分憎恨这位客人，憎恨她那坚强的性格、她那庄重而又真诚的率真、她那沉稳的心态和她脸上的表情。

可马尔蒂尼正如此才喜欢她。当格拉西尼夫人憎恶一个女人时，她用溢于言表的温情表达出来。可琼玛对这套恭维和亲昵采取了姑且听之的态度。所谓的"社交活动"在她看来是一件腻烦而不愉快的事情，可是如果一名革命党人要是不想引起暗探注意，他就必须有意识地完成这样的任务。她把这当成是和用密码书写的繁重工作一样的事情。她知道穿着得体所获得的名声非常可贵，这会使她基本不会引起怀疑。因此她就认真地研究时装画片，就像她研究密码一样。

一听到琼玛的名字，那些无聊透顶、郁郁寡欢的文学名流马上就有劲儿了。他们非常愿意跟她交往。特别是那些言辞激进的记者，他们立即就从屋子的那头聚集过来，拥到了她的面前。但是她是一位很有经验的革命党人，不会任由他们摆布。什么时候都能遇上激进分子。这会儿他们在她周围聚集着，而她则委婉地劝说他们去各忙各的，面带微笑着提醒他们不必在她身上浪费时间了，还有那么多的客人等着聆听他们的训导呢。她耐心十足地陪着一位英国议员，共和党正急着想要得到他的同情。她早已打听清楚他是金融方面的专家。她先是提出了一个有关奥地利货币的技术性问题，从而赢得了他的注意。接着又巧妙地将话题转到伦巴第与威尼斯政府财政收支的现况上来。那位英国人原本以为会被闲谈搅得百无聊赖，所以他斜着眼睛瞧着她，害怕自己落到一个女学者的手里。但是她落落大方，谈吐优雅，所以他完全心悦诚服，并且和她认真地商谈起了意大利的金融问题。格拉西尼带来一位法国人，那人"希望打听一下意大利青年党历史的某些情况"。那位议员诚惶诚恐地站了起来，他感到意大利人之所以不满，其中的理由也许比他所想的更多。

当晚一些的时候，琼玛独自来到了客厅窗外的阳台上，想独自在高大的山茶花和夹竹桃中间坐上几分钟。由于屋里密不透风，而且老是有人走来走去，所以她开始感到头痛。在阳台的另一端生着一行棕榈树和凤尾蕉，全都隐藏在一排百合花及别的植物旁边的大缸里。这些花木组成了一道屏风，后面是一个可以俯瞰对面山谷美景的角落。石榴树的枝干结满迟开的花苞，垂挂在植物之间狭窄的缝隙间。

就在这个角落待着的琼玛，希望没有人会知道她在这个地方，并且希望在她强打精神去应付那种要命的头痛事情之前，她可以休息、清静一会儿。和暖的夜晚如此静谧，美丽极了。可走出那闷热的房间时，她感到有一丝凉意，于是就把那条镶边的围巾裹在头上。

从阳台上很快就传来一阵阵说话声以及脚步声，将她从迷迷糊糊的

睡意中吵醒了。她退缩到阴影之中，希望不会有人发现，并在再次劳累
她那疲惫的大脑和人交谈之前，她还能争取宝贵的几分钟清静一下。脚
步声停在那道屏风附近，这使她感到很不自在。随后格拉西尼夫人打住
了她那尖细的声音，不再喋喋不休地鼓噪。

　　另一个是非常柔和悦耳的男人的声音，但是甜美的声音中有些美中
不足，由于说起话来很是独特，含混不清地拖腔带调。也许只是假装成
这样，更有可能是为了纠正口吃而养成的习惯，但是不管怎样听着都不
舒服。

　　"难道你在说他是个英国人？"那个声音问道，"可这听起来是个典
型的意大利名字。什么来着——波拉？"

　　"嗯。她可是他的遗孀，在 4 年前，波拉死在了英国——难道你不
知道？噢，我忘了——你过着这样一种四处漂泊的生活，我们不能指望
你知道我们这个不幸的国家所有的烈士——这样的人也太多了！"

　　格拉西尼夫人发出了一声叹息。和陌生人说话时，她总是这样。就
像是为意大利而满腹忧伤的仁人志士，那副表情还带着寄宿学校女生的
派头和小孩子的撒娇。

　　"是在英国牺牲的！"那个声音重复道，"那么他是逃难去了？我好
像对这个名字有点熟悉。他和早期的青年意大利党有关系吗？"

　　"是的。他就是1833 年被捕的青年之一——你应该记得那起悲惨的
事件吗？在几个月后他被释放出来，过了两三年后又对他下了逮捕令，
于是他就逃到了英国。后来我听说他们在那里结了婚。一段非常浪漫的
恋情，但是可怜的波拉一直都很浪漫。"

　　"那他是后来死在英国了？"

　　"是的，因为生了肺病。他受不了英国那种糟糕的气候。在他临死
之前，她失去了她唯一的孩子。小孩得了猩红热。太惨了，是吗？我们
都很喜欢亲爱的琼玛！她是有点冷淡，有些可怜的人。你知道英国人总
是这样。但是我认为是她的那些不幸的回忆才使她变得郁郁寡欢，而
且——"

　　琼玛猛地站起来并推开石榴树的枝头。为了闲谈竟然散布她那不幸

的遭遇，这对她而言是不可忍受的。当她走进亮处时，她的脸上露出了恼怒的神色。

"啊！原来你在这儿呀。"女主人厉声叫道，还带着令人钦佩的镇静。"琼玛，哦，我亲爱的，我还在奇怪你躲到哪儿去了呢。费利斯·里瓦雷兹先生希望能认识你呢。"

"这么说来，这位就是牛虻了。"琼玛想道，带有一丝好奇，她仔细看着他。他很有礼貌地朝她鞠了一躬，但是他的眼睛却在盯着她的脸庞和身段。那种目空一切的眼神在她看来无比锐利，他正在上下打量着她。

"在这里，你居然找到了一个悠闲自在的角落。"他看着那道屏风感慨地说道，"景色真、真美啊！"

"嗯，的确是个好的地方。我出来就是为了呼吸些新鲜的空气。"

"如此美妙的夜晚，待在屋里好像有点辜负上帝的好意了。"女主人抬眼望着星星说道（她长着漂亮的睫毛，所以喜欢让人看到），"看，先生！如果意大利成了一个自由的国度，那么她不就是人间天堂吗？她有着这样的花朵，这样的天空，可是竟然沦为奴隶之国！"

"还有这样的爱国女士！"牛虻喃喃地说道，拖着柔和而又懒散的音调。

琼玛一惊，回头盯着他。他也太大胆了，这一点当然谁也骗不过去。但是她低估了格拉西尼夫人对赞誉的胃口。那位女人叹息一声，垂下了她那好看的睫毛。

"哎，先生，女人的能力还是很有限的！也许有一天我会证明我不愧是一位意大利人——可谁知道呢？现在我必须回去，履行我的社会职责。那位法国大使恳请我把他的养女介绍给所有的名流，待会儿你一定要进去见见她。她是一个非常美丽的姑娘。琼玛，亲爱的，我把里瓦雷兹先生带出来欣赏我们这里的美景。我必须把他交托给你。我知道你会好好照顾他的，并把他介绍给大家。啊！那个惹人喜爱的俄国王子来了！你们见过他吗？他们说他深受尼古拉一世的宠爱。现在他在某个波兰城镇担任军事指挥官，那个地名谁也叫不出来。Quelle nuit magnifique！N'est – est – pas，mon prince？①"

　　她飘然而去，滔滔不绝地对着一个粗脖子的男人说着话儿。那人的下巴堆满了肉，外套别满了闪亮的勋章。她那悲悼"notre malheureuse patrie"②的哀哀其声夹杂着"charmant"③和"mon prince"④，在阳台的那头渐渐消失了。

　　琼玛一句话也没说地在石榴树边站着。她为那位可怜而愚蠢的女人感到悲哀，并对牛虻那种懒散的傲慢感到十分恼火。他正在观察着她走去的身影，脸上流露的神情让她很生气。嘲笑这样的人显得太不大度了。

　　"我们那位意大利和俄国的爱国主义走了，"他说，马上又回头微微笑，"手挽手，因为有了对方相伴而感到兴高采烈。你喜欢哪一个？"

　　她没有做出任何回答，只是稍稍皱起了眉头。

　　"当然，"他接着说道，"这是个、个人喜好的问题。但是我更喜欢俄国那种爱国主义——彻底。如果俄国必须凭借花朵和天空取得霸权，而不是火药和子弹，你认为'monprince'能把波兰的要塞守住多久呢？"

　　她冷冷地答道；"我觉得我们坚持我们的意见，可是不必取笑一位招待我们这些客人的女人。"

　　"哦，是啊！我忘了在意大利这个地方，还有好客的责任。他们是一个非常好客的民族，这些意大利人。我相信意大利人会发现他们的这个特点。你不坐下吗？"

　　他一瘸一拐地走到阳台另一头，替她拿来一把椅子，然后站在她的对面，依在栏杆上。从窗户里射出的灯光映在他的脸上，因而她能漫不经心地观察起这张脸来。

　　她有些失望。她原本认为即使他的脸不讨人喜欢，那么她也能看到

---

① 法语：多么美好的夜晚啊！对不对？我的王子。
② 法语：多灾多难的祖国。
③ 法语：魅力。
④ 法语：我的王子。

一张不同寻常而又坚定有力的脸。但是他外表的突出之处是他倾向于身穿华丽的衣装，而且表情和态度隐藏着某种傲慢决非是一种倾向。除了这些东西，他就像是一个黑白种的混血儿，皮肤黝黑。尽管他是个瘸子，但他还像猫一样敏捷。不知为了什么，他的整个个性让人想起了一只黑色的美洲豹。因为曾被马刀砍过而留下了一道长长的、弯曲的伤疤，所以他的前额和左颊已经破了相。她已经觉察到在他说话开始结巴时，他的脸部神经就会抽搐。要不是因为有这些缺陷，尽管他显得有点浮躁，并且让人觉得有点不大自在。他的长相还算是帅气。但是那绝不是一张吸引人的脸。

他很快又开口说话了，声音轻而含混。"要是美洲豹能够说话，并且来了兴致，那么声音也应该是这样。"琼玛暗自说道，同时也越来越生气。

他说："我听说，你对激进派的报纸很有兴趣，并为报纸撰写文章。"

"我没有时间写很多东西。"

"嗯，是啊，我从格拉西尼夫人那里了解到你还承担别的重要工作。"

琼玛的眉毛微微上扬。格拉西尼夫人这个呆呆傻傻的小个女人显然口没遮拦，对这个滑头的家伙讲了太多的话。就她自己来说，琼玛真的开始讨厌起他来。

"我的确有些事要忙，"她说，态度很生硬，"但是格拉西尼夫人高估了我那份工作的重要性。很多都是些无足挂齿的小事。"

"呃，要是我们都去哀悼意大利，那么这个世界早就乱了。我倒是认为要是和今晚的主人及其妻子接近，每一个人都会出于自卫而把自己说得一点价值都没有。噢，对了，我知道你接下来怎么说。你说得对，但是他们那种爱国主义实在让人觉得可笑——你这就要进去吗？这儿多好！"

"我要进去了。那是我的围巾吗？谢谢。"

他把它捡了起来，站在她的身边，睁大了眼睛。那双眼睛碧蓝而又纯真，就像小溪里的勿忘我一样。

"你在生我的气吧，"他苦恼地说道，"因为我愚弄了彩绘的蜡像娃娃。可是这又有什么办法呢？"

"既然你问了，我就告诉你。我认为那样嘲笑不聪明的人不够大度，而且——呃——这是怯懦之举，就像嘲笑一个瘸子或者——"

他听到这句话，显得很难过并且屏住呼吸。他的身子直往后退，并且看了一眼他的跛脚和残手。但他很快就又冷静了下来，哈哈大笑。

"这样有点丧失公正，夫人。我们这些瘸子并不想当着其他人的面炫耀自己的缺陷，可她却炫耀她的愚昧。至少我们认为畸形的腰比畸形的行为更让人觉得不爽。这儿有个台阶，挽住我的胳膊好吗？"

她有点不好意思，不再说话，重新又走进了屋里。她不知道他如此的敏感，因而完全不知所措。

他将接待室的门直接打开了，她开始知道自己走了之后这里发生了一些不同寻常的事情。因为大多数男士都在生气，有些人坐卧难安。他们全都聚在屋子的一头。主人也在生气，只不过隐而不发，只是坐在那儿调整着他的眼镜。

还有一些客人在屋子拐角站着，兴趣十足地看着屋子的另一头。肯定出了什么事情，他们好像把它当成是一个笑话。对于大多数客人来说，他们觉得是受到了侮辱。格拉西尼夫人本人却好像没有注意到什么。她正在搔首弄姿，一边摇着她的扇子，一边在和荷兰使馆的秘书闲聊。那位秘书眉开眼笑，坐在那里听着。

站在门口的琼玛，在那里停了一会儿，随即转过身来，看看牛虻是不是也注意到了众人的不安表情。他扫了一眼幸而没有觉察的女主人，然后又看了一眼房间另一头的沙发。他的眼里非常明显地流露出一种恶毒的得意神情。她立即就明白了是怎么回事，他打着一个虚假的幌子把他的情妇带来了，除了格拉西尼夫人谁也没有骗过。

靠在沙发上的那位吉卜赛姑娘，被一群花花公子和骑兵军官围着。打扮得花枝招展，穿着琥珀色和绯红色相间的衣服的她，有着东方的艳丽。她的身上还佩带着众多的饰品。她就像是热带的一只小鸟，在佛罗伦萨这间文学沙龙里格外引人注目，就像是混在麻雀和椋鸟中间。她自己也察觉到这一点了，于是以鄙夷的神情怒视着那些生气的女士。当她看到牛虻伴同琼玛走进屋里，立即站了起来朝他走去，说起话来滔滔不绝。让人感到痛苦的是她的法语错漏百出。

"我一直都在到处找你呢！里瓦雷兹先生，萨利季科夫伯爵想邀请你明天晚上去他的别墅。那儿有个舞会。"

"哦，我想我不去了呢，真对不起。可就算我能去，我也不能跳舞啊。波拉夫人，请容许我给你介绍一下绮达·莱尼小姐。"

傲慢的吉卜赛姑娘看了琼玛一眼，生硬地鞠了一躬。她是马尔蒂尼所说的带有一种动人、野性和愚蠢的美丽。姿态也十分地和谐自如，让人看了赏心悦目。但是她的前额又低又窄，小巧的鼻子线条显得缺乏同情心，几乎有些残忍。跟牛虻在一起，琼玛有一种压抑的感觉。这位吉卜赛女郎来到以后，她的这种感觉就变本加厉了。过了一会儿，主人走了过来。他请求波拉夫人帮他招待另外一间屋里的一些来客，她随即表示同意，奇怪的是竟然觉得如释重负。

"你觉得牛虻怎么样啊，夫人？"深夜乘车返回佛罗伦萨时，马尔蒂尼问道。"他竟然愚弄格拉西尼那位可怜的小个女人，你见过如此无耻的行为吗？"

"是说跳芭蕾舞的姑娘吗？"

"他跟她说那位姑娘早晚会成名，要知道为了一位名人，格拉西尼夫人愿意做任何事。"

"我觉得这种做法实在是太假仁假义了。这会使格拉西尼夫妇处境十分尴尬，对那位姑娘来说也是残忍的。我相信她也感到不大舒服。"

"你和他说过话吧？你觉得他怎么样？"

"哦，塞萨雷，我也没有具体什么要说的，只是他让我觉得有些厌烦，实在是太可怕了。共处了十分钟，他就让我感到头疼。他就像是一个焦躁不安的魔鬼化身。"

"我早就知道你会是这个反应的。说实话，我也不喜欢他。这人就像鳗鱼一样滑，我不相信他。"

第三章

牛虻的住所在罗马城墙外，旁边就是绮达的寓所。他有些像西巴列人。虽然房间没有特别豪华的饰品，但细微处也可以看出浮华的倾向，物什的摆放极尽典雅，使加利和里卡尔多感到意外。他们还以为生活在亚马逊荒野之中的人不会很讲究，所以当他们看见纤尘不染的领带和一排排的皮靴，和摆在写字台上的鲜花，感觉相当的奇怪。总的来说他们处得挺好。他对每个人都很友好，特别是对玛志尼党的成员。对琼玛则是例外，从第一次见面起，他好像就不喜欢她，老躲着她，因此也引起了马尔蒂尼的强烈不满。从一开始，这两个人之间就没有什么好感，他们水火不容，彼此之间只有厌恶。在马尔蒂尼那一方面，这种情感很快就变成了仇恨。

"他不喜欢我，我一点儿也不奇怪。"当他对琼玛说这句话的时候，神情还是有些委屈。"我就是不喜欢他，这也没什么关系。但是他那么对待你，这让我无法忍受。如果不是怕这事在党内闹得沸沸扬扬，让人说我们先是把人家请来，接着又和他大吵一通，我就要让他对此作出说明。"

"塞萨雷，这没什么，话又说回来，这事也有我的不对。"

"你怎么了？"

"就是因为这些他才不喜欢我。我们第一次见面时，就在格拉西尼家里做客的那天晚上，我对他说了一些无礼的话。"

"你说了什么话？这让人难以相信，夫人。"

"我的确也不是故意的，为此我感到非常抱歉。当时我说了人们嘲笑瘸子之类的话，他就当真了。我其实没有将他看成瘸子，他还没有那么难看。"

"虽然他一个肩膀高一个肩膀低，他的左臂受了很严重的伤，但是他既不驼背也不畸足。所以也不难看。至于说到他走路一瘸一拐的，那也不值得说。"

"可当时他气得浑身颤抖着，脸色都变了。我当时确实没有把握好分寸，可他居然那么敏感。我就奇怪难道别人就没有跟他开过这样残忍的玩笑。"

"我觉得肯定跟他开过类似的玩笑吧。这人骨子里十分残忍，外表却又装出风度不凡的样子，受不了。"

"算了，塞萨雷，这么说他不好。我也不喜欢他，可把他说的很糟糕又有什么用呢？他的举止是有点做作，让人看了恼怒——我看他是被别人夸得太多——而且他那些夸夸其谈的俏皮话也实在让人感到厌倦。可我不相信他有什么恶意。"

"我不懂他的想法，可一个对一切都没有好印象的人，他的内心就有点可怕了。那天在法布里齐家中讨论时，他大肆批评罗马的改革，好像他想对一切都要找出一个肮脏的动机。我当时感到深恶痛绝。"

琼玛轻轻地叹了一声。"我同意他这一点想法。"她说，"像你们好心人总是充满了美好的希望和期待，总是认为当一个心地善良的中年男士被选为教皇后，所有都会变好的。他只需将监狱的大门打开，并把他的祝福赐予周围的人，那么我们就可以指望在 3 个月里迎来千年福分。你们好像永远都看不到即使他愿意，他也不能做到拨乱反正。是原则出了错，而不是这个人或者那个人举止不妥。"

"你说的原则是指教皇的世俗权力吗？"

"一定要说得很具体吗？这只算是一个微笑的错误，还有更大的错误呢。这个原则错在任何人都能掌握别人的生命权利。这种虚伪的关系不应存在于人与人之间。"

马尔蒂尼将双手举起。"好了，夫人，"他面带笑容地说道，"只要你开始谈论道德论的废除，我就不跟你继续下去了。我相信你的祖先一定是英国 17 世纪的平均派成员。此外，我到这儿来是为了这些稿子。"

他将稿子从衣服口袋里拿出来。

"这是另一份宣传册？"

"昨天里瓦雷兹将这篇特傻的稿子交给了委员会。我知道要不了多长时间，我们就会和他争吵起来。"

"难道这篇文章有什么不对的吗？坦率地说，塞萨雷，你们有点偏见。里瓦雷兹也许让人感到厌烦，但是他还不傻。"

"哦，我知道它有它的优点，但是你最好还是读一读。"

作为讽刺文章，它对新教皇的即位在意大利引发的那种狂热进行了抨击。就像牛虻的其他文章一样，这篇文章笔调辛辣，恶意中伤。尽管琼玛厌恶文章的风格，她还是打心眼儿里觉得这种批评是有道理的。

"我同意你的看法，这篇东西确实非常恶毒，"她放下稿子说道，"但是最糟糕的是他说的都是实话。"

"琼玛！"

"对，事实就是如此。你可以说这人是一条冷血鳗鱼，但他掌握着真理。我们试图劝说自己这篇文章没有击中要害是没有用的——它的确击中了要害！"

"那你觉得我们印刷吗？"

"嗯，这又是一件事情了。我觉得我们可以对它有所修改，那会使每一个人都遭受伤害，也会让大家四分五裂的。这没有任何好处。要是他能重写一下，删改人身攻击部分，我就更喜欢这篇文章了。作为一篇政论文，不得不说它很出色。这出乎我意料。他把我们想说但却不敢说出来的话说了出来。看这，他把意大利比作是一个醉汉，搂住正在掏他口袋的扒手的脖子，柔声柔气地哭泣。写得太好了！"

"琼玛！我觉得这是最差的地方呢！我不喜欢心怀恶意的大呼小叫，他对所有的人和事情都是这样！"

"我也是，但是这儿不是关键。里瓦雷兹的风格的确很奇怪，就他这个人来说，他也不招人喜欢。可我还是同意他这样的观点：他说我们沉醉于游行和拥抱，高呼友爱和和解，并说耶稣会和圣信会的教士们才是从中渔翁得利的人。我希望昨天我参加了委员会举行的会议。最终你们是作出了什么决定？"

"这就是我今天为什么来你这：你能不能去和他谈谈，劝他把调子改得柔和一些。"

"我？可我和他一点儿都不熟，而且他还厌恶我呢。为什么不让其他的人不去，而叫我去呢？"

"因为今天别的人都很忙。况且你远远比我们更有理性，不会和他辩论，甚至吵起来。要是我们就说不准了。"

"我认为只要你们尽力是可以说通他的。对了，和他说从文学的角度来看，委员会都称赞这是一篇好文章。这样他就会很高兴的，而且这也是实话。"

在放着鲜花和凤尾草的桌边，牛虻静静地坐着，他茫然地凝视着地板，膝上放着一封已经拆开了的信。一只身长又长又粗的毛的柯利犬躺在他脚边的地毯上，听到琼玛在敞开的房门上轻敲的声音，它抬头吼起来。牛虻匆忙起身，出于礼节生硬地鞠了一躬。他的脸显得很严肃，面目没有任何表情。

"你真客气。"他说，态度极其冷淡。"要是你和我说需要谈一谈，我会登门拜访的。"

琼玛一看就知道他是想拒绝和他谈话，因此马上说明来意。他又鞠了一躬，并且拉过一把椅子放在她的前面。

"委员会让我作代表来拜访你，"她开口说道，"现在有人对你所写的文章存在异议。"

"这我已经猜到了。"他对着她坐下时，脸带着微笑。他拿了一个插着菊花的大花瓶，挪到面前挡住了光线。

"大部分人都觉得，就文学作品而言，这本小册子值得推行，但是他们认为原封不动就去出版是件很难的事情。他们担心过激的语调也许会得罪人，并且离间一些人，而这些人的帮助和支持对党来说是很可贵的。"

一颗菊花被他从花瓶里拿出来，开始慢慢地、一片接着一片地撕下白色的花瓣。当她察觉到他纤细的右手一片片地揪花瓣时，琼玛觉得有些不安。对她而言这是一种似曾相识的举动。

"就文学作品而言，"他用柔和而又冷淡的声音说道，"它没有一点儿价值，只会受到无知的人的推崇。至于说它会得罪人，这才是写这篇文章的意图。"

"这我也懂。可是你会不会也将那些不该得罪的人也得罪了。"

他耸耸肩，用牙齿咬着一片扯下的花瓣。"我觉得你说的有问题，"他说，"问题是为什么你们要把我请来。我的理解是揭发并且嘲笑那些耶稣会教士。我可是尽力履行我的职责。"

"大家对你的才能和好意没有产生怀疑，这点我保证。只是委员会担心这个小册子会得罪自由党，而且城市工人或许也不会给我们道义上的支持。或许你想利用这本小册子攻击圣信会教士，但是很多读者会误以为这是在攻击教会和新教皇。因此从政治策略上看，委员会考虑这样做是错误的。"

"现在我才理解。只要我将矛头对准教会中特定的人，由于现在他们和党的关系很不愉快，那么我才可以畅所欲言。可一旦我直接触动了委员会所喜爱的教士——'真理'就像是一只狗，它只能在狗窝里待着。而且在那个——圣父可能受到攻击时，那就必须用鞭子抽它。对，那个傻子说得太对了。"让我做什么我都愿意，可我就不愿做个傻子。我知道必须要服从委员会的决定，但是我难免会认为委员会把聪明劲儿放在两旁的走卒身上，却放过了中间的蒙、蒙、蒙泰尼、尼、尼里大、大人。"

"蒙泰尼里?"琼玛重复了一遍，"我不知道你在说什么。你是说布里西盖拉教区的主教吗?"

"对，你知道他刚被新教皇提升为红衣主教吧。我有一封关于他的信。你想不想听一下? 是我的一个朋友写的，他在边境的另一边。"

"教皇的边境吗?"

"嗯，在信中他是这么写的——"他拿起早在她进来前就在他手里的那封信，接着大声地读了起来，突然结巴得非常厉害:

"'用、用、用、用不着多久，你、你就、就会有幸见到我们最、最、最大的敌人，红、红衣主教劳伦佐·蒙、蒙泰尼、尼、尼里，布里西盖、盖拉教区的主、主、主教。他打、打——'"

他停了下来，不再说话，过了一会儿又开始念起来，念得相当慢，声音拖得让人难以忍受，但是不再结巴。

"'下个月，他计划去托斯卡纳，他的任务是实现和解。他要先布道，应该是在佛罗伦萨，要在那里待3个多星期，之后前往锡耶纳和比萨，经皮斯托亚返回罗马尼阿。表面上他是教会中的自由派中的一员，并和教皇和费雷蒂红衣主教有很深的私交。他在格列高利在位期间失宠，在亚平宁山区的一个小洞里待了很长时间，从而失去了消息。可现在他又抛头露面了。当然，他也受到了耶稣会的操控，像这个国家每位圣信会教士一样。耶稣会教士建议由他出面履行这一使命的。在教会中，他是一位不错的传道士，就像兰姆勃鲁斯契尼一样阴险。他的任务就是维持公众对教皇的狂热，并保持这种狂热，吸引公众的注意力，直到大公签署耶稣会的代理人准备提交的那份计划。我还没法去了解这是什么样的计划。'信上还说：'究竟蒙泰尼里是否知道他被派往托斯卡纳的目的，以及他是否知道自己受到耶稣会的鼓弄，我不知道。他要么是个老奸巨猾的混蛋，要么就是最大的白痴。从我迄今掌握的情况来看，奇怪的是他既不接受贿赂也没有私养情妇——我还是第一次见到这样的事情。'"

他放下信，在那里眯眼望着她，等着看她的反应。

"你对这个人说的事情感到满意吗?"她过了一会儿说道。

"关于蒙、蒙泰、泰尼、尼里大人的私生活吗? 不，他自己也不满意这一点吧。你也听到了，他加了一句表示怀疑。'从我迄今掌握的情况来看——'"

"我当然不是说的这个，"她冷冷地打断他的话，"我是说他的使命。"

"我对写信者完全信任。他是我的一位老朋友——1843年认识的一位朋友。他所处的地位为他提供了非同一般的机会，可以知道这种事情。"

"他是梵蒂冈的官员?"琼玛马上就意识到这一点。"也就是说你和他有关系？我已猜到了几分。"

"这仅仅是一封私人信件，"牛虻接着说道，"你必须清楚这件事情只能是你们委员会内部成员知道，需要严加保密。"

"你不需要提醒我这一点。关于小册子，我是不是可以告诉委员会你答应作些修改，改得缓和些，或者——"

"你难道不觉得作了修改，夫人，缓和激烈的语调，会有损这篇'文学作品'的整体美吗？"

"你在问我个人看法。我只是想表达整个委员会的意见。"

"那你、你、你个人并不赞同委员会的看法？"他将那封信塞进了口袋、身体往前倾了倾。他急切而又专注地望着她，他的面容也因这种表情而改变了。"你认为——"

"要是你想知道我本人的想法——在这两个方面，我和委员会大多数人的意见不一样。从文学上说，我不觉得这个小册子好。你的确陈述了事实，策略的运用也有独到之处。"

"这是——"

"我也赞成你的看法，意大利正被邪恶之火引入歧途，所有的狂热和狂喜都会使她陷入一个令人恐惧的沼泽地。当有人公开而大胆地将其表达出来的时候，我感到由衷的高兴，尽管这是要付出代价的，得罪并离间我们的一些支持者。可作为组织的一名成员，当大多数人持有相反的意见时，那我就不能坚持个人观点了。我当然认为如要说出这些话来，那就应该说得含蓄，说得心平气和，而不是采用这个小册子里的语调。"

"你等等，让我再看一遍这份稿子好吗？"

他拿起它来，一页页地翻着看。他皱起了眉头，似乎有些不满。

"嗯，你说的一点儿也没错。这个东西写得就像是贴在音乐餐馆里、随处可见的那种讽刺短文，而不像一篇政治讽刺文章。可我又有什么办法呢？要是我严肃地写，那么公众就不会看懂。要是不够尖酸刻薄，他们就会说枯燥乏味。"

"可你不觉得一味地尖酸刻薄，也会显得枯燥乏味吗？"

他以那种锐利的目光迅速地看了她一下，哈哈大笑起来。

"有一些人总是说得很对，夫人显然就是这类人！这么说，要是我满足于尖酸刻薄的诱惑，早晚我也会像格拉西尼夫人一样枯燥乏味吗？天啊，真是太可怕了！不，你不用皱眉头。我知道你不喜欢，我这就说些正经的话。基本上就是这个情况：要是我删掉人身攻击，保留原样的主要部分，那么委员会肯定会觉得遗憾，他们不能保证能印刷出来。要是我删掉政治真理，只是骂骂党的敌人，那么委员会就会视这个东西如珍宝，可是你和我都知道这种小册子是没有价值的了。确切地说，这是一个有意思的观点：哪种状况更可取呢？是印出来而没有价值，还是有价值但却不印出来呢？夫人，你认为呢？"

"我觉得还有其他的选择。要是你删掉了人身攻击，我相信委员会会同意将这个小册子印刷出来的，尽管大多数人不赞同文中的观点。但我相信这篇文章将会起到很大的作用。但是你必须放弃你的那种尖酸刻薄。如果你想要表达一种观点，这个观点本质上就是一颗大药丸，需要你的读者好好消化，不要一上来就拿形式吓唬他们。"

他无可奈何地叹息了一声，又耸了耸肩膀。"我听从，夫人，但我也有个条件。要是你们现在不让我大声笑出来，那么下一次我就必须笑出声来。当那位无可非议的红衣主教大人拜访佛罗伦萨时，无论是你还是你的委员会都不许反对我尖酸刻薄，我想怎样就怎样。那是我的权利！"

他的态度在他说这句话的时候，显得轻松而又冷漠，又从花瓶里拿出菊花，举起来观察透过半透明的花瓣的阳光。"他的手抖得非常厉害！"

看到摇晃抖动的鲜花，她心里想到。"他当然不喝酒了！"

"我劝你还是和委员会的其他成员商量一下这件事情。"

她起身说道；"他们会怎样看待这事，我不能发表任何意见。"

"那你自己呢？"他也站了起来，身子靠在桌边，将鲜花摁在脸上。

她不知道该怎么回答。这个问题使她感到局促得很，勾起了过去那些并不美好的回忆。"我——不知道，"她最后说道，"在多年以前，我了解蒙泰尼里的一些情况。当时他仅仅是一个神甫。我小时住在外省，他在那里担任神学院的院长。我是从——一个和他关系很亲密的人那里听说很多关于他的事。我的确不知道他还做过坏事。我相信在那时他真的是一位很优秀的人。但那是多年前的往事了，或许他已经变了。不负责任的权力毒害了太多的人。”

牛虻从花中抬起头来看着她，脸上很平静。

“无论怎么样，”他说，“要是蒙泰尼里大人不是个混蛋，那么他就是掌握在混蛋手中的工具。可无论他是什么，对我而言，都是一样——对我在边境的朋友来说也是这样。路中的石头就算心肠极好，我们也必须把它踢开。让我来吧，夫人！”他摁了一下铃，接着一瘸一拐地向门口走去，打开门来让她出去。

“非常感谢你来看我，夫人。我现在去叫辆马车吧？不用？那只好再见了！比安卡，请把门厅的门打开。”

当琼玛走到街上，还是百思不得其解。“我在边境那边的朋友。”——他们究竟是谁？又怎么把路中的石头踢开？如果只是讽刺的说法，那为什么他说话时眼里含有杀气？

第四章

在10月里的第一个星期，蒙泰尼里大人来到了佛罗伦萨。他的到访在全城引起一阵小小的骚动。他是一位名气很旺的传道士，也是一位革新教廷的代表。人们热切地盼望他会阐述“新教义”，阐述友爱与和解的福音，这个福音一定能治愈意大利的苦难。红衣主教吉齐已被提名担任罗马圣院的书记长，以便接替那遭人唾弃的兰姆勃鲁契尼。这一举动已将公众的狂热煽到了最高点。

蒙泰尼里就是维持这种狂热的最佳人选。他那无可非议的生活作风，在罗马教会所有的显赫人物中是个例外，因而引起了人们的关注。人们习惯于把敲诈、贪污和为人蔑视的私通看作是高级教士职业恒定不变的附属品。

当然，身为一名传道士，他的确拥有了不起的才能。加上他那美妙的嗓音和魅力十足的性格，无论何时何地，他都能令人印象深刻。

和以前一样，格拉西尼费尽心思地想把新到的名人请到自己家里做客。可蒙泰尼里不会轻而易举地上钩。他谢绝了所有的邀请，态度客气但又坚决。他借口自己身体不适，抽不出时间，并说他既没有力气也没有闲心在社交场合走动。

马尔蒂尼和琼玛在一个晴朗而寒冷的星期天早晨，走过西格诺里亚广场。"格拉西尼夫妇欲望真是太大了！"他鄙夷地对她说道。"你观察到当红衣主教的马车开过时，格拉西尼鞠躬的姿态了吗？不管是谁，只要是别人谈论的对象。他就会巴结名流，我从来没有见过这样的人。8月份是牛虻，现在又轮到蒙泰尼里了。我敢肯定红衣主教阁下受到如此瞩目会感到受宠若惊，居然会有这么多的投机分子趋炎附势。"

当热心的听众听说蒙泰尼里正在那里布道后，早已将大教堂堵得水泄不通。马尔蒂尼担心琼玛的头疼病又会发作，所以劝她在弥撒结束前离开。这是一个晴空万里的早晨，先前下了一个星期的雨，这样他就找到了一个借口，建议去圣尼科罗山旁边的花园散散步。

"不，"她答道，"要是咱们有时间可以去散步的，可最好不要在山上。我们还是沿阿诺河走吧。蒙泰尼里将从大教堂经过这里，我也像格拉西尼一样——想要见识见识这位名人。"

"你刚刚不是已经看到他了吗。"

"我们离他太远了，大教堂也被塞得太满了，马车经过的时候，他也是背对着我们的。如果我们站在桥的周围，我们肯定就能清楚地瞧见他——你知道他就住在阿诺河边。"

"可是你为什么突发奇想，想见蒙泰尼里呢？你从来都不留意出名的传道士啊。"

"我是不留意传道士，但我留意那个人。我想知道自从上次见过他后，他有多大的变化。"

"什么时候？"

"在亚瑟死后的两天。"

马尔蒂尼担心地望了她一眼。他们已经来到阿诺河边，她正茫然地注视河的对岸。他不喜欢她脸上流露的表情。

"琼玛，亲爱的，"停顿片刻后他说，"难道你要让那件不开心的事一辈子纠缠你吗？在 17 岁的时候，谁都有可能犯错。"

"可我们在 17 岁时并不是都杀死过自己最亲爱的伙伴。"

她无力地答道。她俯视河水，并把胳膊支在小桥的石栏杆上。马尔蒂尼不再说话。当她陷入这种沉思时，他几乎不敢跟她说话。

"每当我俯视河水时，我都会回忆起这段往事。"她说。慢慢地，她抬起了头，凝视他的眼睛。接着又神经质地打了一下颤。"我们再走一会儿吧，塞萨雷。站着不动有点冷。"

他们静静地过了桥，再沿着河边往前走。过了几分钟，她又开口。

"那人的嗓音真好听！好像有种什么东西在里面，在别人的嗓音里我从来没有听到过。他之所以有这么大的感染力，我认为一半的功劳就是他的嗓音。"

"是副好嗓子。"马尔蒂尼同意地说道。河水勾起了她那痛苦不堪的回忆，他总算捕捉到了一个可以引开她的话题。"不提他的嗓子，在我见过的传道士中，他是最出色的。但是我认为他之所以有这么大的魅力，深层次的秘密是他与所有的高级教士拥有完全不同的生活方式，所以他显得有点超凡脱俗。我不知道在整个意大利教会中，你是否还能找到另一个显赫的人——除了教皇本人——享有如此美好的名声。去年我在罗马尼阿时，经过了他的教区，还看到那些粗野的山民为了见他一面而冒雨等着，或者仅仅是摸摸他的衣服。他在那里受到顶礼膜拜，他几乎在那里被当成了圣人。罗马尼阿人一向讨厌身穿黑色法衣的人，可是却极其重视他。我曾对一位老农——是我所见过的一个典型的私贩——说人们都非常忠于自己的主教，他说：'我们并不热爱主教，他们全是骗子。我们喜爱蒙泰尼里大人。没人见过他撒过一句谎，做过一件坏事。'"

琼玛像是自言自语地说："我在想他自己知不知道人们对他的看法。"

"难道他不应该知道吗？你认为这种看法有什么不对吗？"

"我想这是错的。"

"为什么你会这么说啊？"

"他就是这么和我说的。"

"他和你说的？蒙泰尼里？琼玛，你在说什么呢？"

她将额前的头发向后掠去，转身对着他。他们又默默地站着，他靠在栏杆上，她则在人行道上，用雨伞的尖头慢悠悠地画着线。

"塞萨雷，我们是多年的老朋友了，我一直没有跟你提过亚瑟的事情。"

"不用跟我说，亲爱的，"他急忙插嘴说道，"我知道所有的事。"

"乔万尼和你说的？"

"嗯，在他快要死的时候。有天晚上，我守在他的身边，他告诉我这件事情的始终。他说——琼玛，既然我们说到这了，我最好还是跟你说实话吧——他说你总是沉溺于这件痛苦的事情，他请求我做你的好朋友，尽量不让你想起这件痛苦的事。我已经尽力了，亲爱的，尽管我可能没有成功——可我的确尽了力。"

"嗯。"她轻声地答道，抬起眼睛看了他一会儿。"若是没有你的友情，我的日子该有多难过啊。但是——乔万尼没有跟你说起过蒙泰尼里大人，对吗？"

"没有，难道他和这件事情也有关系。他告诉我有关——那个暗探的事，有关——"

"有关我动手打了亚瑟以及他投河自杀的事。呃，我现在跟你说说蒙泰尼里吧。"

他们转身，向主教马车将会经过的小桥走去。再说这一段话的时候，琼玛失神地望着河的对岸。

"那时蒙泰尼里只是一个神甫，他担任的是比萨神学院的院长。亚瑟进入萨宾查大学以后，他辅导亚瑟哲学，也和他一起读书。他们相互信任，不仅仅是一对师生，更像是一对情人。亚瑟非常崇拜蒙泰尼里，还记得有一次他曾说过，要是他失去了'Padre'——他总是这样陈呼蒙泰尼里——他会去投河自杀。呃，你知道后来就发生了暗探的事。第二天，我父亲和伯顿一家人——亚瑟的同父异母兄长，他们是世界上最可怕的人——花了一天时间在达赛纳港湾打捞尸体，我一个人坐在屋里，前思后想我做了些什么——"

她停了一会儿，接着又说下去。

"我父亲在天黑后，走进我房间，对我说：'琼玛，孩子，下楼吧。我想最好你见见这个人。'我们下了楼，见到团体里的一个学生。他坐在接待室里，脸色煞白，浑身颤抖着。他告诉我们乔万尼从狱中送出了另一封信，说他们从狱卒那里打听到了关于卡尔迪的情况，在忏悔的时候，亚瑟被骗了。我记得那位学生跟我说：'我们明确他是无辜的，至少是个安慰吧。'我父亲将我的手握住了，想要劝慰我。他还不知道我打了他。后来我回到了自己的房间，独自坐了一夜。第二天一早我的父亲又离开了家，陪同伯顿一家人，到港口去看打捞的情况。他们还是希望至少能找到尸体。"

"什么也没有发现吗？"

"是啊，肯定是被冲到海里了。可他们还是抱有一线希望。我独自待在自己的房间里，女仆上来告诉我，有一位神甫登门来访。当女仆告诉他我的父亲去了码头后，他就离开了。我知道肯定是蒙泰尼里，所以就从后门跑了出去，在花园门口追上了他。我对他说：'神甫，我有几句话想和你说。'他停下了脚步，静静地等我说话。哦，塞萨雷，要是你能想象他的脸——之后几个月里，它一直萦绕在我的脑里！我说：'我是华伦医生的女儿，我是来告诉你，亚瑟是我杀死的。'我将一切告诉了他，他站在那里只是听着，像是一个木头人。等我说完后，他说：'不用担心，我的孩子。我才是凶手，你不是。是我欺骗了他，现在被他发现了。'说完他就转身离去，静静地走出了大门。"

"接着呢？"

"我不知道此后他的事情。那天傍晚，我听说他在街上昏倒了，被人送到码头附近的一户人家里。我知道的只有这些。我的父亲想尽办法，为我做这做那。当我把情况告诉他后，他就停下工作，立即带我回了英国，只有这样，我才能避免回忆这些事情。他担心我也会跳河自杀，我承认有一次我差点就做了。可你也知道，之后我的父亲患了癌症，因此我就得正视自己——没有别人照顾他。他去世后，我还要照顾家中的弟弟妹妹，直到我哥哥成家后，可以安顿他们。后来乔万尼也去世了。他为自己所做的事情后悔不已——就是因为他在狱中写了那封信。可我知道，正是我们有共同苦恼的事情才把我们连在一起了。"

马尔蒂尼微微笑，又摇摇头。

"你可以这么想，"他说，"但是打第一次见你后，乔万尼就下定了决心。我记得他第一次从里窝那回来后，就没完没了地谈起你。后来只要一听到他说起那个英国女孩琼玛，我就感到腻味又烦恼。我还以为我不会喜欢你的。啊！来了！"

马车先经过了小桥，接着停在阿诺河边的一座大宅前。蒙泰尼里靠在垫子上，显得疲惫不堪，不再去理会聚集在门前只为见一见他的狂热群众。他在大教堂里展现出的那种动人表情已经消踪匿迹了，阳光照出了他脸上烦恼和疲劳的皱纹。他从马车上下来了，走进了屋里。他是那样地心力交瘁，老态龙钟，迈着沉重而又无力的步伐。琼玛慢慢地转过了身，朝小桥走去。很长一段时间内，她的脸色和他那种枯槁、绝望的表情是一模一样的。马尔蒂尼默默地在她的身边走着。

"我很不解，"稍停片刻，她说道，"他的'欺骗'是指什么呢。我甚至在想——"

"想什么？"

"呃，我很纳闷儿。因为他们俩长得太像了。"

"谁和谁？"

"亚瑟和蒙泰尼里。不止我一个人这样觉得，那一家的关系都有点神秘。伯顿夫人，亚瑟的母亲，是我认识的人当中最温柔的一个。她的脸上和亚瑟一样拥有圣洁的表情，而且我觉得他们的性格也是一样的。"

可他总是显得惴惴不安的，就像是被人发现的罪犯。前妻的儿媳不把她当人看，连只狗都不如。而且亚瑟和伯顿家的那些俗不可耐的人简直有天壤之别。当然了，在我小时候，觉得什么都是理所应该的。可现在回头想想，我常在思索亚瑟到底是不是伯顿家的人呢。"

"也许他发现他妈妈的秘密也说不定——这或许是他的死因，与卡尔迪的事无关。"马尔蒂尼插嘴说道，他想说这些话来安慰他。琼玛摇了摇头。

"你要是知道我打他后他的表情，塞萨雷，你就不这么想了。有关蒙泰尼里的事也许是真的——很可能是真的——但是我已经将我可以做的事情都做了。"

他们散了一会儿步，彼此间没有再说话。

"亲爱的，"马尔蒂尼最后说，"要是世上有后悔药，可以改变原来的事，那我们还可以反思以前犯下的错误，可事实上并没有，人死不能复生。这是一件令人心痛的事情，但是那个可怜的伙计至少解脱了，比起活下来的人——那些流亡和坐牢的人——他是幸运的。我们还得怀念他们，我们不必要为了死者伤心欲绝。记得雪莱曾说过的话：'过去属于死亡，未来属于自己。'抓住未来，当它现在还是属于你自己的时候。下决心，不要再去想以前你应该怎么做，那样只会让自己伤心；你现在要想的是下面该做什么，这样才是对自己有利的。"

情急之下他抓住她的手。但是听到背后传来一个柔和、冷酷但又拖沓的声音，他又慌忙撒开手，并往后直退。

"蒙泰尼、尼、尼里大人，"那个声音懒洋洋地说道，"正像你所说的，先生。在这个世界上，他事实上好像是太好了，所以应该把他护送到另外一个世界去。我相信他会像在这里一样，在那里也会引起不同凡响的影响。许多老鬼可能从来没有见过这样的东西，竟有一个忠诚的主教。老鬼可是喜爱新奇的东西——"

"你怎么知道？"马尔蒂尼强压怒火问道。

"我亲爱的先生，《圣经》上说的啊。如果相信福音书，甚至连那些最体面的鬼都会开始幻想，希望得到变幻莫测的组合。这不，我认为诚实和红、红、红衣主教——是一个变幻莫测的组合，而且还是一个令人难以接受的组合，像虾子和甘草一样。哦，马尔蒂尼先生，波拉夫人！雨后的天气真好，是吧？你们是不是也听过新、新萨伏纳罗拉①的布道？”

马尔蒂尼突然转身。牛虻嘴里衔着一根雪茄，纽孔里还插着刚买来的鲜花。他朝他伸出一只细长的手，手上还戴着手套。他那一尘不染的靴子还反射着阳光，阳光又从水上映到他那喜笑颜开的脸上。马尔蒂尼觉得，他不像平常那样一瘸一拐的了，而比平常更自负。他们在握手时，一方显得和蔼可亲，一方却是怒形于色。这时里卡尔多焦虑地喊道：“恐怕波拉夫人不大舒服！”

琼玛脸色苍白，帽檐下的阴影几乎也是青灰色的。由于急促地呼吸，系在喉部的帽带也瑟瑟发抖。

“我想回家。”她虚弱地说道。

马尔蒂尼叫来一辆马车，跟她一起坐上去，护送她回家。当牛虻弯腰试图拉起缠在车轮上的披风时，他蓦地抬起眼睛看了看她的脸。马尔蒂尼发现她畏惧的神情，身子也直往后缩。

“琼玛，你到底是怎么了？”当马车开动后，他用英语问。“难道那个浑蛋又和你说了什么话了吗”

“不，塞萨雷。不是他的错。是我、我、自己吃了一惊——”

“吃了一惊？”

“嗯，我好像看见了——”她以一只手遮住了自己的眼睛，他不再说话，等她恢复自制。好在她的脸慢慢又有了血色。

“嗯，你说得不错，”她转过身，又像平常那样冷静地说，“回忆那些不堪回首的往事不但无益而且更糟。只会刺激人的神经，让人幻想各种荒诞的事情的事情。从此以后我们不要再说这事了，塞萨雷，不然我会发现所有的人都像亚瑟。这肯定是幻觉，是青天白日里的一场噩梦。刚刚当那个花花公子走过来的时候，我居然觉得他是亚瑟。”

---

① 萨伏纳罗拉·季罗拉摩（1459—1498），佛罗伦萨传道士，被当局处死。

第五章

　　牛虻清楚地知道怎么为自己树立敌人。他是在8月到达佛罗伦萨的，到了10月底，委员会四分之三的成员都赞同马尔蒂尼的观点。牛虻对蒙泰尼里的抨击甚至激怒了崇拜他的人。开始，加利是全力支持这位讽刺作家说的话、做的事，然而现在他也有些愤愤不平，觉得还是放过蒙泰尼里比较好。

　　"像他那样正直的红衣主教可不多。偶然出现这么一个，我们还是应该对他仁慈一些。"

　　唯一能漠视那些狂风暴雨般的漫画和讽刺诗文的人，仅仅就是蒙泰尼里本人。像马尔蒂尼说的那样，的确不值得浪费精力去嘲弄一个豁达的人。据说在城里时，有一天蒙泰尼里应邀去和佛罗伦萨大主教一起吃饭。他在屋里看见了牛虻所写的文章，这篇讽刺文章对他大肆进行人身攻击。在他读完后又把文章递给了大主教，还说："写的话还是可以的，对吧？"

　　一天，城里散布一份传单，题目就是《圣母领报节之圣迹》①。尽管作者没有签上他的笔名，或是画上一只正在翱翔的牛虻，但是大多数读者透过辛辣而又犀利的文风就会猜到作者是谁了。这是以对话的形式写出的讽刺文章。托斯卡纳充当圣母玛利亚；蒙泰尼里充作天使，手里还拿着象征纯洁的百合花，头上也戴着象征和平的橄榄枝，宣布耶稣会教士就要降临。通篇包含人身攻击的隐喻，以及最险恶的暗示。整个佛罗伦萨都觉得这一篇讽刺文章既不大度也不公正。可是整个佛罗伦萨的人们还是笑了起来。牛虻那些严肃而又荒诞的笑话总是有种让人无法抗

---

① 圣母领报节为3月25日。这一天奉告圣母玛利亚，她将得子耶稣。

拒的力量，即使是那些最反对他的人和最讨厌他的人，读了他的文章也会像那些最热忱的支持者一样开怀大笑。虽然传单的语气着实令人厌烦，可他还是在大众的心里留下痕迹。蒙泰尼里拥有太高的个人声誉，不管讽刺文章有多机智，都无法对他造成严重的伤害。可有段时间，事情也会朝不利于他的方向发展。牛虻似乎已经知道怎么对症下药了。尽管热情的群众仍旧会在红衣主教的房前聚集，等着看他走上或是走下马车，但在欢呼声中也夹杂着："耶稣会教士！""圣信会奸细！"这样不和谐的口号声。

可蒙泰尼里不缺支持者。在这篇讽刺文章发表后的两天内，一份由教会出版的报纸——《教徒报》刊出了一篇出色的文章，题目是《答〈圣母领报节之圣迹〉》，署名"某教徒"。

这一篇充满激情的文章针对牛虻的无端诽谤，为蒙泰尼里辩护。这位匿名作者凭借雄辩的笔调和极大的热忱，先阐述了世界和平及人类友好的教义，阐释了新教皇是福音传教士，最后要求牛虻证明稳重的结论，还呼吁大家不要轻信为人不齿的、专事造谣中伤的家伙。作为一篇特别的应辩文章，它非常具有说服力；作为一篇文学作品，其价值又远远超出一般的水平。因此引起城中大多数人的注意力，特别是连报纸的编辑都不知道作者的身份。所以文章很快就以小册子的形式印刷，佛罗伦萨的咖啡店里总有人谈论这位"匿名辩护者"。

牛虻也给出了反应，他继续猛烈攻击新教皇及其所有的支持者，矛头特别指向蒙泰尼里。他小心地暗示蒙泰尼里可能授权别人撰文颂扬自己。那位匿名作者对此又在《教徒报》上作了回答，愤然表示否认。蒙泰尼里在这一段时间，由于两位作者展开的激烈论战再次引起了公众的注意，从而无心留意那位著名的传道士。

自由派的一些成员大胆地试图说服牛虻不要用很恶毒的语言对待蒙泰尼里，可他们并没有得到他们想要的答案。

他只是和蔼地微微一笑，慢慢吞吞、磕磕巴巴地答道："真、真的，先生们，你们太不公平了。在对波拉夫人做出让步时，我曾公开表示允许让我这会儿开个小小玩笑。我们说好了的啊！"（此句引自莎士比亚《威尼斯商人》第四幕第一场中夏洛克的话）蒙泰尼里于10月底回到了罗马尼阿教区。在离开佛罗伦萨前，他做了一次告别布道。他婉转地表示不赞成两位作家的论战，并请求那位匿名作者做出一个宽容的榜样，结束这场无用而又不当的文字战。第二天，《教徒报》就登出了一则启事，声明按照蒙泰尼里大人的意愿，"某教徒"将会撤出这场论战。

最后还是牛虻说了算。他发布了一份小传单，宣称蒙泰尼里基督教的谦让精神使得他投降，他决定改邪归正，准备抱住他所见到的第一位圣信会教士，并且洒下和解的眼泪。

"我甚至都愿意，"他在文章快要结束的时候说，"拥抱挑战我的那位匿名作者。要是我的读者像我以及红衣主教那样，知道这里的含义，也知道了他匿名的原因，那么他们一定会相信我的真诚。"

11月下旬，他向文学委员会宣称，他要到海边休两个星期的假。他肯定是去了里窝那，但是里卡尔多接着也去了，希望能和他聊聊，可找遍全城也没有他的踪影。在12月5日，亚平宁山脉的教皇领地爆发了一场激烈的政治游行示威，人们开始怀疑牛虻在深冬的季节去休假的原因。当骚乱被镇压后，牛虻又回到了佛罗伦萨。他在街上碰见了里卡尔多，和颜悦色地说："我听说你去里窝那找我，可我当时在比萨呢。那个古城真是美丽，大有阿卡迪亚那种仙境的遗风。"

在圣诞那个星期的一个下午，牛虻参与了由文学委员会召开的会议。会议的地点是在里卡尔多医生的住所，也就是在克罗斯门附近。这是一次全会，他稍稍来迟了一些。他满面笑容，带着歉意鞠了躬。当时座位好像已经坐满了人。里卡尔多站起来要去隔壁的房间拿一把椅子来，但是被牛虻制止住了。"别，"他说，"我在这儿就挺舒服。"说完他已走到房间那头的窗户前，在琼玛的旁边。他坐在窗台上，头懒洋洋地靠在百叶窗上。

他笑盈盈地眯着眼睛俯视琼玛，带着令人捉摸不透的斯芬克斯式的神态，这让他更像列奥纳多·达·芬奇肖像画中的人物。琼玛早就对他产生了一种不信任感，这种感觉现在又莫名其妙地深化成了一种恐惧感。

这次会议主要是讨论将要发表的一份小册子，阐明委员会对托斯卡纳面临饥馑的态度，以及将要采取怎样的措施。这个问题很难解决，因为和平常一样，委员会在这个议题上又有严重的分歧。琼玛、马尔蒂尼和里卡尔多算是激进派，他们主张强烈呼吁政府和公众立即采取必要的措施，以解救农民的困苦。温和的一派——当然包括格拉西尼——担心激烈的措辞会激怒政府。

"先生们，想要立即帮助民众的用心是好的。"他看了看那些面红耳赤的激进分子，带着平静而怜悯的口气说道，"我们大家都对难以得到的东西更加在意，但是一旦我们采用你们所说的那种语调，那么政府反而可能不会立即行动，直到发生真的饥荒时他们才会采取救济措施。如果我们仅仅劝说政府内阁调查收成情况，这才是未雨绸缪。"

加利坐在炉旁一角，立即跳起来反驳他的宿敌。

"未雨绸缪——是啊，亲爱的先生。但是一旦饥荒发生了，它可不等我们从容地去绸缪。在我们运去实实在在的救济品前，人民或许早就忍饥挨饿了。"

"听听——"萨科尼开口说道，但是好几个人中断了他的话。

"说大点声，我们听不清。"

"我也没听清，街上闹翻了天。"加利怒气冲冲地说，"里卡尔多，关窗了没有？连自己说话都听不清楚。"

琼玛回过头去。"关了，"她说，"窗户关得严严实实的。是有一班玩杂耍的或是别的什么从这儿经过。"

各种声音夹杂着：有一阵阵的叫声和笑声、铃声和脚步声，还有一个铜管乐队差劲的吹奏声以及一面大鼓无情的敲击声都从下面的街道上传来。

"这没办法，"里卡尔多说，"圣诞节肯定会热热闹闹的。萨科尼，你刚才说的什么？"

"我是说想听听比萨和里窝那那边的人对这个问题持什么想法。或许里瓦雷兹先生可以和我们说一说，他刚从那里回来。"

"里瓦雷兹先生!"琼玛叫道。她是唯一坐在他身边的人,因为他仍然不说话,所以她弯腰碰了碰他的胳膊。慢慢地,他转过身来,看着她。当琼玛看见这张沉如死水的脸时,吓了一跳。过了一会儿,这还是一张死人的脸。再过了些片刻,那两片嘴唇才动了动,怪怪的,毫无生气。

"嗯,是的,"他低声说道,"一班玩杂耍的。"

琼玛的第一反应是挡住他,免得别人也感到奇怪。她不知道他是怎么了,但是她感觉到他产生了某种可怕的幻想或是幻觉什么的,而且这时这种幻想或幻觉全然支配着他的身心。她马上站起来,站在他和众人间,并且将窗户打开了,装作往外张望的样子。只有她自己看见了他的脸。

街上路过一个走江湖的马戏班子,卖艺人骑在驴上,扮作哈里昆的人穿着五颜六色的衣服。披上节日盛装的人们都开怀大笑,接踵而来。他们与小丑开着玩笑,相互撒着如雨般的纸带,将一袋袋话梅扔向坐在彩车里的科伦宾。那位打扮成科伦宾的女人用金银纸箔和羽毛来装饰自己,前额披着几缕假发,嘴唇上涂满了口红,露出了虚假的笑容。彩车后跟着一群形态迥异的人——流浪汉、叫花子、翻筋斗的小丑以及叫卖的小贩。他们推推攘攘,乱扔乱砸,并为一个人拍手叫好。由于人群不断移动,所以琼玛一开始没有瞧见是什么人。可紧接着她就看清了——是一个又矮又丑的驼子,他穿着稀奇古怪的衣服,头上还戴着纸帽,身上系着铃铛。他显然是杂耍班子的一员。他做出可怕的鬼脸,并且弯腰驼背。

"街上怎么了?"里卡尔多走到窗户跟前问道。"你们好像很感兴趣。"

他感到有点诧异,为了看一帮走江湖的卖艺人,他们竟让委员会全体成员在一旁等着。琼玛转过身来。

"没什么事情,"她说,"就是一帮玩杂耍的。可声音那么嘈杂,我还以为有别的什么东西呢。"

她站在那里,一只手仍然抓着窗户。她突然觉察到牛虻伸出冰冷的手指，非常激动地握住她的手。"谢谢。"他轻声说。并关上了窗户，再次坐在窗台上。

"恐怕，"他慢慢地说，"我打断了你们的会议，先生们。我刚才是在看杂耍表演，真、真是热、热闹。"

"萨科尼问你一个问题。"马尔蒂尼语气不好地说道。

他认为牛虻的行为是荒诞不经的装腔作势，可让他更生气的是琼玛竟然像他那么随便。这不是他以前的作风。

牛虻表明他不知道比萨人民的情绪，他去那里"只是休假"。紧接着他就展开了激烈的演讲，先是大谈农业收成的前景，然后又谈起小册子的问题。虽然他说话结结巴巴，但不影响他滔滔不绝，搞得其他的人也精疲力竭。就好像他企图在自己的声音中找一些令人兴奋的乐趣。

当会议结束后委员会的成员都起身离去。这时里卡尔多走到马尔蒂尼的面前。

"你留下来和我一起吃饭吧？法布里齐和萨科尼都答应留下来了。"

"谢谢，可是我要送波拉夫人回家。"

"你不用担心我回不了家。"她说着站了起来，并且披上了自己的围巾。"他会留下来陪你，里卡尔多医生。换换口味对他有好处。他出门的次数太少了。"

"要是你愿意，我可以送你回家，"牛虻插嘴道，"我们是同一个方向。"

"如果你真的往那边走的话——"

"里瓦雷兹，你晚上没有时间过来了吧？"里卡尔多在为他们开门时问道。

牛虻回头笑出声来。"亲爱的朋友，你在问我吗？我可要去看杂耍表演呢！"

"他真奇怪，居然对卖艺情有独钟！"里卡尔多回来以后对他的客人说道。

"也许是出于同行之间的关系吧，"马尔蒂尼说道，"要说我见过的卖艺的人，他就算一个。"

"真希望只是把他当成一个卖艺的人，"法布里齐表情凝重，在一旁插嘴说道，"要是他是一个卖艺的人，恐怕他是一个相当危险的卖艺人。"

"哪里危险了？"

"呃，我讨厌他热衷于短期旅行，这些意在取乐的旅行又是那么神秘。你们知道这是第三次了。我可不相信他是去了比萨。"

"这难道不是一个公开的秘密吗？他肯定是去了山里。"萨科尼说道，"他都不否认他仍和私贩子保持联系，在萨维尼奥起义中，他与他们结识了，利用他们之间的友谊，将自己的传单送到教皇领地边境那边，这太明显了。"

"我啊，"里卡尔多说道，"就是想和你们说这件事情。我的想法是咱们倒不妨请里瓦雷兹负责我们的私运工作。皮斯托亚的印刷厂由于管理不善，效率很差。运过边境的传单总是卷在雪茄烟里，没有比这更低级的了。"

"可这不是目前为止最有效的方法吗？"马尔蒂尼固执地说。他厌烦加利和里卡尔多总是把牛虻当作模范的事情。他想大家在被这个"懒散的浪人"摆平前，一切都是井然有序。

"迄今为止这种方法的确非常有效，因此我们才满足于现状，不去寻找更好的方法。可要知道最近被捕的人有很多，许多东西也被没收了。我现在觉得里瓦雷兹要是能为我们负责这件事情，那么情况一定会有所好转。"

"为什么这么说？"

"首先，私贩子把我们看成外行，或者适可利用的人物。然而里瓦雷兹却是他们自己的朋友，还有可能是他们的领袖呢，他们尊重他、相信他。对于参加过萨维尼奥起义的人，亚平宁山区的每一位私贩子都肯为他赴汤蹈火，对我们则不会这样。其次，我们中间缺少像里瓦雷兹那样熟悉山里情况的人。还记得他曾在那里避过难，对每一条走私的途径都非常熟悉。不会有一个私贩子敢欺骗他，即使他想那样做也做不到。如果私贩子真敢欺骗他，那也骗不了他。"

"所以你就提议我们请他全面负责把印刷品送过边境——分发的渠道、投放的地址、藏匿的地点等等所有的一切——还是我们仅仅请他把东西运过去？"

"呃，至于投放的地址和藏匿的地点，或许他早就知道，甚至比我们知道的还要多。我认为这方面不需要给他提供很多东西。至于说发行的渠道，这当然要听听他的意见。我觉得重要的问题实际上是私运本身。一旦那些书籍被运到波洛尼亚，分发它们就是比较简单的问题了。"

"我的观点是，"马尔蒂尼说，"我不赞成这个提议。第一，你们都说他办事非常老练，可这是大家的猜测。我们并没有亲眼见到他做过走私过境的工作，而且也不知道在关键时刻，他能否镇静自若。"

"哦，你不需要怀疑这点！"里卡尔多插嘴道。

"萨维尼奥的历史事件证明了他是可以做到镇静自若的。"

"还有，"马尔蒂尼接着说道，"以我对里瓦雷兹的认识，我并不赞同把党的秘密全都告诉他。我觉得他相当轻浮做作。将党的私运工作交给他，可是一个严肃的问题。法布里齐，你有什么样的观点？"

"要是我跟你一样，马尔蒂尼，"教授答道，"我当然应该提否决意见，里瓦雷兹这样的人的确是具备里卡尔多所说的全部条件。我认为，他的勇气、他的诚实，或者他的镇定我是毫不怀疑的。他清楚山里的情况，了解山民。这有充足的证据。但是我反对的是：我觉得他去山里并不是为了私运传单。我开始怀疑他有其他的目的。当然，这只是我们私下说说而已。只是怀疑。我觉得他可能与某个'团体'保持着联系，也许是最危险的团体。"

"你说的是什么——'红带会'吗？"

"不，是'短刀会'。"

"短刀会！那可是非法之徒组成的小团体——里面大部分是农民，既没有受过教育，也没有政治经验。"

"萨维尼奥的起义者也是这样的人啊。可有几个受教育的人担任领导，这个小团体或许也是这样。不要忘了在这些比较过激的团体中，里面有萨维尼奥起义的幸存者。这一点大家都知道。在公开的起义中那些幸存者被发现了，他们实力太弱，敌不过教会的势力，所以他们专事暗杀。他们还不具备可以拿起枪来大干一场的实力，所以只得拿起刀子。"

"但你依据什么去认为瓦雷兹和他们有联系呢？"

"我只是怀疑。无论如何，我认为在把私运工作交给他前，我们最好查清此事。要是他试图同时担任两种工作，他会给我们带来极大的破坏。他会毁了党的声誉，也帮不上别的什么忙。我们下次再讨论这事吧。现在我想跟你们谈谈罗马的消息。据说将会任命一个委员会，起草一部地方自治宪法。"

第六章

沿着阿诺河边，琼玛和牛虻静静地走着。他那滔滔不绝的狂热劲儿好像已消散了。他们离开里卡尔多住所后，他就沉默下来了。琼玛见他默不作声，心里也觉得高兴。她总是觉得和他在一起非常难为情。跟平常比起来，她今天更是这样。因为他在会上的举止令她大为困惑。

到了乌菲齐宫时，牛虻突然停下来转身面对着她。

"你是觉得累了？"

"不累。为什么？"

"今晚没有特别多的事情要做吗？"

"没呀。"

"我想请求你一件事。可以陪我散会儿步吗？"

"你想去哪儿呢？"

"我也不知道具体想去哪儿，随你吧。"

"可是为什么呢？"

他犹豫了一下。

"我——不能告诉你为什么——至少现在,我很难说出口。但是要是可以的话,就请答应我。"

他突然不再盯着地面而是抬起头来,她看见他眼神非常古怪。

"你有心事吧,"她平静地说道。他摘下了插在纽孔的那枝花上的一片叶子,接着开始把它撕成碎片。好奇怪,他那么像谁呢?也有个人的手指有这种习惯,动作匆忙而又神经质。

"我好像遇到了麻烦,"他低头看着双手,声音轻得几乎听不见了。"我——今晚不想一个人待着。你来吗?"

"当然可以,但是你还是去我的寓所吧。"

"不,你陪我吃顿饭吧。西格诺里亚就有家餐馆。请你不要拒绝。你已经答应我了!"

他们走进一家餐馆,也点了菜,但是他根本就没有吃。他固执地不说一句话,一边在桌布上将面包揉碎,一边捏着餐巾的边角。琼玛感觉很不自在,然后开始后悔答应他这事。沉默越来越显得尴尬,可是她又不可以开口说一些无关痛痒的事情,那人似乎已经忘记了她的存在。他终于抬起了头,唐突地问道:"你愿意去观看杂耍表演吗?"

她吃惊地看着他。他为什么会想到杂耍表演?

"你以前看过杂耍表演吗?"她还没有回答前他又问道。

"没有,我想没有。我并不觉得那有什么意思。"

"很有意思的。我倒觉得没有看过的人,是很难理解人民的生活的。我们回克罗斯门去吧。"

当他们到那里时,卖艺人早在城门旁搭起了帐篷,刺耳的小提琴声和咚咚作响的大鼓声宣告了演出已经正式开始。

这是最粗俗的娱乐形式之一。几名小丑、哈里昆和玩杂技的人、一名钻圈的马戏骑手、涂脂抹粉的科伦宾和那个做出各种无聊而又愚蠢滑稽动作的驼背组成了全部的阵容。总的来说,那些笑话既不粗俗也不恶心,显得平淡而又陈旧。整场表演都没有特殊玩意儿。观众出于托斯卡纳人那种天生的礼节,又是大笑又是鼓掌,可实际上有看头的只是那个驼子的表演，可是琼玛觉得他的表演既不诙谐又不巧妙，只是扭腰曲背，动作既古怪又丑陋。观众却刻意模仿他的动作，将小孩子举到自己的肩膀上，以便让他们也能看见那个"丑人"。

"里瓦雷兹先生，你难道真的认为这些有意思吗？"琼玛转身对牛虻说道。牛虻正站在她的旁边，胳膊搂着帐篷的一根木柱子。"我认为——"

她停住，仍默默地看着他。除了那天在里窝那的花园门口，她站在蒙泰尼里旁边看到的那张脸，她再也没有看过这样一种深不可测、毫无希望痛苦的脸。她在看着他时想起了但丁笔下的地狱。

这时一个小丑踢了驼子一下，他一个转身翻了一个跟头，然后身体往后一仰，怪模怪样地倒在圈子外面。两个小丑开始说话了，这时牛虻好像从梦中清醒了过来。

"我们走吧？"他问。"还是你还想再看一会儿？"

"我们走吧。"

他们离开了帐篷，穿过阴暗的草地来到河边。又是一段长时间的沉默。

"你觉得表演怎么样？"过了会儿牛虻问道。

"我认为这很无聊，我觉得有一段表演真令人不痛快。"

"哪一段？"

"呃，那些鬼脸，那样地扭腰曲背。太丑陋不堪了，一点儿高明之处也没有。"

"你是说驼子的表演吗？"

她想起他对涉及自己身体缺陷的话题特别敏感，所以就避开这一段。但是现在是他自己说的，所以她就作了回答。

"是的，这部分一点儿也不讨人喜欢。"

"可是这是人们最欣赏的表演。"

"没错，这也是最糟糕的地方。"

"因为它缺少艺术性？"

"不、不，确实一点儿艺术性也没有。我的意思——因为它残忍。"

他微微一笑。

"残忍？是对那个驼子而言吗？"

"我的意思——那个人当然不会在乎这一点的。毫无疑问，对他来说这只是谋生的手段，就像骑手或者科伦宾一样。但是这事就是让人不舒服。觉得丢人，这是人们堕落的表现。"

"他也许没有比以前更堕落。我们大多数人都是堕落的，或在这个方面，或在那个方面。"

"是的，但是这——我敢说你会觉得这是个荒唐的偏见，但是我认为人的身体是神圣的。我不喜欢看见有人不重视它，让它变得丑陋不堪。"

"那灵魂呢？"

他停下脚步，手扶着堤岸的石栏杆，站在那里直视着她。

"灵魂？"她重复了一遍，转而惊奇地看着他。

他忽然激动不已地伸出双手。

"要知道那个可怜的小丑也许也有灵魂——一个活生生、苦苦挣扎的灵魂，系在那个扭曲的躯体里，被迫为它所奴役吗？你对一切都满怀慈悲——你可怜那个穿着傻傻衣服、挂着铃铛的肉体——你可曾想过那个悲凉的灵魂，那个甚至没有鲜艳的衣服遮掩、赤裸在外的灵魂？想象一下它在众人的面前冻得瑟瑟发抖，羞辱和苦难使它喘不过气来——感受到鞭子似的讥笑——他们的狂笑就像火红的烙铁烙在裸露的皮肉上！想想它回过头去——在众人的面前那样无助——因为大山不想压住它——因为岩石不愿遮住它——忌妒那些能够逃进某个地洞藏身的老鼠；想起了一个已经麻木的灵魂——想喊无声，欲哭无泪——它必须忍受、忍受、再忍受。噢！瞧我在瞎说些什么！你为什么没有笑出声音来呢？你缺少幽默感！"

她一句话不说地缓缓转过身去，沿着河边继续向前走。整个晚上她都没有想过要把他的苦恼，不管是什么苦恼，与杂耍表演联系在一起。突然之间，他发出了这样一番感慨，这就让她隐约感受到他内心活动。她很同情他，可又不知道该怎么安慰他。他继续在她的身边走着，转过头俯视河水。

"你要明白，"他突然开口说话，含有一种傲气，"我刚才跟你说的所有事情只是我个人的想象。我只是喜欢沉浸于幻想，可我不希望别人误以为真了。"

她没有回答，他们默默地朝前走去。当他们来到乌菲齐宫的大门时，他走过马路，在一个靠在栏杆上的黑色包裹前停了下来。

"小家伙，怎么啦?"他问，她不知道他还会这样和气的说话，"为什么你不回家?"

"包裹"略微动了一下，低声呜咽了几句。琼玛走过去，看见一个6岁左右的小孩，衣服又破又脏，蹲在人行道上就像是一个受了惊吓的小动物。牛虻弯下腰，手搭在那个头发蓬乱的脑袋上。

"你说什么?"他把身体弯得更低了，以便去听清楚他的答话。"你应该回家睡觉，小孩子晚上不要离开家门，你会冻坏的! 把手给我，要像个男子汉那样站起来! 你家在哪儿?"

他一把抓住那个小孩的胳膊，将他举起来。结果那个孩子尖叫一声，迅速缩回身体。

"你怎么了?"牛虻问道，跪在人行道上。"噢! 夫人，看这儿!"
那个孩子的肩膀和外套沾满了血迹。

"跟我说你遇到什么事了?"牛虻带着亲切的口吻继续问道。

"是摔了一跤吗? 不对? 难道有人打你了? 我想是这样，是谁?"

"我叔叔。"

"啊，原来如此! 什么时候?"

"今天早上。他喝醉了酒，我、我——"

"接着你碍了他的事——对吗? 小家伙，你不能去妨碍喝醉酒的人。他们可不喜欢这样。夫人，我们该拿这个小孩怎么办呢? 孩子，到亮处来。让我瞧瞧你的肩膀。把胳膊搭在我的脖子上，我不会伤害你的。这就对了。"

他用双手将那个男孩抱起，走过街道，又把他放在石栏杆上。

然后他拿出一把小刀，将捅破的袖子熟练地割开。那个小孩将头靠在他的胸前，琼玛则扶着那只受伤的胳膊。肩膀显然肿了起来，胳膊上还有一道很深的刀伤。

"居然给小孩这么深的一刀，太可恶了。"牛虻边说，边用手帕包扎伤口，以免外套将伤口蹭疼了。"他用什么弄的？"

"铁锹。我求他给我一个索尔多，想去拐角的那家店里买点米粥，接着他就用铁锹打了我。"

牛虻不寒而栗。"哎！"他轻声说道，"小家伙，疼么？"

"他用铁锹一打我——我就跑开了——我就跑开了——因为他打我。"

"接着你就一直这样到处流浪，也没吃饭？"

那个小孩没有回答，而是号啕大哭起来。牛虻将他从栏杆上抱下来。

"好了，很快就不会有事了。我想去找一辆马车。恐怕马车全都在剧院门口等着呢，今晚那里可有一场盛大的表演。对不起，夫人，拖累你了。但是——"

"我愿意跟你一起。或许你需要我的帮忙。你想带他去哪？他重吗？"

"哦，我可以，谢谢你。"

他们在剧院门口找到的几辆马车都坐满了人。演出早已结束了，大多数的观众也都离开了。在张贴的海报里，醒目地印着绮达的名字，她也在芭蕾舞剧中演出。牛虻让琼玛等他一会儿，接着走到演员出口，跟一位侍者搭上了话。

"莱尼小姐还在吗？"

"她还在，先生。"那人回答。当他看到一位衣着考究的绅士抱着一个衣衫褴褛的蓬头小孩，觉得很不可思议。"我看莱尼小姐很快出来了，她的马车正等着她呢。哦，她来了。"

这时绮达走下楼梯，靠在一位青年骑兵军官的胳膊里。她显得气派十足，大红的丝绒披风将晚礼服罩着，腰间还挂着一把用鸵鸟羽毛编织的大扇子。她在出口处停了下来，从那位军官的胳膊里抽出了手，满脸惊喜地走到牛虻面前。

"费利斯!"她低声地叫道。"今天你怎么来了?"

"这个小孩是我在街上遇到的。他现在受了伤,也饿着。我想马上把他带回去。可我到处都没有找到马车,所以我想用你的车子。"

"费利斯!你不能把这个讨厌的叫花子带回家!把警察找来,把他带去收容所,或者其他适合他的地方。你总不能把城里所有的乞丐——"

"可他现在受了伤,"牛虻又重复了一遍,"如果一定要送他去收容所,明天再送也是可以的嘛,现在我必须照顾他,给他点东西吃。"

绮达露出厌恶的神色。"你怎么能让他把头靠着你的衬衣呢?他脏死了!"

牛虻将头抬起来,突然发火了。

"他可饿着肚子呢,"他气冲冲地说,"你还不能理解吗?"

"里瓦雷兹先生,"琼玛走上前来说道,"我的寓所离这儿还算近的。我们可以把他带到我的寓所去。要是真找不到一辆马车,可以让他在我那儿过夜。"

他转过身。"你不介意吗?"

"当然。晚安了,莱尼小姐!"

那位吉卜赛女郎礼节性地鞠了一躬,气呼呼地耸耸肩膀。

她重新挽起那位军官的胳膊,撩起裙角从他们身旁走过,上了自己的马车。

"要是你愿意,里瓦雷兹先生,我会让马车回来接你和孩子的。"她站在踏板上说。

"好,我现在就把地址告诉他。"他走到人行道上,将地址给了那位车夫,接着抱起那个孩子回到琼玛身边。

凯蒂一直在家等着琼玛。知道出事后,她立马跑去端来热水和其他所需的物件。牛虻将那个受伤的孩子放在椅子上,跪在他身边,娴熟地将那身破烂的衣服脱下,还替他洗了澡,包扎了伤口,动作轻柔而娴熟。当他帮男孩洗完澡,正在用一条暖和的毛毯将他裹起来时,琼玛端着一个盘子走了进来。

"这个小病人想吃点什么吗？"她问，对那个陌生的小孩笑了笑。"我都给他做好了。"

牛虻站了起来，将那身脏衣服卷成一团。"我们恐怕要把你的屋子弄得乱糟糟的了，"他说，"至于这些破衣服，还是烧了吧。等到明天我会去买点新衣服给他。夫人，你这儿有白兰地吗？我想他可以喝一些。要是你能答应，我马上去洗手。"

当那个可怜的小家伙吃完饭后，立即在牛虻的怀里睡着了，头发蓬松的脑袋靠在他衬衣的前襟。琼玛帮凯蒂把乱糟糟的房间重新又收拾妥当，接着坐在桌边。

"里瓦雷兹先生，在回家前你最好吃些吧——你几乎没吃什么东西，而且天也快亮了。"

"要是可以，我倒宁愿喝杯英国式的茶。对不起，让你一晚上都在折腾。"

"哦！没事的。把那个孩子放到沙发上吧，你这样抱着他会让自己感到疲惫的。等等，我在坐垫上再放一条床单。你打算拿他怎么办？"

"明天吗？除了那个酒鬼之外，看看还能不能找到他其他的亲人。没有的话，我看只能接受莱尼小姐的建议，送他去收容所了。也许最好的方法就是在他的脖子上拴一块石头，将他投到河里去。可我这样做会使自己遭受不好的后果。看看，睡得多香啊！你这个小东西，真是太不幸了——都不能像只迷路的小猫那样保护自己！"

那个男孩在凯蒂拿着茶壶进来时就睁开了眼睛，他十分不安地坐了起来。他把牛虻当成自己天然的保护人，因此很快地就认出他来。他扭身从沙发上下来，拖着毛毯依偎在牛虻的身边。

现在他完全恢复了精神，不断地问东问西。他指着那只残疾的左手问："你拿着什么？"

他在左手拿着一张饼。"你是问这个吗？是饼啊。你想吃吗？我看你吃饱了吧。小家伙，明天再吃吧。"

"不——是那个！"他伸出手去摸那断指和手腕处的疤痕。牛虻将饼放了下来。

"哦，你问这个啊！它和你肩上的东西是一回事——我被一个更强壮的人给打了。"

"是不是很疼呢？"

"哦，我不清楚——不见得比其他东西更疼了。好了，你再去睡会儿吧。都这么晚了，你就别再问什么了。"

当马车过来的时候，那个孩子又陷入了沉睡中。牛虻并没有将他叫醒，只是轻轻地把他抱起来，接着出了房门走到楼梯上。

"我觉得，今天你就像服务天使一样。"在门口，他停下来对琼玛说。"但这不影响今后我们继续大吵特吵。"

"我可不想和任何人有争吵。"

"呵呵！可我会的。要是没有了争吵，生活就无法继续了。要想吵得好可是一件难事，这比杂耍表演可算强得多！"

他立马将那个沉睡的孩子抱起来，走下楼梯，并且笑了出来。

第七章

在新年第一周的一天，马尔蒂尼发出邀请大家参加文学委员会月会的请柬。牛虻发来一张短信，用铅笔写着潦草的字迹："抱歉，不能前来。"他有点生气，因为他明明在请柬上强调了"要事"。他认为这人一贯自以为是，这种举动真是太无礼了。此外，他那天收到的三封信都是坏消息。天上又刮着东风，因此马尔蒂尼很不开心，脾气坏透了。开会时，里卡尔多医生问："里瓦雷兹先生还没有来吗？"他板着脸回答："没有，他应该忙着一件更有意思的事，不能来也不想来。"

"你说的是实情吗，马尔蒂尼，"加利非常恼怒地说，"你的意见是整个佛罗伦萨中最大的了。只要你反对一个人，他所做的所有事都是不对的。一个病人还怎么来呢?"

"谁告诉你他病了?"

"难道你还不知道吗?他已经卧病在床四天了。"

"他生什么病了?"

"这我还不清楚。一开始我们约定好在周三见面,可他由于生病只得取消。昨晚我去了他住所,我听说他病得很严重,谁都不能见。我还以为里卡尔多在照顾他呢。"

"这我一点儿都不清楚。我今晚就去看看他怎么样了。"

第二天一早,里卡尔多来到琼玛的小书房,疲惫爬上了他那苍白的脸。琼玛正坐在桌边和马尔蒂尼说着一串串单调的数字。她做了一个叫他不要出声的手势。里卡尔多知道不能打断书写密码的人,因此他坐在沙发上等他们,可他现在哈欠连天,困得都睁不开眼睛了。

"2,4;3,7;6,1;3,5;4,1;"琼玛的声音非常平缓,"8,4;7,2;5,1;塞萨雷,这个句子完成了。"

她用针在纸上戳了一个洞,把它作为记号。接着转过身来。

"早上好,医生。你看上去好像很累!你身体还好吗?"

"哦,我的身体还好——只是累得很。昨晚我陪里瓦雷兹熬了一夜。"

"陪里瓦雷兹?"

"嗯,我陪了他一夜,现在我必须回医院照顾那儿的病人。我到这来是想请你们找个人去照顾他几天。他病得相当厉害。当然我一定会竭尽全力,可我时间有限。而且他又不让我派个护士去。"

"他生的是什么病?"

"呃,病情很复杂。首先——"

"首先你吃早饭了吗?"

"我吃过了,谢谢。关于里瓦雷兹——他的病是受到神经上的刺激,可旧伤复发是最主要的原因,当时他治疗的太过草率。总之,现在他的身体状况非常危急。我想应该是南美那场战争——他受伤后肯定没有及时地治疗,也许就地随便地处理了一下。他能活下来就已经很幸运了。可伤势趋于慢性发炎，任何小的刺激都能导致旧病复发——"

"那他现在危险吗？"

"不、不，最大的危险是病人自己太绝望，还吞了砒霜。"

"肯定是太痛苦了！"

"这简直太不可思议了。很难相信他是怎么熬过来的。晚上不得已我给他服了一剂鸦片，来麻痹他的神经——我可不轻易给一位神经质的病人吃这些东西，可我实在没办法了。"

"他有点神经质，我想他的确这样。"

"非常的神经质，但也的确勇气可嘉。昨晚要不是他真的疼得死去活来，他就非常镇静，真的令人敬佩。可后来我也的确忙得够呛。你们猜他病成这样有多久了？整整五夜，除了那个傻傻的女房东外，无法叫任何人。就算房子塌了，房东也不会醒来的。就算她醒了，她也没什么用。"

"可那位跳芭蕾舞的姑娘呢？"

"是啊，这正是奇怪的地方。他没有让他去他的身边。他好像极其讨厌她。总之，我觉得他是我认识的人当中最不可理喻的了——简直是大堆矛盾。"

他仔细地看了下取出的手表，"去医院肯定要迟到了，可我又有什么办法呢？我的助手只能独自开诊了。我要是早点儿知道这件事情就好了——他不该那样勉强自己熬着的，一夜又一夜。"

"他为什么也不来这里请求帮助呢？"马尔蒂尼将他的话打断。"他应该知道我们是不会对生病的他置之不理的。"

"我真的希望，医生，"琼玛说，"昨晚你要是叫上我们当中的一位，或许你就不会累成这样了。"

"亲爱的，我有想过去找加利，可里瓦雷兹一听到我的提议就非常气愤，所以我不敢请人帮忙。当我问他需要谁的时候，他看了看我，像是被我吓到了。接着就用双手盖住眼睛，说：'不要和他们说，他们会嘲笑我的！'他好像被某种幻想所困，认为别人会瞧不起他。我不知道是为什么，他总是说西班牙语。不过有时病人是会说些奇怪的话的。"

"那现在谁在身边照顾他？"琼玛问。

"只有女房东和她的女佣。"

"那我马上就去，"马尔蒂尼说。

"太感谢你了。天黑后我还会去的。你会在大窗户旁的桌子抽屉里，发现一张我写的医嘱。鸦片放在隔壁房间的书架上。要是他又犯病了，就给他服一剂鸦片——只能服一剂。千万别把瓶子放在他够得着的地方，不管你怎么做。他也许在诱惑的驱使下服下过量的药。"

牛虻在马尔蒂尼走进他那阴暗的屋子时，快速转过头，伸出一只发烫的手。他开始表现出以往那种轻率的态度，只是表演得相当差劲罢了。

"啊，马尔蒂尼！你肯定是来问我要那些清样的。你不用埋怨我，我不就是没有参加昨晚的会嘛。其实是我的身体不怎么舒服，而且——"

"别提开会的事了。我见过里卡尔多了，我是过来看看能否帮你点忙。"

牛虻的脸显得更严肃了。

"哦，这样啊！你也太客气了，可不需要那么麻烦。我只是不怎么舒服罢了。"

"里卡尔多把什么都告诉我了。我知道昨晚是他陪了你一夜。"

牛虻使劲咬着嘴唇。

"我现在挺好的，谢谢你。我什么也不需要。"

"那就好，那我就在隔壁的房间坐着。为了不让你觉得孤独。我把房门虚掩着，你一叫我我就会过来。"

"不麻烦你了，我真的不需要。你只是在白白浪费自己的时间。"

"伙计，你就别说了！"马尔蒂尼粗暴地打断了他的话。"你为什么要骗我？难道我没长眼睛吗？你赶紧躺下吧。"

他走到隔壁房间，将房门虚掩，拿出一本书坐了下来。不多久他就听到牛虻烦躁不安地动了两三次。他放下书，侧耳倾听着。在短暂的寂静后，他又开始烦躁不安地动了动，喘着粗气，他显然是在苦苦支撑，不想让自己发出声音。他又走回那间屋子。

"里瓦雷兹，需要我帮你做什么吗？"

他在没有听到回复的情况下走到牛虻的床边。此时牛虻脸色发青，像死人一样。他看了牛虻一会儿，默不作声地摇了摇头。

"你现在需要鸦片吗？里卡尔多说要是疼得厉害，你可以服用一剂。"

"不了，谢谢。我能挺得住。等会儿也许更厉害。"

马尔蒂尼无可奈何地耸耸肩，坐在他的床边。他静静地望着他，过了漫长的一小时后，他决定去拿鸦片。

"里瓦雷兹，我看不下去了。要是你能熬下来，我可熬不住。你现在必须服下。"

牛虻默不作声地将它吞了下去。接着转过身，把眼睛闭上。马尔蒂尼也坐了下来，听到他的呼吸声慢慢变得沉重而均匀。

牛虻由于太累了，一旦睡着就很难轻易醒来。一个接一个小时地过去了，他一动不动地躺在那里。不管是白天还是黑夜，马尔蒂尼好几次走到他面前，照看这个平静的病人。可除了呼吸，一点儿也看不出他是活着的。牛虻的脸色那么得苍白，一点儿血色也没有。后来他突然害怕起来，要是他给他服了过多的鸦片怎么办？那只受伤的左臂搁在被面上，他试图希望通过摇晃胳膊来叫醒他。可就在他摇的时候，没有扣扣子的袖子掉了下来，又多又深的疤痕暴露在了外面，这些可怕的伤痕布满了手腕和胳膊。

"这只胳膊在落下这些伤口前肯定也很好看。"从后面传来里卡尔多的声音。

"呀，你可算来了！看看这儿，里卡尔多。这人不会从此不再醒来了吧？在十个小时前，我给他服了一剂鸦片，可从那之后他就再没动过了。"

里卡尔多俯身听了一会儿。

"没事，他的呼吸很正常。他只是累了——撑了一夜，他肯定是受不了了。在天亮前他还会犯病的。我希望有人能整夜守着。"

"加利会过来的，他已派人带话了，说他十点就过来。"

"现在快了。啊，他醒了！去看看佣人有没有把水烧热。轻点——轻点，里瓦雷兹！好了，你现在不需要和谁战斗，伙计。我可不是主教！"

突然惊醒的牛虻露出担忧的神情。"轮到我了吗？"

慌忙之下，他用西班牙语说道。"让他们再高兴会儿。我——哦！我还没有看见你，里卡尔多。"

他朝四周望了望，把手放在额头上，有些不知所措。"马尔蒂尼！哦，我以为你早走了。我刚刚睡着了。"

"你就像神话中的睡美人，足足睡了10个小时。不过现在你要喝些肉汤，再接着睡。"

"天啊，10个小时！马尔蒂尼，你不会是一直在这吧？"

"我当然一直都在这，一开始我还担心应不应该给你服用鸦片。"

牛虻有点惭愧地看了他一眼。

"怎么会那么幸运呢！那样我们在开会时不就安静许多了吗？里卡尔多，你打算怎么着啊？你能不能慈悲些，让我清静点吗？我不喜欢被医生折腾来折腾去的。"

"可以，你把这个喝了，我就走开，让你好好清静清静。可过一两天，我还是会来，我要为你彻查一遍身体。现在你是过了危险期，看来不像是盛宴上的骷髅头了。"

"哦，我马上就会好了，谢谢。那是谁——加利吗？今晚不少客人来我这儿了嘛。"

"我是晚上来陪你的。"

"开玩笑！我不需要谁。都回去吧，就算我再犯病，你们也帮不了忙。我不会再服鸦片了。不过偶尔服一下倒是挺有用的。"

"也许你说得是对的，"里卡尔多说，"可坚持不服可没那么容易。"

牛虻抬起头笑了笑。"不用担心！要是我会对它上瘾，我早就上瘾了。"

"反正我们是不会让你一个人在这儿待着的，"里卡尔多非常坚定地说道，"加利，咱们去另一个房间，我有几句话想要和你说。晚安，里瓦雷兹。我明天还会再来的。"

马尔蒂尼跟着他们离开了房间，此时他听到牛虻呼唤他的名字，并向他伸出一只手。

"谢谢你！"

"噢，少说废话！睡吧。"

在里卡尔多离开后，马尔蒂尼在外间又和加利聊了一会儿。当他推开房子的前门时，他看到一辆马车在花园门口停着，还注意到一个女人下了车，沿着小道朝这边走来。是绮达，晚上她肯定是去哪儿玩了，现在才回来。他举起帽子，站在一边等她过去，接着走进通往帝国山的那条黑暗小巷。随后花园的大门咔嗒响了一声，有一阵急促的脚步迈向小巷这边。

"等等！"她说。

当马尔蒂尼回过头来看她的时候，她已经停下脚步，沿着篱笆慢慢地走过来，她的一只手背在后面。只有一盏路灯在拐角亮着，在灯下，他看见她低着头，有些窘迫或是不好意思。

"他现在好些了吗？"她头也没抬地问了问。

"跟上午比要好得多。他几乎睡了一天，现在好像也不是很疲倦了。我觉得他现在已经脱离了危险期。"

她仍死死地盯着地面。

"这次他病的严重吗？"

"我觉得挺严重的。"

"嗯。只要他很严重，他就不想我进他的房间。"

"他经常这样吗？"

"也不是——这是没有规律可循的。去年夏天，我们在瑞士他就很好，但在此之前，如冬天我们在维也纳的时候，他就犯病了。好几天都不让我接近他。生病时他总是不愿意让我在他身边待着。"

她抬起头，很快又低下了眼睛，接着说："当他觉得痛苦难忍时，总会打发我去跳舞，或者去听音乐会，或是去做别的事情，找各种借口。然后他就把自己关在屋子里。我曾经常常溜回来，坐在门外——要是被他发现，他会非常生气。如果是狗叫了，他或许会放它进去，可他绝对不会让我进去的。我看他对狗倒更关心吧。"

她显得很奇怪，好像在生气。

"呃，我想病情会不断好转的，"马尔蒂尼面带笑容地说，"里卡尔多医生会认真负责他的病，或许还能彻底治好他的病呢。无论如何，眼前的治疗取得不错的效果。不过下次再这样你还是最好马上派人去找我们帮忙。要是我们早些知道，他也许不会那么难受了。晚安！"

他伸出手，可她立即往后退，表示拒绝。

"我不知道你为什么想和他的情妇握手。"

"随便你。"他尴尬地说。

她跺了一脚。"我恨你们！"她冲他喊道，眼睛就像是烧红的煤炭。"我恨你们所有的人！就是你们和他讨论政治，他让你们整夜守着，吃你们给的止痛药，而我却不能从门缝偷偷望他一眼！你们是他什么人？为什么你们可以来这儿，把他从我身边偷走？我恨你们！我恨你们！"

她猛然大哭，跑向花园，当着他的面使劲关上了大门。

"天啊！"当马尔蒂尼走在小巷时，自言自语地说道，"太奇怪了，这位姑娘居然真的爱上他了……"

第八章

牛虻的身体得到很快地恢复。在1月第二周的一天下午，里卡尔多看见他在沙发上躺着，正穿着一件土耳其式样的晨衣与马尔蒂尼和加利闲谈。当时里卡尔多听到他想下楼后只是笑笑，问他是不是还想穿过山谷走到菲耶索尔去。

"要是那样的话，你可以拜访格拉西尼夫妇，找他们聊聊。"他带着讽刺的口吻说道。"我肯定夫人要是见到现在脸色苍白的你，一定会觉得很高兴的，你看上去真有意思。"

牛虻只好握紧双手，做出一个凄惨的姿势。

"天啊！我居然从来不知道她会把我当成意大利的烈士，跟我大谈爱国主义。我还必须假装成烈士的样子，告诉她在一个地下土牢里我被切成了碎片，接着又被胡乱地拼凑在一起。她肯定对我当时的感受充满好奇。里卡尔多，难道你不认为她会相信吗？我拿我的印第安匕首赌你书房里的那瓶绦虫，我敢肯定她一点儿都不会怀疑我的谎话。这是一个不错的提议，你可以抓住这个机会。"

"谢谢，我跟你不一样，我不喜欢杀人的工具。"

"呵，可绦虫也会像匕首那样会伤害别人，也能随时杀人，只是没有匕首漂亮罢了。"

"亲爱的，可我不想要匕首，我就要绦虫。马尔蒂尼，我必须得离开了。还是由你来照顾这个相当任性的病人，好吗？"

"我和加利只能陪他到三点，我们还要去圣米尼亚托。不过波拉夫人在我们走后来照顾他的。"

"波拉夫人！"牛虻沮丧地说道，"马尔蒂尼，不行！不能因为我这个病人去麻烦一位女士。而且她能在哪儿坐呢？她也不愿意来这儿呀。"

"你怎么还讲究起礼节了？"里卡尔多笑着问。

"朋友，波拉夫人在我们当中就像是护士长。她从小就照顾病人，比我知道的任何一位慈善护士都厉害。哦，你可能是想起了格拉西尼的妻子了吧！马尔蒂尼，她要是来的话，我就不必写遗嘱了。呀，现在都两点半了。我必须马上就走。"

"你现在还是在他来之前就吃药吧，里瓦雷兹。"加利一边说，一边拿着个药瓶走到沙发前。

"该死的药！"牛虻现在进入恢复期的过敏阶段，这时他会易于与护士闹别扭。"我现在已经不疼了，为、为什么你们还让我吃、吃下这些可怕的东西？"

"因为我们不想你再犯病啊。你一定不愿意在波拉夫人来的时候虚脱吧，这样的话，她就只能喂你吃鸦片了。"

"我的好先生，要是真犯病就让它来吧。又不是牙痛，难道你配的那些乱七八糟的东西就能把它撵跑吗？它们大概就跟玩具水枪一样，想去灭火一点儿用也没有。不过我想还是按你的意思办吧。"

他左手拿起杯子，加利看到那些可怕的疤痕又想起了先前的话题。

"我可以问一下这些疤痕是怎么回事吗？"他问，"是在打仗时落下的？"

"我刚刚不是跟你们说了是在秘密土牢里——"

"是，可那是欺骗格拉西尼夫人的谎话。我猜你是在和巴西人打仗时落下的吧？"

"嗯，我在那里受了一点儿伤，又在那些蛮荒地之地打猎，这儿一下，那儿一下。"

"哦，是啊。是在科学探险的时候。我弄好了，你现在可以扣上衬衣的扣子。你好像在那里度过一段惊心动魄的时光。"

"嗯，在蛮荒国度里生活，总要冒几次险。"牛虻不经意地说，"你总不能期待每次都是轻松愉快的旅程吧？"

"但我还是不明白你怎么伤成这样，难道你在冒险时遇到了野兽——你看你左臂上的那些伤口。"

"哦，那是在猎杀美洲狮时留下的。你知道，我开了枪——"有人在敲房门。

"马尔蒂尼，屋里收拾好了吧？那就麻烦你开开门。实在太感谢你了，夫人。你要原谅我不能起来。"

"我又不是来拜访你的，你不必起来。塞萨雷，我是不是来早了？我还以为你着急离开呢。"

"我还可以待上15分钟。我把你的披风拿到另一间屋子吧。篮子也需要我拿去吗？"

"哦，小心，这些是刚下的鸡蛋，今天一早凯蒂就去奥利维托山买了。还有圣诞节的鲜花，送给你，里瓦雷兹先生。我知道你喜欢鲜花。"

她在桌边坐下，开始去修剪鲜花的茎根，又把它们插到花瓶里。

"好吧，里瓦雷兹，"加利说道，"继续说那个猎杀美洲狮的故事吧，你只开了个头。"

"哦，对！刚刚加利问我在南美是怎么生活的，夫人。我正和他说左臂的疤痕是怎么来的。那次是在秘鲁。我们蹚水过河，准备猎杀美洲狮。当我对准那头野兽开枪时，枪却没有响，我想肯定是河水把火药弄湿了。而那只美洲狮当然不会等我把枪修理好，结果我就落下了这些伤疤。"

"那肯定是一次难忘的经历。"

"嗯，这不算太坏！当然，在享乐前必定先吃苦。总之，生活还算是美妙的。比如捕蛇——"

他又开始滔滔不绝地说起一个个轶闻趣事。一会儿是阿根廷战争，一会儿又谈巴西的探险，接着又是和土著一起猎杀猛兽和冒险。加利就像小孩那样津津有味地听着，时时提问。他具备那种易受影响的拿破仑气质，喜欢所有惊心动魄的东西。琼玛从篮子里拿出针织活，一边静静地听着，一边低头做手中的活儿。马尔蒂尼却皱起了眉头，显得坐立不安。他觉得牛虻在讲轶闻趣事时，态度既夸张又造作。前一个星期，当他亲眼目睹牛虻以惊人的毅力忍受肉体的痛苦时，他开始钦佩这样的人，可他还是一点儿也不喜欢牛虻，不喜欢他做的事以及做事的方法。

"那肯定是一段很棒的经历！"加利带着纯真的妒意叹了一声。"我很奇怪为什么你决定离开巴西。其他的国家与巴西相比，太没意思了！"

"可我觉得在秘鲁和厄瓜多尔的一段时光是我最开心的了，"牛虻说，"那里可真神奇。天气的确很热，特别是厄瓜多尔的沿海地区。人们都会觉得难熬。可景色实在是太美了，简直让人无法想象。"

加利说："在一个原始的能够享受自由的国家里生活，比任何景色都能吸引我。在拥挤的城市中，我们永远无法体会人性和尊严。"

"嗯，"牛虻回答。"那——"

琼玛放下手中的活儿，抬起头看他。他的脸突然涨得通红，不再说话了。紧接着是一段短暂的沉默。

"难道是要犯病了？"加利非常关心地问。

"哦，不。谢谢你的镇、镇、镇静剂，我还骂了它呢。马尔蒂尼，你们是要离开了？"

"嗯。走吧，加利。我们就要迟了。"

琼玛跟着他俩也出了房间，回来时手里多了一杯牛奶。里面还有一个鸡蛋。

"把它喝了。"她说，温和中又夹杂着威严。紧接着她又坐下来，开始忙活自己的事情。牛虻很听话地喝了下去。

半个小时内，两人都没有开口说话。后来牛虻低声说："波拉夫人！"

她抬头看他时，他正低着头扯着沙发垫毯上的流苏。

"你不相信我说的话吧。"他开口说道。

"我一点儿也不怀疑你说的是假话。"她平静地回答。

"你是对的。我的确一直都在说谎。"

"你说的是打仗的事吗？"

"所有的事。我其实没有参加那场战争。探险嘛，当然，我的确冒过几次险，大多数故事也是真的，可我的疤痕并不是那样造成的。你已经看穿了我这个谎言，我看我还是都和你说了吧。"

"难道你不觉得说谎很费劲吗？"她问。"我觉得你不需要那样。"

"那你想怎样呢？你们英国一句谚语说：'什么也别问，你就不会听到谎话。'愚弄别人对我而言，也是一件令人痛苦的事，可他们问我怎么成了残废，我总得回答他们呀。还不如去编造一些美丽的谎言。你看加利多高兴啊。"

"你不想说真话是想让加利高兴？"

"真话？"他抬起头重复了一遍。

"跟这些人说真话还不如先割了我的舌头！"他有些不知所措，脱口而出，"我没有和任何人说过，要是你想知道，我就告诉你。"

她放下针织活，开始觉得这个强硬、神秘并使人厌烦的家伙有着某种悲悯之处，现在他居然要和一个他不熟悉又不怎么喜欢的女人说心里话。

一阵漫长的沉默后她抬起了头，看他的左臂正撑在一张小桌子上，用那只残手遮住自己的双眼。她看到他手指开始紧张起来、手腕的伤疤也在不断地抽搐着。琼玛走到他面前，轻轻地对他唤了一声。牛虻猛地惊醒，抬起了头。

"对不起，我忘了。"他结结巴巴地带着歉意说道，"我正打算、打算跟你讲、讲……"

"讲那件使你现在行动不便的意外事故或者别的。可要是你不想——"

"意外事故？哦，那可是一顿毒打！是啊，只是一件意外事故，只是被火钳打了而已。"

她疑惑不解地望着他。牛虻正抬起一只略微发抖的手，将头发朝后抹去。他微微一笑，抬起头看她。

"难道你不想坐下来听听吗？把椅子挪近些吧。真抱歉，我不能帮你。真、真的，现在我回忆起这事，要是里卡尔多当时替我治疗，他会觉得这个病例是一个难得的机会。作为外科医生，他具备那种热爱骨头的劲儿，我知道除了我的脖子之外，我身上所有地方只要能打破都被打破过。"

"还有你的勇气没有被打破，"她轻声地说，"当然也许你觉得它是不能被打破的。"

他摇摇头。"不，"他说，"我的勇气是勉强修好的，当时它也被打得粉碎，就像一只打碎的茶杯。这是最恐怖的了。啊——是啊。呃，我正要给你讲火钳的事。

"让我想想——那大概是 13 年前的事了，当时我在利马。我跟你说过秘鲁是个适宜居住的地方，在那你会觉得身心愉快的。可对落难的人而言，那里就不好了。我就是这样的人。我先是去了阿根廷，后来又来到智利，四处流浪，忍饥挨饿。我为了离开瓦尔帕莱索上了一条运牲口的船，在船上打杂来过活。我没有在利马找到活儿干，因此我去了码头碰碰运气——你能猜到，就是卡亚俄的码头。呃，那个码头是出海人聚集的下贱地方。又过了一段日子，我又去那里的赌场当了一个仆人。我要做饭，要在弹子台上记分，要替那些水手和他们带来的女人端水送酒，等等。对我而言那是非常不痛快的工作，可能找到工作，我已经感到很高兴了。至少我有饭吃，能看到人，能听到人声——凑合着过吧。你或许觉得这不算什么。但我从黄热病康复，独自住在破破烂烂的棚屋外间，那个情形实在太恐怖了。呃，有天晚上，一个喝醉酒的拉斯加人到处惹事，我被叫去赶他走。因为他自从上岸后就把钱全输了，所以正大发脾气。可我必须要服从命令。不然我就要失业，并且饿死。可那个家伙的力气比我大两倍——我当时还不到 21 岁，病好了后就像小猫一样虚弱没力气。此外，他还拿着一把火钳。"

他停了下来，偷偷看了她一眼，接着说道："他是真的想把我弄死，可不知为什么，他还是没有做绝——没有把我全敲碎，让我可以苟延残喘。"

"哎，难道其他的人都不管吗？他们全都怕这个拉斯加人吗？"

他抬起头来，哈哈大笑。

"你不会是说那些赌徒和赌场的老板吧？哦，你不知道情况！我只是他们的仆人——他们的财产。他们津津有味地站在旁边看着。在那儿这种事算是个笑话。就这样，要是你刚好不是取笑的对象。"

她全身发起抖来。

"后来呢？"

"我也不记得，一般在经历这种事情后，是记不住后来的日子的。好像是附近的一位轮船外科医在察觉到我还活着后，草草地把我缝合起来——里卡尔多似乎不太满意他的技术，也许是出于同行的妒忌也说不定呢。反正我清醒后，当地有一位老太太本着基督教的慈悲之心收留了我——是不是听上去觉得奇怪？她常常在棚屋的一角缩着，抽着一根黑色的烟斗，朝地上吐痰，一个人犯嘀咕。可她心地还是善良的，她跟我说我也许会平静地死去，不让任何人来打扰我。可我心中特别矛盾，我想活下来。可这真难啊，我都怀疑这么受罪地活着到底值不值得。可那位老太太却很耐心，她将我收留了下来——在她那间棚屋里我将近躺了4个月，有时还像疯子一样胡言乱语，可有时又像一头凶猛的熊一样火气很大。我疼得要命。而且脾气也很差，这都是小时候给惯的。"

"然后呢？"

"哦，然后——反正我熬住了，爬走了。不，我不是不想接受这位老太婆的救助——我当时没法在乎这种事情。只是我不愿在那个地方待着了。你说的勇气，要是你看到我当时的惨相，就不会这么说了！每到晚上，大约是黄昏时，我就会感觉到剧烈的病痛。一到下午，我就一个人躺在那儿，望着太阳慢慢西落——哦，你不明白！现在我都不能看日落！"

又是一阵漫长的沉默。

"呃，之后我就四处游荡，四处找活干——留在利马我会疯的。我走到库斯科，在那里——真的，真不明白为什么我要跟你提起这些往事，这一点儿也不有趣。"

她抬起深沉而又严肃的眼睛望着他。"请别这么说。"她说。

他咬咬嘴唇，又扯下了一片垫毯的流苏。

"继续说吗？"过了一会儿，他问道。

"要是——要是你愿意。不过回忆过去对你而言恐怕是件痛苦的事。"

"你觉得我不说就能忘了吗？那会更糟的。不是事情本身让我难忘，是我曾经失去的自制让我难以忘怀。"

"我——不大明白。"

"我曾经丧失过勇气，我觉得自己是一个懦夫。"

"人的忍耐是有限度的。"

"对，一旦人达到这个限度，他就再也不知道下一次达到这个限度是什么时候。"

"你能否告诉我，"她犹犹豫豫地问，"20 岁的你如何独自流落到了那里去的？"

"我的生活原本有一个良好的开始，在原来那个国家的家庭中。可我后来离家出走了。"

"为什么？"

他又哈哈大笑起来，那些笑声显得急促而又刺耳。

"为什么？因为我是一个自以为是的毛头小子，我在一个过于奢靡的家庭里出生，从小就娇生惯养，认为世界是由粉红色的棉絮和糖衣杏仁构成的。后来在一个晴朗的日子里，我发现我曾信任的人欺骗我。呵，你好像很吃惊？怎么了？"

"没什么。你接着说下去。"

"我发现我被骗了，居然相信了一个谎言。当然，这种事大家都会经历的。可我已经跟你说了，当时我还年轻，自以为是的，认为说谎的人就该下地狱。因此我离家出走了，一分钱也没有就扎进南美闯荡，我还不会说西班牙语，糊口的本事也没有，只有一双白净的手和大把花钱的习惯。很自然，我一跤跌进了真正的地狱，不再去想象虚无缥缈的地狱究竟是什么样的。这一跤跌得太深了——等杜普雷兹探险队过来把我拉了出去时，时间正好过了 5 年。"

"5 年。哦，太可怕了！难道你没有朋友吗？"

"朋友！我——"他突然恶狠狠地朝她说，"我从来就没有朋友！"

随后他又有些后悔，接着说："你不必太当真，我可能把那些事情形容得一团糟，其实最开始的那一年半还好。当时我年轻力壮，混得还不错，直到那个拉斯加人在我身上留下他的记号。在那之后我就不能干活儿了。要是运用得当，火钳倒是一件有用的工具。没人想雇用一个残废。"

"那你之后做什么呢？"

"能做什么就做什么。有时候我靠打零工过活，为那些甘蔗园里的奴隶干活，取点什么，拿点什么，诸如此类。可不多久那些监工就会把我赶走。由于我腿瘸走不快，搬不动重物。后来我的伤口总是发炎，要不就是患些稀奇古怪的病。

"过了些日子我又去了银矿，想在那儿找活儿干。可一无所获。矿主觉得收留我这样的人简直就是笑话，至于那些矿工，他们揍起我来真是狠心。"

"为什么？"

"哦，我想是人类的本性吧。他们看我只有一只手可以还击。我最终受不了离开了，然后漫无目的地四处流浪。到处瞎走呗，期待能发生奇迹。"

"靠着那只瘸脚徒步吗？"

他抬起了头，猛地喘了一口气。那副模样令人伤心。

"我——我当时还饿着肚子啊。"他说。

他用一只手托住下巴，转过头去。过了片刻的沉默，他又开口说话。声音越来越低了。

"呃，我一直走，直到走得要疯了，可没有发现什么。我到了厄瓜多尔，那里更可怕。有时我补点碎铜烂铁——我还算是个不错的补锅匠——或者帮人跑跑腿，或者扫猪圈。有时我——哦，我不知道自己能做什么。终于有一天——"

那只纤瘦、棕色的手不自觉地握成了拳头，突然拍了一下桌子。琼玛抬起头来，关心地望着他。他的脸正对着她，她注意到他太阳穴上的血管就像铁锤一样，快速却又不规则地不断敲击着。她弯下腰，轻轻地将手搁在他的胳膊上。

"别说了，真让人恐怖。"

他怀疑地注视着那只手，摇摇头，又从容不迫地接着说："后来，我遇到走江湖的杂耍班子。你还记得那天我们看到的那个杂耍班子吧。呃，跟那有点相似，只是更粗俗，更下贱。当时那个杂耍班子在路边搭起帐篷过夜，我走到他们的帐篷前要东西吃。呃，天太热了，我又饿得要命，所以——我在帐篷门口昏倒了，像一个束胸的寄宿女生。他们把我抬进去，给我喝了些白兰地，吃了一点儿东西，等等。后来——第二天一早——他们跟我说——"

接着又是沉默。

他们想找一个驼子或是其他某个怪物，让孩子们朝他扔橘子皮或香蕉皮——找个让他们可以放声大笑的东西——那天晚上你看到的那个小丑——呃，那一行我干了 2 年。

呃，在那我学会了各种把戏。当时我还没那么畸形，可他们有法子，他们给我做了一个驼背的模具，还充分利用这只脚和这只胳膊——好在那里的人们并不挑剔，他们很容易满足，只要有个活人供他们糟蹋就行——当然，那套傻瓜装束也很有效果。

唯一让他们头疼的就是我常常生病，不能参加表演。有时班主发脾气，即使我犯病，也会要求我上场表演。

并且我知道人们都喜欢晚上的表演。记得有次演出进行到一半，我疼晕了过去——当我醒来后发现那些观众还在我身边围着——不断踢我，骂我，砸我——"

"不要再说了！我再也无法忍受啦！求求你，别说了！"

她站起来，用双手捂住耳朵。他停了下来，看见她眼里的泪水。

"我真该死，真是个傻瓜！"他低声说。

她走向屋子的另一边，在那里朝窗外看了一会儿。当她转身时，牛虻靠在桌上用一只手搭在眼睛上。他好像已忘记了她还在这儿。琼玛静静地坐在他的身边。沉默了相当长的一段时间后，她才慢慢地说："我有一个问题想问你。"

"什么?"牛虻的身子并没有动弹。

"为什么你没有想过自杀呢?"

他抬起头，吃了一惊。"我没有想到你居然会问这个，"他说，"那我的工作谁来继续呢?"

"你的工作——哦，我知道了! 你刚才说你是个懦夫，呃，要是你有这样的遭遇仍矢志不渝，那你就是我所见过最勇敢的人了。"

他蒙住自己的眼睛，热情地紧握她的手。又陷入无边无际的寂静中。

突然一阵清脆的女高音从花园里传来，有人正唱着一支拙劣的法国小曲:

喂，皮埃罗，跳舞吧，皮埃罗!

跳一跳吧，我可怜的亚诺!

尽情跳舞，尽情欢乐!

让我们共享美妙的青春!

不要哭泣，不要叹息，不要愁眉苦脸——

先生，这不是开玩笑。

哈! 哈，哈，哈! 先生，这不是开玩笑!

牛虻一听到这个，就从琼玛手里抽出自己的手，身体往后直退，还低声哼了几句。她双手死死地抓住了他的胳膊，就像是在抓一个做外科手术的病人胳膊。当歌声结束后，紧接着传来一阵笑声和掌声。他抬起头，眼睛像是一只受尽折磨动物的眼睛。

"是，是绮达，"他慢慢地说道，"她现在跟那些军官朋友在一起，要是在里卡尔多来的那天晚上，她到这儿来碰了我一下，我会疯的!"

"可她不知道，"琼玛轻声地表示抗议，"她不知道自己会让你难受。"

又从花园里传来了一阵笑声。琼玛站起来打开窗户。一条金丝绣成的围巾围在绮达的头上，很妖娆。她站在花园里，手里握着一束紫罗兰，三位年轻的骑兵军官正争着要花。

"莱尼小姐！"琼玛叫道。

绮达脸色沉得像是一块乌云。"夫人，怎么了？"她转身答道，眼睛里透露出挑战的神情。

"能让你的朋友说话轻点声吗？里瓦雷兹先生身体非常不舒服。"

那位吉卜赛女郎非常生气地扔掉紫罗兰。"滚开！"她转身对那几位目瞪口呆的军官叫道。"我讨厌你们，先生们。"慢慢地，她走出了花园。琼玛也把窗子关上了。

"他们都走了。"她对他说。

"谢谢你。非常抱歉，麻烦你了。"

"没什么。"他立刻就听出她的声音里的迟疑。

"可是为什么，"他说，"夫人，你的话没有说完，你的心里是不是还有一个没说出来的'可是'？"

"要是你能看偷别人的心事，你就不必为了别人的心事而苦恼。这与我无关，可我不明白——"

"我讨厌莱尼小姐吗？只是——"

"不，你讨厌她，可你又和她住在一起。我觉得对她而言，你不把她当女人看是一种侮辱，你把她——"

"女人！"一阵刺耳的笑声从他的喉咙里发出。"你管她叫女人？夫人，这不是一个笑话。""这对她不公平！"她说，"你没有权力当着别人的面这样评价她——还是当另一个女人的面！"

他转过身，睁大眼睛躺在那里，望着窗外的落日。

她立马放下窗帘，并关上窗子，以免让他看到日落。琼玛在另一个桌边坐下来。又拿起了她的针织活。

"你现在想开灯吗？"过了一会儿她问。

牛虻摇摇头。

直到光线暗得看不清楚时，琼玛才卷起她的针织活，把它搁到篮子里。她抱着双臂默默地坐在那好久，静静地看着牛虻一动不动的身子。暗淡的夜色笼罩在他的脸上，缓和了他严峻、嘲讽以及自负的神情，加深了嘴角悲剧性线条。因为一些怪异的联想，她清晰地记起了为了纪念亚瑟，她的父亲立了一个石十字架，上面的铭文是这样写的：

所有的波涛巨浪全都向我袭来。

又是一个小时的寂静。最后她站起来，轻轻地离开了房间。回来时，手里拿着一盏灯。她停下来，以为牛虻已经睡着了。可当灯光照到他的脸上时，他却转过身来。

"给你冲了杯咖啡。"她说，立即放下了灯。

"放在那吧，你能过来一下吗？"

他把她的双手握住了。

"我一直在不断地想，"他说，"或许你说得对，是我让这段纠葛卷进了自己的生活，它是丑陋不堪的。可你要记住，并不是每个男人都能遇到他——爱的女人，而且我——我已陷入了困境。我怕——"

"怕？"

"害怕黑暗。我不敢一个人待在夜里。我必须有个人——陪在我的身边。外部的黑暗，那是——不，不！不是，那是只值 6 个便士的地狱——我害怕的是内心的黑暗。那里没有哭泣，没有咬牙切齿。只有寂静——寂静——"

他睁大了眼睛。她却十分宁静，在他说话间几乎没有喘气。

"你或许是无法想象这些的，是吧？你无法明白——不过这对你来说是件好事。我的意思是要是我一个人生活，我会疯的——别把我想得太可恶了。你可能把我想成是个混蛋，可我并不是那样的人。"

"我不能替你判断，"她说。"虽然我没有受过你那样的苦。可——我也陷入过困境，只是我们情况不一样。我觉得——我相信——要是你在惧怕下做出了一件残忍或是不公或是卑鄙的事后，你会觉得遗憾。至于别的——要是你在这件事情上算个失败者，我认为换了我也是一样——那就该诅咒上帝，然后死去。"

他仍握着她的手。

"你跟我说！"他非常平和地说，"你曾做残忍的事吗？"

她没有回答，只是低下头去，两颗大大的泪珠滴到他的手里。

"跟我说！"他带着炽热的情感低声说道，并把她的手抓得更紧了。"跟我说吧！我都把自己受的苦都和你说了。"

"是——在很久——以前。他是在这个世界上我最爱的人。"

牛虻的手剧烈地颤抖起来，可他还是紧紧地握着她。

"他是我的朋友，"她继续说，"我相信了一些诽谤他的谣言——警察编了一个弥天大谎。我误以为他是个叛徒，因此打了他一耳光。他当时离开了，紧接着就投河自杀了。直到两天后，我才知道他完全是清白的。这或许比你记忆中的事情更让人难受。只要能挽回已犯下的错，我宁愿切腕自杀。"

某种迅猛而危险的东西——那是她从未见过的东西——在他的眼里一闪而过。他低下头来吻了一下她的手，动作诡秘而又迅速。

她大吃一惊，慌忙抽回手。"不要这样！"她叫道，声音带着些许怜悯。"求你别再这样了！你这样会令我伤心的。"

"难道你没有让那个为你而死的人伤心吗？"

"那个我曾经——害死的人——啊，塞萨雷在外头，他终于回来了！我——我要走了！"

当马尔蒂尼进来时，牛虻独自躺着，旁边还放着一杯没尝过的咖啡。他低声暗自咒骂，一副懒散、无精打采的模样，似乎这样做并不能使他感到满足。

第九章

当牛虻走进公共图书馆的阅览室已是几天后的事情了。此时，他的脸色仍然苍白，腿似乎比以往更瘸了。在附近桌子边看书的里卡尔多抬起头发现了牛虻。他很喜欢他，可就是理解不了他身上的这种特性——奇特的私人怨恨。

"你是不是打算再次抨击那位倒霉的红衣教主？"他有些恼怒地问。

"亲爱的，为什么你总、总、总是怀疑别人有什么不好的动、动、动机呢？这可没、没有一点儿基督教精神。我只是在准备为一家新开的报社撰写一篇关于当代神学的文章。"

"是哪家报纸？"里卡尔多皱起了眉头。新出版法很快就要出台了，反对派正筹备一份惊动全城的激进报纸，这也许是公开的秘密。可尽管这样，从形式上来说，它还是一个秘密。

"应该是《骗子报》，或是《教会例报》。"

"嘘——嘘！里瓦雷兹，我们妨碍到其他读者了。"

"好吧，要是外科学是你的科目，那你就去研究它吧，让、让、让我去研究神、神学——那是我的科目。我并不、不、干预治疗跌打损伤，虽然我知道的比你多、多、多得多。"

他坐下来看那卷布道书，脸上显出聚精会神的样子。

这时图书馆的一位管理员来到他跟前。

"里瓦雷兹先生！你是不是参加过考察亚马孙河支流的杜普雷兹探险队？希望您能帮我们解决这道难题。有位女士想查询探险记录，可记录现在正在装订。"

"她想知道什么？"

"是有关探险队出发和经过厄瓜多尔的时间。"

"1837年4月探险队从巴黎出发，经过基多是在1838年4月。在巴西我们又待了3年时间，之后去了里约热内卢，于1841年回巴黎。那位女士想要知道每次重大发现的具体时间吗？"

"不，谢谢您。就这些。我已经全记下来了。贝波，麻烦你把这张纸条去送给波拉夫人。多谢了，里瓦雷兹先生，麻烦你了。"

牛虻靠到椅背上，非常疑惑地皱了皱眉。她为什么想知道这些日期呢？当他们经过厄瓜多尔时……

琼玛将那张纸条带回家。1838年4月——亚瑟死于1833年5月。五年——

她又开始在屋里走来走去。好几个晚上她都睡得不好，她的眼睛下出现一道阴影。

五年——一个"过于奢靡的家庭"？——"他曾相信的人欺骗了他"——欺骗了他——他发现了……

她抬起双手捂住了头，不再走动。哦，简直要疯了——这是不可能的事情——太荒唐了……

可他们在港口又是如何打捞的呢？

5年——当那个拉斯加人打他时，他"还不到21岁"——那么他离家出走时只有19岁。他不是说过"一年半——"他怎么会有从那双蓝眼睛呢？他的手指为什么也是那样神经质地好动呢？为什么他那么讨厌蒙泰尼里？五年——五年……

要是她确定亚瑟真的淹死了——要是她看见了他的尸体，那么她就不会这么难受了，回忆也就不再恐怖。再过二十年，或许她就可以无所畏惧地回首过去。

她的青春都埋葬在反思她做的错事。日复一日，年复一年，她坚定地与悔恨的恶魔斗争。虽然她想提醒自己她的工作在未来。但一旦她闭上眼睛，捂住耳朵，就无法躲避阴魂不散的幽灵。日复一日，年复一年，溺死的尸体向大海漂去的情景从未离她而去，她无法抑制的那声叫喊在她的心头响起："是我把亚瑟杀死了！亚瑟已经死了。"有时候，她也会觉得自己身上的担子过于沉重。

可现在她却宁愿用半生去换回那种负担。要是她把他杀死了——那种悲伤由于忍受很长时间，所以是熟知的，现在不会轻易地被它打倒的。可万一她不是把他赶到河里去，而是赶到——她坐下来，双手蒙住自己的眼睛。是他的原因吧，现在她的生活暗无天日，是因为他死了！只要她没有使他招致比死亡更坏的结果……

她一步步地、沉着而坚定地，走过他已往生活的地狱。

当那些情景真实地展现在她的面前时，仿佛她也曾见过，也曾体会过。赤裸的灵魂无助的颤动、比死亡更苦涩的嘲弄、无助的恐惧，缓慢、难熬而无情的痛楚。这种情景是多么的真实，就好像她曾在那间肮脏的印第安棚屋里坐在他身边，跟他一起在银矿、咖啡地、可怕的杂耍班子里受尽了折磨……

杂耍班子——不，她至少要赶走那一幕。坐在这幻想这事足以让她发疯了。

她将写字台的抽屉打开。里面有她不舍得销毁的几件纪念品。其实她不喜欢收藏令人感伤的小东西。之所以保留这些东西是因为她性格中还有脆弱的一面，只是她一直在克制，不让自己瞧它们一眼。

现在她把它们一件件地拿出来：乔万尼给她写的第一封信，他死时捏在手里的花儿，他婴儿时的一束头发，他父亲墓上一片枯萎的树叶。抽屉最里边是亚瑟10岁的一张小照——唯一的一张亚瑟的肖像。

她把照片捧在手里，坐下来仔细看着那个漂亮小孩的头像，直到长大后亚瑟的脸庞清晰地浮现在她的面前。那么生动真实！

敏感的嘴唇线条、一双诚挚的大眼睛、天使般纯真的表情——

它们牢牢地占据她记忆的深处，似乎他是昨天才死去的。渐渐地泪水涌出来，模糊了自己的视线，也遮住了那张照片。

哦，她怎么会想到这些呢！幻想那个早已失去的光辉灵魂却受缚于生活的污秽和艰辛，那是一种亵渎啊。当然神灵还是怜惜他的，那么年轻离开了人世！让他进入到虚无缥缈的世界中，比牛虻那样生活强一千倍呀——牛虻，具有无可挑剔的领带和令人敬佩的诙谐感，还有犀利的话语和那位跳芭蕾舞的姑娘！不，不！这种幻想实在恐怖而愚蠢，沉溺于这种没用的想象，简直是自寻烦恼。亚瑟肯定死了。

"我能进来吗？"一个柔和的声音在门外响起。

她大吃一惊，照片也从她的手里滑下来。牛虻一瘸一拐地走进房间，将它捡起来，递给了她。

"你让我大吃一惊！"她说。

"真、真抱歉。难道我打扰到你了？"

"不。我只是在找一些旧东西罢了。"

她想了想，然后把那张小照递回到他手里。

"你觉得他长得怎样？"

"这真难回答，"他说，"这张照片显然已退了色，而且很难判断小孩长得如何。但是我觉得这个孩子长大后会是一个不幸的人，对他而言，最好的方法就是自杀，别长大成人。"

"为什么？"

"你看他嘴唇下的线条。他这、这、这种性格的人太敏感，觉得痛苦就是痛苦，冤枉就是冤枉。在这个世界上，这样的人是无法生存的，最好他是除了工作对什么也没有感觉的人。"

"你觉得他看起来熟悉吗？"

牛虻更仔细地审视了那张照片。

"真的。好奇怪！像，很像。"

"像谁？"

"像蒙泰尼、尼里红衣主教。难道那位无可非议的主教阁下没有侄子吗？请问他是谁呢？"

"他是我朋友小时候拍的照片，我那天和你说过——"

"就是那个被你害死的人？"

她不由自主地颤动了一下。这个可怕的词从他口中说出来是多么的轻松，多么的残忍！

"嗯，就是那个被我害死的人——要是他真的死了。"

"什么意思？"

她盯着他的脸看。

"我有时也怀疑他是不是真的死了，"她说，"我们没有找到他的尸体。也许他从家里逃走后，像你一样逃去南美了。"

"最好还是不要了吧。那样你就会每天晚上做噩梦的。我一生可进、进、进行过好几、几次艰苦的战争，不止把一个人送到冥王那里了。要是我把人赶去了南美，那么我真的会睡不好觉了——"

"那你认为，"她打断他的话，握紧双手向他走近了几步，"要是他真的没有淹死——要是他经历了你所经历的事情——他永远都不会回来，并且既往不咎吗？难道你认为他会永远记住吗？要知道，我也为此付出了沉重的代价。你看！"

她把浓密的黑发从额头往后捋去。黑发之中居然隐藏了一大块白发。

又是一阵漫长的沉默。

"我觉得，"牛虻缓缓地说，"死去的人最好还是死去。忘记某些事情几乎是不可能的。要是我是你的那位朋友，我会选择做、做、做个死人。还魂的鬼是丑鬼。"

她将那张照片重新放到抽屉里，并把写字台锁了。

"说这些太残忍了，"她说，"我们还是说点别的吧。"

"我来你这是想和你谈点小事，要是可以的话——这是件私事，我的脑子里有个想法。"

她坐在一张拉到桌旁的椅子上。

"你觉得正在草拟的新闻出版法怎么样？"他问，一点儿也觉察不到他往日的结巴。

"我的看法？我不知道它的作用有多大，但半块面包总比没有面包要好。"

"那是必然。最近有些人正筹办一份新报纸，你想加入吗?"

"这事我考虑过。可创办一份报纸要做大量的实际工作——印刷，发行，以及——"

"你要浪费你的才智到什么时候?"

"为什么说是'浪费'呢?"

"就是浪费。你自己很清楚，你比你的同事们要聪明得多，可你愿意做他们的常年苦工，整天为他们打杂。你在智力上强于格拉西尼和加利，他们就像小学生。可你却像印刷厂的徒工一样，为他们校改清样。"

"首先校改清样只占用我一部分时间而已，另外你夸大了我的智力。我没有你想的那么精明。"

"我并不是说你有多少精明之处，"他平静地回答，"但我的确认为你的智力是健全可靠的，这非常重要。在委员会召开的那些沉闷的会议上，你总是能指出每个人的不足。"

"你这样说对别人是不公平的。马尔蒂尼的逻辑能力就很强，法布里齐和莱嘉的才能也是不可怀疑的，还有格拉西尼，他对意大利经济统计数字的了解，比这个国家任何一位官员都全面。"

"呃，这并不重要。我们不要去谈论别人的才能了吧。鉴于你这样的才能，你完全可以从事更重要的工作，担任一个更重要的职务。"

"可我现在对自己很满意。或许我的工作价值不高，但我们都在竭尽全力地做。"

"波拉夫人，我们已经彼此很熟悉了，不需要玩弄这套恭维和谦逊的把戏。老实和我说，你同意你现在费力做的事情，即使能力比你低的人也可以胜任，是吗?"

"要是你强迫我回答的话——是，某种程度上算是吧。"

"那你为什么还继续做呢?"

一阵沉默。

"那你为什么还继续做呢?"

"因为——我别无他法。"

"为什么?"

她有些责备地抬头看他。"你这么逼我太霸道了——这不公平。"

"可是你必须要跟我说原因。"

"要是你一定要个答案,那么——因为我的生活已支离破碎了,我没有精力开始进行那些真正意义上的工作。或许我只配当个老黄牛,为党打杂。至少我是真心实意的,况且这事必须要有人做才行啊。"

"当然必须要有人来做这事,可不能总让同一个人来做呀。"

"也许我适合吧。"

他带着令人费解的神情,眯起眼睛看着她。她也很快地抬起头来。

"我们又转回原先的话题了,一开始要谈正事的。和你说吧,你现在做的事情我以前也做过,可它一点儿用也没有。现在我不会再去做那些事情了。也许我能帮你构思你的计划。你有什么想法?"

"一开始你说,我做的一切都没有用,现在又问我想做什么。我的计划需要你在行动的时候帮我,而不只是在构思阶段。"

"先让我听听再讨论。"

"关于威尼斯起义,你都听说什么了。"

"在大赦后,我听说了起义的计划以及圣教会的阴谋。可我觉得这两件事都很可疑。"

"一般我也是抱着怀疑态度的。可我要说的是为了反抗奥地利人,全省真的在认真地准备起义工作。教皇领地——特别是在四大教会省里——有不少青年人暗地里准备越过边境,以志愿兵的身份参加这次起义。我是从罗马尼亚的朋友那听说的——"

"你说,"她打断了他的话,"你的那些朋友真的可靠吗?"

"当然。我自己认识他们,与他们共事过。"

"也就是说你们都是一个'团体'的了?请原谅我的多疑,但我总是怀疑秘密团体情报的准确性。我问你——"

"你从哪听说我是属于一个'团体'的?"他厉声打断了她的话。

"我自己猜的，没人和我说过。"

"啊！"他靠在椅背上，皱着眉头看着她。"难道你总是猜测别人的私事吗？"过了一会儿，他又问道。

"嗯。我喜欢观察，也习惯把事情放在一起看。跟你说吧，要是你不愿让我知道什么，你最好还是谨慎一点儿。"

"你知道什么并不是我关心的事情，只要不宣传出去。我认为这——"

她抬起头，惊讶之余又有些气愤。"你当然不关心！"她说。

"我知道你不会对外宣传什么的，可也许对别的党员——"

"党务处理的是事实，而不是个人的推测和幻想。我没有把自己的猜测和任何人说过。"

"那还要谢你了。你碰巧猜出我是属于哪个团体了吗？"

"我希望——你不要因为我说话太直接而生气。这是你先提起的，要知道——我真的不希望是'短刀会'。"

"你怎么会这么想？"

"因为我觉得你可以从事更好地工作。"

"我们都可以从事更好的工作。你本该这么回答。我并不在'短刀会'，而是在'红带会'。他们成员意志更坚定，工作也更认真。"

"你是说暗杀工作吗？"

"这只算其中的一个。其实刀子挺有用处的。但需要有良好组织的宣传作支撑。这也是我讨厌另一个团体的原因。他们觉得刀子能解决世上所有的问题。这当然是不全面的。它是能解决很多难题，可不能解决所有难题。"

"你真的认为它可以解决一些难题？"

他诧异地望着她。

"当然，"她接着说道，"现在它就可以解决某个狡猾的暗探或是某个令人厌恶的官员所制造的实际难题，可这个解决后，它会不会制造一个更糟糕的难题呢。我觉得就像寓言说的那样，把房子打扫装饰一新，却招来了 7 个魔鬼。每次暗杀后只会让警察变得更凶狠，也会使人们习惯暴力和野蛮的行为，最后事情也许会变得更糟。"

"你觉得革命时会发生什么呢？难道那时人们就不会习惯于暴力？战争就是战争！"

"是啊，可公开的革命又是另一回事了。它只是生活的一瞬间，它是我们为了一切进步必须付出的代价。必定将会发生某些可怕的事情，每次革命都会发生这些事情的。可它们是孤立的事实——一个非常时期的非常现象。乱动刀子之所以恐怖是因为它成了一种习惯。人们会把它当成每天都会发生的事情，那么他们对生命的神圣感就会变得麻木不仁。我没去过罗马尼亚，但是从我所知甚少的见闻中，我得出的结论是人们已经或者正在沾染上行暴的机械性的习惯。"

"可这比顺从和屈服的机械性习惯要好得多。"

"我不同意。所有的机械性习惯都是恶性的、奴性的，也是残忍的。当然，要是你认定革命党人的工作只是获取政府方面的让步的话，那么你肯定认为最好的武器是秘密团体和刀子，因为政府所畏惧的莫过于这些东西。但要是你跟我一样明白胁迫政府只是达到目的的手段，我们真正需要变革的是人与人的关系，那你一定会以不同的方式去工作。让无知的人们认为见到流血是习以为常的事情，这不是提升他们赋予生命价值的方式。"

"他们赋予宗教的价值又是什么呢？"

"我不懂。"

他微微笑。

"我认为我们就问题的根源有不同的理解。你认为是缺乏对生命价值的重视，而不是对人性的重视不够。"

"随你怎么说。我觉得我们混乱和错误的主要原因是叫作宗教的那个神经病。"

"你说的是特定的某种宗教吗？"

"哦，不！那只是外部症状。这病原本叫宗教心理态度。它是一种病态的欲望，想要确立并且崇拜一个偶像，跪下来崇敬某个东西。不管是基督或是佛陀，这都没多大用处！你肯定不会同意我的观点。或许你是无神论者，或是不可知论者，或是你愿意成为的任何一类人，但跟我有五码的距离，我就可以感受到你宗教的气质。我们现在谈论这个是毫无结果的。如果你认为我把刀子看作是结束讨厌的官员的一种手段，那你就错了——不错，它是一种手段，可我认为最好的办法是破坏教会的名誉，要让人们习惯于把教会的代理人看作是毒虫。"

"等你达到这个目的，唤起沉睡在人们心中的野兽，并把它放出去攻击教会时，那么——"

"那么我就完成了一生中最重要的工作。"

"你那天说的工作就是这个吧？"

"嗯，就是这个。"

她浑身战栗地转过身。

"你对我失望了？"他说，略微抬头一笑。

"不，不仅仅是这个。我是——我想是吧——有点畏惧你。"

又过了片刻，她转过身，带着平常那种谈论正事的口气说："这是一场毫无价值的讨论。我们拥有迥然不同的立场。我相信宣传、宣传和宣传。等到时机成熟后就开展公开的暴动。"

"那我们还是继续说说我的计划吧，它与宣传有关，更与暴动有关。"

"是吗？"

"就像我刚刚说的那样，许多志愿者正从罗马尼亚进入威尼斯。什么时候发生暴动，我们也不知道，也许不到秋天或是冬天。但是亚平宁山区的志愿者必须现在就武装起来，并做好准备，这样他们一听到召唤就能直接前往平原。我已经开始帮他们把武器和弹药私自运进教皇领地——"

"等等。你是如何和那个团体一起共事的？伦巴第和威尼斯的革命党人全都拥护新教皇。他们不正在和教会中的进步势力一起推进自由改良吗？像你这样'毫不妥协'的反教会人士是怎么和他们相处的呢？"

他耸耸肩。

"只要他们还记得自己的工作，他们找个破布娃娃自得其乐的玩跟我又有什么要紧的呢？当然，他们只会把教皇当成一个傀儡。要是暴动正在筹备中，我不需要管这个。只要棍子能打狗就行，口号能唤起人们反抗奥地利人就行，管它是什么样的口号。"

"那你想让我怎么做？"

"你主要的职责就是帮我把武器私运过去。"

"那我要怎么做呢？"

"你绝对是这一工作的最好人选。我想过在英国购买武器，但是把它们带进来却面临很大的困难。其实运进教皇领地的任何一个港口都是很难的事情。必须通过托斯卡纳，再运过亚平宁山区。"

"这样我们就不止一次而是两次越过边境。"

"是，但是另一条路根本不可能。我们不可能把大量的货物运进没有贸易的港口，而且你肯定知道契维塔韦基亚的全部船只也只是三条划艇和一条渔船。要是我们一旦把东西运过托斯卡纳，我就可以想方设法将它们运过教皇领地的边境。我手下的人熟知山里的每一条路，并且我们有很多可藏匿的地点。货物必须通过海上运到里窝那，这是现在我遇到的最大困境。我和那里的私贩子没有任何来往，但是我相信你与他们肯定有来往。"

"给我五分钟让我想想。"

她向前倾斜着身子，胳膊肘支在膝上，用一只手托着下巴。沉默几分钟后，她抬起头来。

"在这方面我或许真能派上用场，"她说，"可在我们进一步讨论前，我想问你一个问题。你能保证，这事与任何行刺或者秘密暴动都没有关系吗？"

"那是肯定的了。你放心我不会勉强你参与到你不赞成的事情当中的。"

"你什么时候需要我的回复？"

"剩余的时间不多，我只能给你几天时间考虑。"

"这周六可以吗？"

"让我想想——今天周四。可以。"

"那到时候你再来吧，我会仔细考虑这件事情，然后给你一个最终的答复。"

在后来的那个周日，琼玛给玛志尼党的佛罗伦萨支部送去一份声明，表明他要去执行一项特殊的任务，所以在今后几个月里，她不能继续她的党内工作。

虽然有人对此感到诧异，可委员会还是同意了。

经过几年的工作，她已经获得党内人士的信任。委员们觉得要是波拉夫人采取了一个意外的举措，那么她肯定有充足的理由。

可对于马尔蒂尼，她就直接说自己要去帮牛虻做些"边境工作"。她已和牛虻商量好了，她有权把这些实情告诉她的老朋友，以免产生不必要的误会，或是因为怀疑和迷惑而觉得苦恼。她认为这样做也证明了自己对他的信任。当她把实情告诉他时，他没有作任何评论。但她还是看出来这个消息让他很受打击，虽然不知道这是为什么。

在琼玛寓所的阳台上，他们坐着向菲耶索尔那边的红色屋顶眺望。漫长的沉默后，马尔蒂尼站起来，开始走来走去，将双手插在口袋里，嘴里还吹着口哨——很明显这是心绪烦躁的迹象。她就在那儿坐着看了他一会儿。

"塞萨雷，你放心不下什么吗？"她最后说道，"真抱歉，你居然如此的不开心。可我认为这件事没有问题。"

"不是因为这件事，"他有些生气地回答，"对此我一点儿也不清楚，一旦你同意去做，那么它很可能就是正确的。我只是不相信那个人。"

"我觉得你对他有些误解，我在深入了解他前也不相信他。当然，他不是一个完美的人，可事实上他的优点比你想的多。"

"可能吧。"在很长一段时间里，他默不作声地踱着步，接着停下来，站在她身边。

"琼玛，不要去做这件事情！趁早放弃吧！别让那个家伙拉你进去，你早晚会后悔的。"

"塞萨雷，"她轻轻地说道，"你知道你在说什么吗？没有人把我拖进任何事中。我是通过反复的思考才同意的。我知道你不喜欢里瓦雷兹，但是我们现在讨论的是政治，而不是个人。"

"夫人！放弃吧！那个人太危险，既阴险又残忍，还肆无忌惮——他爱上你了！"

她身体吓得往后一退。"塞萨雷，你怎么能这么想呢？"

"他是真的爱上你了，"马尔蒂尼又说了一遍，"离开他吧，夫人！"

"亲爱的，我不能离开他，我也解释不清原因。我们被绑在了一起——既不是出于任何的希望，也不是出于任何行动。"

"要是你们已被绑在一起，那我就不能说什么了。"马尔蒂尼无精打采地答道。

他说还有急事要办就离开了。在泥泞的街上，他走了好几个小时。他觉得那天傍晚世界是多么的黑暗啊。最心爱的人——可那个卑鄙的家伙突然闯了进来，把她偷走了。

第十章

牛虻在 2 月底的时候去了里窝那。琼玛将他介绍给了一位船运经理，他是一位英国青年。她和她的丈夫是在英国的时候与他认识的。他帮过玛志尼党的佛罗伦萨支部好几次忙，还问别人借钱来处理意外紧急事件，也允许党内人士用他的商业地址收寄信件，等等。但以前这都是琼玛来做的，主要是看在他和她的私交上。因此根据党内惯例，她有权利用这层关系去做她认为对的事情。至于结果怎样，那又是另一码事了。请一位好朋友借出他的地址，收寄来自西西里的信件，或在他帐房保险箱的一角存几份文件，是一回事。但请他私自运用于发动起义则的武器则是另一回事了。至于他是否同意，她不抱任何希望。

"你只能抱着试试的心态，"她对牛虻说，"我并不觉得一定会有好结果。要是你带着介绍信请他借你五百斯库多，我肯定他会立马借给你——他这个人特别大方——在危急关头，甚至会把他的护照借给你，也会在他的地窖里私藏一位逃跑的罪犯。可要是你说到诸如枪支这类的事情，他会睁眼瞪着你，还会认为我们疯了。"

"他可能会给我暗示或是介绍一两位要好的水手给我。"牛虻说，"反正碰碰运气是应该的。"

在月底，牛虻穿的不像平时那样就进了她的书房。她立即从他的脸上看出有好消息。

"呀，你终于来了！我都在担心你是不是发生什么事了！"

"我认为写信比较危险，而且我也不能早点儿回来。"

"你刚回来吗？"

"嗯，我一下公共马车就来你这儿了。我过来只想告诉你一声，事情办妥了。"

"贝利真的答应帮我们了？"

"不仅仅是帮助而已。他承担了所有的任务——装货、运输——所有的事。枪支将被藏在货包里直接从英国运过来。他的合伙人威廉姆斯也是他的好友，这人答应负责南汉普顿那边的启运，贝利会想办法把货混过里窝那的海关。因此我在那等了很长时间。威廉姆斯刚刚起程去南汉普顿，我一直把他送到热那亚。"

"路上讨论细节问题了吗？"

"嗯，我在不怎么晕船的时候，就不停地讨论。"

"你晕船？"她赶紧问道。她想起以前她的父亲带着他们去海上游玩时，亚瑟因为晕船吃了不少苦头。

"晕得相当厉害呢，虽然我以前常出海。但他们在热那亚装船时，我们还是进行了一次深谈。我猜你知道威廉姆斯这个人吧？他可真是个好人，可信又明智。贝利也是。并且他俩都知道怎样做才能不走漏风声。"

"我倒认为贝利的做法有点冒险。"

"我也是这么跟他说的，可他只是面带怒色地说道：'这与你有什么关系？'这就是我想要的答案。要是我在廷巴克图见到贝利，我会走到他面前说：'早上好，英国人。'"

"可我还是不知道你是怎么说服他们的，我没有想到威廉姆斯会同意。"

"是啊，他一开始是强烈反对的，他们觉得这事'这么不像回事'，倒不是说危险。但我花了些时间成功说服他们了。现在我们来谈谈具体事项吧。"

太阳落山了，牛虻才回到自己的住所。盛开的日本楤桲花挂在花园的墙上，在落日的余晖中显得那样的暗淡。他摘下几枝，将它们带回了屋里。绮达在他打开门的时候从角落的椅子上一跳而起，立即朝他跑来。

"哦，费利斯，我都在想你是不是不回来了！"

牛虻一时冲动之下都想厉声问她在他的书房里干什么，可转念一想，他已有 3 个星期没看到她了。于是伸出了手，有点生硬地问道："晚安，绮达。你好吗？"

她扬起头让他亲吻，可他好像没有看见似的就从她身边走了过去。拿起一只花瓶，把楤桲花插了进去。就在此时，门被那只柯利犬撞开了，它兴奋地围着他乱转，激动地叫个没完。他将花放下了，弯腰拍拍那只犬。

"呵呵，谢坦。老伙计，你还好吗？嗯，真的是我。握个手吧，应该像条好犬！"

从绮达的脸上可以看出生硬而愠怒的神色。

"我们出去吃点东西吧?"她冷冷地问道。"我在我那儿订了饭,因为你信上说今天傍晚回来。"

他立即转过身。

"真对不起,你不、不该等我的!我还要收拾一下,一会儿就过来。你不介意我把这些放进水里吧。"

当他进来时,绮达正站在镜子前将一枝榅桲花系在自己的裙子上。她表现出愉快的样子。走到他跟前,手里还握着一小束扎在一起的鲜红色的花蕾。

"这是送给你的,让我把它别在你的外衣上。"

吃饭时,牛虻尽量显得高高兴兴的,跟她不断地说话,她则报以灿烂的微笑。看到他回来,她非常高兴,这让他有些不好意思。他以为她早已离他而去,与她意气相投的朋友和伙伴们一起生活。他不知道她会想念他。现在她这么激动,那么在此之前她肯定无聊透顶。

"我们到阳台上喝咖啡吧,"她说,"今晚很暖和。"

"好啊。带上你的吉他吧?你还可以唱支歌。"

她高兴得满脸通红。他对音乐非常挑剔,并不经常请她唱歌。

有一圈宽木凳子沿着阳台的墙壁放着。牛虻坐在能够鸟瞰山间秀色的角落,绮达则坐在矮墙上,脚搭着木凳,背靠在屋顶的柱子。她只喜欢看着牛虻,而不留意山间的景色。

"给我一支香烟吧,"她说,"要知道在你走后,我没有抽过一支烟。"

"好!我也正想抽呢,尽情享受这快乐。"

她身子前倾,情真意切地看着他。

"你真的感到高兴吗?"

牛虻那双好动的眉毛扬了起来。

"对啊,为什么不呢?我吃了一顿美味佳肴,正欣赏欧洲的美景,马上又可以一边喝咖啡,一边欣赏匈牙利民歌。我的良心和我的消化系统都没有问题，一个人还想得到什么呢？"

"我知道你还想得到一样东西。"

"什么？"

"这个！"她将一个纸盒子放在他的手里。

"炒杏仁！怎么不在我抽烟前跟我说呢？"他带着责备的口吻问道。

"哈，小宝贝！你可以抽完烟再吃它。咖啡来了。"

牛虻边喝咖啡，边吃炒杏仁，像一只正舔着奶油的小猫那样专注，享受这一切。

"在里窝那吃过那种东西后，回来品尝正宗的咖啡真是太美妙了！"他拖长声音说道。

"既然你在这儿，回家休息休息就有了个好理由。"

"我可是时间不多啊，明天又得动身离开。"

笑容立即从她脸上消失了。

"明天！去做什么？你又要去哪儿？"

"哦！要去两三个地方，公事。"

他和琼玛决定好了，他要去亚平宁山区找边境的私贩子，安排私运武器的事情。对他而言，穿过教皇领地是件非常危险的事情，可想要做成这事必须如此。

"又是公事！"绮达低声叹息，然后大声问："又是很长时间？"

"不，两三个星期吧，应该是这样。"

"我猜你去做那事吧？"她突然问道。

"什么事？"

"你总愿冒着生命危险去做的事情——没完没了的政治。"

"与政、政、政治是有些关系。"

绮达将自己的香烟扔掉了。

"你骗我，"她说，"你会遇到各种危险的。"

"我要去闯地、地狱，"他懒懒地回答，"你、你难道有朋友在那儿，想要让我带去常青藤？其实你不、不用把它摘下来。"

她从柱子上用力扯下一把藤子，一气之下又将它扔在地上。

"你会有危险的，"她又说了一遍，"你都不愿说实话！你觉得我只配被人愚弄，被人嘲笑吗？早晚有一天，你会被处死的，可现在你却连句道别的话都不说。总是政治，政治——我讨厌政治！"

"我跟你一样。"牛虻说，并懒洋洋地打着哈欠。"我们还是说点别的吧——要不，你唱支歌吧。"

"那好，把吉他递给我。我唱什么呢？"

"《失马谣》，你的嗓子非常适合这首歌。"

她唱起了那首古老的匈牙利民歌，歌中一个人先失去了他的马，接着失去了他的房子，然后又失去了他的情人，他自我安慰，想起了"莫哈奇战场失去的更多更多"。

牛虻之所以喜欢这首歌，是因为它那激烈哀伤的曲调和副歌中带有的那种苦涩的禁欲主义使他怦然心动，这是那些缠绵的乐曲所没有的感觉。

绮达把嗓音发挥得淋漓尽致，音调饱满而清脆，充满了对生活强烈的渴望之情。虽然意大利和斯拉夫民歌让她唱出来很糟糕，德国民歌就更糟了，可匈牙利民歌让她唱来就十分出色。

牛虻瞪着眼睛，张着嘴巴听她唱歌。他从未听过她这样唱歌。当她唱到最后一句时，她的声音突然颤抖。

"啊，没有关系！失去的更多更多……"

她泣不成声，只能停下来。将脸埋在常青藤里。

"绮达！"牛虻站起来从她手里拿过吉他。"你怎么啦？"

她只是双手捂住脸，一个劲儿地哭泣。他碰了碰她的胳膊。

"跟我说，发生什么事了。"他温柔地说。

"不要碰我！"她抽泣着，身体直往后退。"不要碰我！"

他很快走回到自己的座位，等哭声停下来。突然，牛虻感到她的双臂将他的脖子搂住了。她跪在他的身边。

"费利斯——别走！不要走！"

"这个我们以后再说。"他说，轻轻地，他挣脱了那只勾住他胳膊的手。"你先和我说你为什么这么心烦意乱。你被什么什么事儿给吓着了吗?"

她只是摇摇头。

"是我做了什么事伤害到你了吗?"

"没有。"她伸出一只手抚摸着他的喉咙。

"那是什么?"

"你会有生命危险的，"最后她低声说道，"一天，有人来我这儿，我听一个人说你会有危险——当我问你的时候，你却取笑我!"

"亲爱的，"牛虻大吃一惊，停顿片刻说道，"你怎么会想一些漫无边际的事情呢。也许有一天我会被杀死——这是革命党人的正常结果。可是你不需要现在就怀疑我会被杀死。我冒的险也不比别人大。"

"别人——别人跟我有关吗? 要是你爱我，你就不会这样离开，让我一个人孤枕难眠，害怕你被捕了，或梦中看到你已死了。你关心那只狗都多过你关心我!"

牛虻站起来，慢慢走到阳台的另一边。他没有想过会发生这样的事情，不知道现在该怎么办才好。对，琼玛说得对，他让自己的生活陷入一个很难摆脱的纠葛中。

过了一会儿，他走了回来。"坐下来，让我们心平气和地谈谈，"又说，"我看我们对彼此存在一些误解。要是你是认真的，当然我不该笑话你。告诉我，是什么让你觉得心烦意乱。要是存在误解，我们可以把它澄清。"

"不需要澄清什么。我知道你对我一点儿兴趣也没有。"

"我的孩子，咱们还是坦诚相待比较好。对我们之间的关系我尽量以坦诚的态度来处理，我从未欺骗过你——"

"哦，是没有! 你很诚实，甚至都不装样子，只把我看成妓女——从旧货店买来的一件花衣裳，还被许多男人占用过——"

"嘘，绮达! 我从来不是这样想你的。"

"你从未爱过我。"她气呼呼地说道。

"是，我从未爱过你。可你也不能说我心存不良。"

"谁说我以为你心存不良？"

"等等。我是说我不相信世俗的道德标准，我也理解不了它们。我认为男女之间的关系只是个人喜欢和厌恶的问题——"

"也是一种钱的关系。"她将他的话打断了，冷笑了一声。他往后直退，犹豫不决。

"那是这个问题最丑陋的地方。但要是我觉得你不喜欢我，或者对这事感到恶心，我是不会继续我们之间的关系的，而且也不会利用你答应跟我相处。我从未对任何女人做过这事，也从未对任何女人虚情假意过。我说的是实话——"

他停了一会儿，但是她没有给出回答。

"我认为，"他接着说，"如果一个男人独自生活在这个世界上，并且需要——需要一个女人陪在他的周围，当然他能找到一个能够吸引他的女人，并且自己并不讨厌她，那么他就应当抱着感激和友好的态度，接受这个女人给予他的快乐，不必建立更加密切的关系。我并不觉得这有什么不好，只要能平等地对待，不相互侮辱、相互欺骗。至于在我跟你认识前，你曾跟其他男人有过什么关系，我从没有想过这个问题。我只是认为我们的关系让彼此感到愉快，对谁也没有伤害。一旦有一方厌烦这种关系，那么我们有权中断这层关系。要是我错了——如果你已经用另一个角度看待这层关系——那么——"

他停了下来。

"那么？"她头也没有抬地低声说道。

"那么我就让你受了委屈，我非常抱歉。可我不是有意这样。"

"你'并不有意'，你'以为'——费利斯，你难道是铁石心肠的人吗？你难道从未爱过一个女人吗？难道不知道我爱你吗？"

他突然颤抖了一下。好久没人对他说——我爱你。

她立即跳起来，张开双臂环抱住他。

"费利斯，我们一起走吧！离开这个国家，离开这些人，离开政治！我跟他们一点儿关系也没有！走吧，我们会非常幸福地在一起。我们去南美，去你曾经待过的地方。"

联想所引发的肉体恐惧让牛虻清醒过来，并恢复了自制力。

她的双手被牛虻从脖子上掰开，并被他紧紧地握住。

"绮达！请你想想我对你说的话。我并不爱你，就算我爱你，我也不会和你一起离开。在意大利，我有工作，有同志——"

"还有一个你爱的人，是吗？"她恶狠狠地喊道。"哦，我真想杀了你！你并不是关心你的同志们。我知道你关心谁！"

"嘘！"他冷静地说道，"你现在太激动了，尽想些虚幻的事。"

"你以为我是想说波拉夫人吗？我才不会那么容易被骗的！你只跟她谈政治，你对她跟对我一样。是红衣主教！"

牛虻像是被枪击中了一样，吓了一跳。

"红衣主教？"他机械地又说了一遍。

"就是秋天来这里布道的红衣主教——蒙泰尼里。当他的马车经过时，我看到你脸色煞白，跟我口袋里的手绢一模一样！怎么，因为我把他的名字说了出来，所以你现在像树叶一样颤抖吗？"

他站起身来。

"我不知道你现在在说什么，"他缓慢而又温柔地说，"我——讨厌那位红衣主教。他是我一生最大的敌人。"

"不论是敌人还是什么，你都爱他，超过爱任何人。看着我的脸，要是你敢你就说这一点儿都不对！"

他回过头去，看着花园。她偷偷地看着他，开始后悔她所做的事情。他的沉默让他有些害怕。最后她偷偷走到他面前，像是一个受到惊吓的小孩，羞答答地拉着他的袖子。他转过身来。

"是真的。"他说。

第十一章

"但我可、可、可以在山里某个地方跟他见面吗？我认为布里西盖拉就是个危险的地方。"

"无论罗马尼亚哪儿对你来说都是危险的，但是现在布里西盖拉要比其他地方更安全。"

"为什么？"

"待会儿我再跟你说。千万不要让那个上身穿蓝布上衣的家伙看到你的脸，他很危险。对，那场狂风暴雨太可怕了。好久没有见到葡萄的收成这么糟糕。"

牛虻在桌上将自己的双臂摊开，把脸埋在里面，像是劳累过度或是饮酒过量。那个身穿蓝布上衣的家伙迅速扫了一眼四周，只有两个农民喝酒讨论收成，还有一个山民趴在桌上睡觉。这种情景在马拉迪这个小地方太平常了。身穿蓝布上衣的家伙显然知道偷听不出什么结果，因此把酒一口喝了下去，然后晃悠悠地走到另一间屋子。他懒洋洋地靠在柜台上和掌柜闲聊着，不时地透过敞开的门，用余光打量桌边的 3 个人。那两个农民仍旧喝着酒，用方言讨论着天气，牛虻却打着呼噜，就像是一个无牵无挂的人。

那个暗探最后觉得在这里只会浪费时间。因此付完账后，他就离开了酒店，晃悠悠地朝狭窄的街道走去。牛虻打着哈欠，伸着懒腰。他抬起身体，睡眼迷蒙地用粗布褂子揉眼睛。

"演戏可真难啊。"他说，立即拿出一把小刀，在桌上切下一块黑面包。"米歇尔，让你受惊了吧？"

"他们比 8 月份的蚊子烦多了。没有片刻安宁。不管你在哪儿，总有暗探在周围转悠。甚至连山里都有，他们一开始不敢进去冒险，可现在他们却三五成群去那里活动——吉诺，是吧？所以我们安排你和多米尼季诺在镇上见面。"

"嗯，可为什么是布里西盖拉呢？边境小镇会有更多的暗探。"

"布里西盖拉现在是最好的去处。全国各地的朝圣者都汇集到这里。"

"可那儿交通不便啊。"

"离罗马它算近的了，复活节时，会有很多朝圣者来这做弥撒。"

"我并、并、并不知道布里西盖拉还有其他特别的。"

"还有红衣主教啊。他在去年12月去了佛罗伦萨，你忘记了吗？是蒙泰尼里红衣主教。听说他在那儿还引起了轰动。"

"或许吧，我从不去听布道。"

"呃，他可是声望卓著，像位圣人。"

"他是怎么出的名？"

"这我就不清楚了。我猜是因为他将自己全部收入都捐了出来，像一个教区神甫，一年仅靠四五百斯库多生活。"

"嗯！"那个叫吉诺的人插嘴说道，"但是不仅仅有这些。他并不仅仅是捐出自己的钱，他毕生都在照顾穷人，想办法治疗病人，从早到晚聆听别人的忏悔。我也不喜欢神甫，米歇尔，可蒙泰尼里大人可不像其他的红衣主教。

"哦，比起坏蛋来，他更像是个傻瓜！"米歇尔说，"反正人们痴狂于他，最近还有一个新的奇怪行为。朝圣者绕道请求得到他的祝福。多米尼季诺曾想装成一个小贩，挎着装有廉价十字架和念珠的篮子。大家都喜欢买这些东西，请求红衣主教触摸它们，然后将它们挂在小孩的脖子上辟邪。"

"等等。你们觉得我装成一位朝圣者——混进去怎么样？我自己倒是觉得很适合，但不能装成上次我来这儿的样子，要是我被抓住了，对你们会造成不利的证据。"

"不会的，我们已经为你准备好一套绝佳的装备，还有护照，一切都办妥了。"

"什么样的装备？"

"西班牙老年朝圣者的装扮——一个来自锡拉斯的悔过自新的强盗。去年他在安科纳生病了，我们的朋友仁慈地将他带到一艘货船上，把他送到威尼斯。那里有他的朋友，为了表示感谢，他将自己的证件给了我们。这些对你正好合适。"

"一个悔过自新的强、强、强盗？那警察怎、怎么办？"

"哦，不用担心！多年前他就服完了划船的苦役。此后他就去耶路撒冷和其他地方朝圣来挽救自己的灵魂。他误把自己的儿子当成别人杀死了，他非常后悔，于是去警察局自首了。"

"他有些年纪了吧？"

"嗯，可粘个白胡子和假发就好了。其他地方嘛，证件叙述的特征跟你特别相像。他是位老兵，也瘸着腿，脸上有块刀疤。是个西班牙人——你看，要是你遇见了西班牙的朝圣者，可以和他们交流。"

"我和多米尼季诺在哪儿会面？"

"你跟着朝圣者走到十字路口，此前我们会在地图上把方位指给你看。你就称在山里迷路了。接着来到镇上，跟其他人一起走进集市，集市在红衣主教宫殿的前面。"

"也就是说虽然他是一个圣人，但是他还是没住在宫殿里？"

"他在一侧的厢房住着，其余的房子都改建成医院了。你们在那里等他出来是为了让他赐予祝福。挎着篮子的多米尼季诺会来问你：'老大爷，你是位朝圣者吗？'你说：'我只是苦命的罪人。'接着他就放下篮子用袖子擦脸，你给他六个斯库多，买了一挂念珠。"

"接着他会安排谈话的地方？"

"嗯。当人们张着嘴巴看着蒙泰尼里时，他就有足够的时间将见面的地址跟你说。这就是我们的计划，要是你不满意，我们可以和多米尼季诺再商量，看看能不能安排别的方式见面。"

"不用了，这挺好的。只是一定要把胡子和假发弄得跟真的一样。"

白发苍苍的牛虻在主教宫殿的台阶上坐着。他以嘶哑而又颤抖声音说出了那句暗号，还有很重的外国口音。多米尼季诺从肩上将皮带取下，把装着小玩意儿的篮子放到台阶上。在那群农民和朝圣者中，有的人坐在台阶上，有的还在集市上走动着，没有人在意他们的一举一动。但他们还是为了谨慎而不着边际地聊天。多米尼季诺操的是当地方言，牛虻则说着不大连贯的意大利语，还夹杂着西班牙语。

"主教阁下！主教阁下来了！"靠近门口的人们喊道。

"走开！主教阁下出来了！"

他俩也随之站起来。

"在这儿，老大爷，"多米尼季诺说，立即把用纸包的小神像塞进牛虻的手里，"拿着，到了罗马后，你一定要为我祈祷。"

牛虻将它放进胸前，转身望向站在最高台阶的那个人。他穿着大斋期的紫色法衣，戴着鲜红色帽子，伸出双臂祝福公众。

蒙泰尼里慢慢走下来，围在他身边的人不断亲吻着他的双手。

在他经过时，许多人跪下去以撩起主教的法衣下摆来贴近自己的嘴唇。

"祝你们平安，我的孩子们！"

当牛虻听到那清脆的声音，赶忙低下了头，这样白发就可以掩盖他的面孔。当多米尼季诺看见这位朝圣者的手杖止不住地抖动时，暗自佩服地说："他可真会演戏啊！"

有个女人站在他们周围，她弯下腰，把孩子从台阶上抱了起来。"来吧，塞柯，"她说，"主教阁下会为你赐福，就像上帝给孩子们赐福一样。"

牛虻又向前走了一步，接着停下来。噢，真的忍受不了了！

这些人——这些朝圣者和山民——可以走到前面和他讲话，他还会把手放在孩子们的头上，或许他还会对那个男孩说"Carino"，以前他和他说的——

牛虻再次坐到台阶上，别过头，不忍心再看。要是他能躲到某个角落、捂住自己的耳朵不去听他的声音就更好了！是的，没人能忍受——他们离得这么近，近到只要他伸出胳膊就能碰到那只亲爱的手。

"朋友，你不想进去坐坐吗？"那个柔和的声音说道，"我想你是受了寒吧。"

忽然间，牛虻的心脏不再跳动。他失去了知觉。只觉得自己的血压在上升，直犯恶心。那血压仿佛要将他的胸扯碎了，之后又降下来，在他的身体里不断地振荡、燃烧着。他抬起头，看了看他的脸。主教的眼睛突然变得很温柔，充满了神授的怜悯。

"朋友们，往后退一点儿，"蒙泰尼里转身说，"我想和这位朋友说话。"

人们都窃窃私语地往后退去。牛虻却一动不动，咬紧牙关地坐在那里，眼睛盯着地面。他感到蒙泰尼里的手轻轻地搭在自己的肩上。

"我能帮到你吗？你肯定遭受过巨大的不幸。"

牛虻只是默默地摇摇头。

"你是位朝圣者吗？"

"我只是一位苦命的罪人。"

蒙泰尼里的问题竟与暗号相合，这对他而言就是一根救命草。

在绝望中，牛虻机械地作回答。他开始颤抖，主教的那只手轻轻地按着，似乎灼痛了他的肩膀。

红衣主教弯下身来，离他更近了。

"你是不是想和我好好谈谈？如果我能帮你——"

这是第一次，牛虻平静地直视着蒙泰尼里的眼睛，他现在显然是恢复了自制力。

"不需要了，"他说，"这已经没有希望了。"

从人群中走出了一名警官。

"主教阁下，打扰了。这个老头有点精神不正常，可他是没恶意的，因为他的证件很齐全，所以我们让他进来了。虽然他现在犯了大罪，但他已经服过苦役了，现在也很悔过。”

“大罪。”牛虻重复地说着，慢慢地摇摇头。

“谢谢你，队长。请去边上吧。朋友，要是你真诚地忏悔了，那就还有希望。今晚你可以来找我吧？”

“主教阁下想见一位杀了自己儿子的父亲？”

他有些挑战地问着，蒙泰尼里听了直往后退，身子像是遇到了冷风似的发抖。

“不管你曾经做过什么，上帝都不许我谴责你！”他严肃地说道。“他认为我们都是罪人，我们的正直在他看来像是肮脏的破布。要是你来找我，我肯定会接待你的，就像我祈祷上帝或许有天会接待我一样。”

牛虻突然伸出双手，做了个充满热情的手势。

“你们都听着！”他说，“基督徒们，要是一个人把自己唯一的儿子杀死了——他热爱并信任着自己的亲生骨肉；要是因为他的欺骗和谎言而诱导自己的儿子走向了死亡的陷阱——在天堂或是人间，那个人还有希望吗？在上帝和凡人面前，我都忏悔过自己的罪过，我承受了人们加在我身上的惩罚，他们也已经原谅了我的过错。但上帝什么时候才会说‘够了’呢？通过什么样的祝福我才能从心中解除诅咒呢？什么样的宽恕才能挽救我做的错事呢？”

人们在随后的寂静中，看着蒙泰尼里，发现他胸前的十字架不停地起伏。

最后，他抬起头，举起颤抖的手为他祝福。

“上帝还是仁慈的，”他说，“在他的神座前，放下你沉重的负担吧，因为圣书上写：‘你们不应蔑视一颗破碎的、痛悔的心。’”

他转身穿过集市，不时停下来与朝圣者交谈，抱抱孩子们。

根据指令，晚上牛虻来到约好的地点。是当地一位医生的家里，他是“团体”中一名积极成员。牛虻的到来使大多数的革命党人受到鼓舞，因此他们都赶来了。这证明他是一名深深孚众望的领袖，要是他需要这种证明的话。

"我们都非常高兴能再次见到你，"医生说，"可我们见到你后也会觉得更害怕。这事极其危险，让人感到恐惧。我是持反对意见的。你真的认为今天上午那些警察耗子没注意到你吗？"

"哦，他们够注、注意到我的了，好在他们没、没有把我认出来。多米尼季诺把事情安排得太好了。可他现在在哪儿呢？我好像没有看到他。"

"他还没到。这么说你顺利渡过这一切了？红衣主教赐予你祝福了吗？"

"他的祝福？哦，那不算什么，"多米尼季诺进门时说道，"里瓦雷兹，你让人诧异得就像圣诞节的蛋糕。你还有什么本领让我们叹服呢？"

"又怎么了？"牛虻懒洋洋地问。他正在沙发上靠着，抽着一根雪茄。还穿着朝圣者的衣服，可白胡子和假发却丢到身边去了。

"我都不知道你这么会演戏。我长这么大都未见过如此精彩的表演。你差点使主教阁下感动得落下了眼泪。"

"怎么了？说来让我们也听听，里瓦雷兹。"

牛虻只是耸耸肩，仍旧处于沉默寡言的情绪中，其他人知道在他那打听不到什么，就请求多米尼季诺说说到底怎么回事。讲完了集市上的事后，一位一直安静的年轻工人突然说："做的是很好，可我真的不知道这种表演有什么好的。"

"有一点好处，"牛虻插嘴说道，"现在在这里，我想去哪儿就去哪儿，想干什么就可以干什么，没有一个人怀疑我。等明天，大家都知道这个故事了。我要是遇到一个暗探，他只会想：'他是疯子迭亚戈，就是那个在集市忏悔罪过的人。'这对我当然是好事。"

"嗯，我懂。可为什么要通过愚弄红衣主教呢？他这人很善良，不应跟他玩弄这种把戏。"

"我也曾认为他是个好人。"牛虻懒散地回答。

"桑德罗，你别瞎说！我们这儿不需要红衣主教！"多米尼季诺接着说。"蒙泰尼里是可以去罗马任职的，要是他接受了那个职位，那么里瓦雷兹现在就不会愚弄他了。"

"他之所以放弃那个职位，是因为他热爱现在的工作。"

"或者是因为他不想被兰姆勃鲁契尼手下的暗探毒死。我敢确定他们对他有很大的意见。一位红衣主教，特别是一位深孚众望的红衣主教，居然愿意留在这个被上帝遗忘的小洞里，我们都知道其意义——里瓦雷兹，对不对？"

牛虻正吐着烟圈。"这或许是'破碎的、痛悔的心'之类的东西，"他说。随后他仰起头，看着那些烟圈逐渐飘散。

"好了，同志们，我们现在谈谈工作吧。"

我们已经制订了关于武器私运和掩藏的计划。他们开始详细地讨论这些计划。牛虻全神贯注地听着，还不时插上一句来纠正一些错误的说法或是不谨慎的提议。在大家结束发言后，他又提出几个具有建设性的建议，大家没有怎么讨论就接受了这些意见。接着会议结束了。会上决定在他平安回到托斯卡纳前，为了不引起警察的注意，尽量取消在很晚时候召开的会议。大家在十点后都已经散去了，只有医生、牛虻和多米尼季诺留了下来。他们三人又开了一个小会，讨论了具体的细节问题。在漫长的激烈争论后，多米尼季诺抬头看了眼时钟。

"都11点半了，我们必须要走了，不然就会被巡夜人发现了。"

"他一般都什么时候来？"牛虻问。

"12点左右。我们还是在他来之前回家吧。晚安了，吉奥丹尼。里瓦雷兹，我们一起离开这里吧？"

"不，分开走对我们彼此都安全。我们是不是还需要见上一面？"

"嗯，在卡斯特尔博洛尼斯。现在我也不知道我会装扮成什么样的，可你现在已经知道暗号了。明天你离开这里吧？"

牛虻一边照着镜子，一边小心翼翼地把胡子和假发戴上了。

"明天上午和那些朝圣者一起离开。后天我会假装生病，住在一个牧羊人的小屋里，然后从山中抄近路。我会比你先回去。晚安！"

当牛虻看向那个巨大的谷仓门时，大教堂的钟声刚好敲响了 12 点。那个谷仓是空着的，用来当作招待朝圣者的住处。地上横七竖八地躺着人，鼻鼾声振聋发聩，空气也污浊不堪，让人难以忍受。他觉得很恶心，不禁打起颤来。在这睡觉对他而言是不可能的事情。还是去散会儿步吧，接着找个小棚或是草堆，那里至少干净而安静。

这个夜晚真美丽啊，紫色的天空挂着一轮满月。他在街上漫无目的地闲荡着，非常沮丧地想起上午的那一幕。他觉得当初就不该同意多米尼季诺的计划，在布里西盖拉碰面。要是一开始他就直言这个计划太危险了，那么他肯定就会找另一个地方。那样他和蒙泰尼里就不会有这出可怕的滑稽闹剧。

虽然神甫的变化很大，可是他的声音却还跟过去一样，一点儿也没有变。在街道的那头闪现出巡夜人的灯笼，牛虻转身进了一条狭窄的、弯曲的小巷。没走几步他就发现自己到了大教堂广场，靠近主教宫殿的西侧。广场上月光满地，没有一个人。

可他注意到大教堂的侧门是半掩着的。教堂司事肯定是忘了将它关上。夜深了那里肯定不会发生什么事情。也许他可以进去找一条长凳躺着睡觉，这样就不用在那个透不过气的谷仓里睡觉了。

他可以在第二天一早在教堂司事来之前就离开。就算被人察觉了，他们也会认为疯子迭亚戈躲到角落里祈祷，接着就被关在里面。

在门口，他先是听了一会儿，然后轻轻地走进去。自打腿瘸了后，他依然保持这种走路的姿态。月光透过窗户洒进来，在大理石地面上映出了一条宽阔的光带。特别是祭坛上，在月光的照耀下一切都清晰明朗。蒙泰尼里红衣主教在祭坛的台阶上跪着，双手紧握。

牛虻缩回到阴影中。他是不是应该在蒙泰尼里发现他之前就离开吗？那无疑是最明智的选择——也是最仁慈的。可是，只要再走近一点——再看看他的脸——又算什么错呢？既然人群早已散开了，也就没有必要重复上午那出丑恶的喜剧。或许这是他最后的机会——神甫不必发现他，他可以静静走上去，看一眼他——仅仅就这一次。然后他就回去继续自己的工作。

他躲在柱子的阴影中，摸到内殿栏杆前，停在靠近祭坛的侧门边上。主教宝座投下的阴影宽得足以掩住他。在黑暗中，他屏住呼吸蹲了下来。

"可怜的孩子！哦，上帝。我可怜的孩子啊！"

在红衣主教断断续续的低语中满含着彻底的绝望，牛虻不由自主地战栗起来。接着传来一阵低沉的、深重的、无泪的哭泣，他看见蒙泰尼里双手挥动着，身体好像忍受着剧痛。

他不知道事情会这样变得糟糕。他常痛苦地自我安慰："我不必为这事感到苦恼，那个创伤早就痊愈了。"可经过这么多年，现在这个创伤放在他面前，他看见它还在滴血。

现在治好它多简单啊！他只要抬起手——只要走上前，说："神甫，是我。"还有琼玛，她的头上都出现了白发。

哦，如果他能原谅该多好啊！要是他能切断自己的记忆，可过去的遭遇已经深深地印在了他的脑海里——那个拉斯加人、甘蔗园和杂耍班子！没有比这更痛苦的事情了——愿意宽恕，渴望宽恕；可那是不可能的——他不能，也不敢宽恕。

最后蒙泰尼里站起身来，画了个十字，然后转身离开了祭坛。牛虻往后退到阴影中，浑身颤抖着。他害怕被发现，后来他松了一口气。蒙泰尼里已经从他身边离开了，近到他的紫色法衣拂到了他的面颊。可他没有看到他，径直走了过去。

没有发现他——哦，他在做什么？这可是他最后的机会——这个宝贵的机会——可他居然放弃了。他突然站起来，走进亮处。

"Padre！"

他的声音猛然响起，接着又沿着拱形的屋顶消失。发出这个声音，他自己心中也充满了奇特的恐惧。蒙泰尼里立在柱子边，瞪大眼睛听着，心中像是饱含了类似死亡的恐惧。他猛然惊醒过来。蒙泰尼里的身子开始摇晃，似乎就要倒下去了。他的嘴唇动了动，一开始没有发出声音。

"亚瑟！"终于能听见他的低语声。"对，水很深——"

牛虻向前走去。

"主教阁下，请您原谅我！我以往是位神甫。"

"哦，你是上午那位朝圣者吧？"蒙泰尼里恢复了自制。

他手中的蓝宝石熠熠发光。牛虻知道他还在颤抖。"朋友，需要我的帮助吗？夜太深了，大教堂晚上是要关门的。"

"要是我做了错事，主教阁下，请您谅解我。我看见门是开着的，就进来祈祷。我把您当成是神甫在默念，所以我等着请他为我祝福。"

他举起那个从多米尼季诺那里买来的、锡造的小十字架。

蒙泰尼里接过来走到内殿，将它放在祭坛上。

"拿去吧，我的孩子，"他说。"放心吧，上帝是仁慈的，怜悯的。去罗马吧，请求他的使者圣父为你赐福。祝你平安！"

牛虻低头接受了祝福，然后转身离开。

"别走！"蒙泰尼里说。

他一只手扶着内殿的栏杆，在那里站着。

"在罗马接受圣餐时，"他说，"请您为一个苦难深重的人祈祷——在他的心灵上，上帝的手却是沉重的。"

几乎是含着泪水，他将这些话说出来，牛虻的决心又发生了动摇。

顷刻间，他就会暴露自己。可是他又想起了杂耍班子，他觉得自己就像约拿一样，恨得对。

"我算什么东西？上帝会聆听我的祈祷吗？我只是一个麻风病人，一个被遗弃的人！要是我跟主教阁下一样，能在上帝的神座前奉献圣洁的一生——奉献一个毫无缺陷、毫无隐私的灵魂——"

突然，蒙泰尼里转过身去。

"我只能向上帝奉献一样东西，"他说，"一颗破碎的心。"

过了几天，牛虻乘坐公共马车从皮斯托亚回到佛罗伦萨。

当他直接去琼玛的寓所时，她却已经出门了。于是他留下一张字条，表明第二天上午再来。接着他就回家了，真心希望绮达不在他的书房里。他觉得绮达含着妒意的责备就像牙医锉刀发出的声音，要是他还要再听一遍她的责备，他会崩溃的。

"晚安，比安卡。"当女仆打开房门时，他问道，"今天莱尼小姐有过来吗？"

她疑惑地对他望着。

"莱尼小姐？先生，难道她回来了？"

"你说什么？"他站在门口的垫子上，皱着眉头问道。

"在你离开不久，她就突然离开了，但是她没有拿自己的东西，也没有说要去哪儿。"

"在我离开不久？什么，前两个星期吗？"

"对啊，先生，她是和你同一天离开的。现在她的东西还乱糟糟地摆在家里。邻居们都在讨论这事儿。"

他一句话也没说地转身离开了。急忙穿过小巷，来到绮达的寓所。她的房间还是原来的样子。他给她买的礼物也都在那儿，哪儿都找不着一张信或是字条。

"打扰一下，先生，"比安卡把头探进门里说道，"有个老太婆——"

他带着恶意转过身来。

"你怎么跟我来这儿了，你想干什么？"

"有位老太婆说很想见你。"

"她要干吗？跟她说——我不见她，我忙着呢。"

"自打你离开了，先生，几乎每天晚上她都过来找你。她总是来问你什么时候回来。"

"问她想干吗。不、不用了。我还是去一趟吧。"

那个老太婆就在门厅里等他。她不仅穿得破破烂烂的，而且棕色的脸庞尽是皱纹，像个欧楂果。有条亮丽的围巾在她头上围着。她在牛虻进来时站了起来，用一双黑色的眼睛仔细地注视着他。

"那位瘸腿先生就是你吧，"她带着挑剔的眼光从头到脚把他看了一遍，说道，"我是替绮达·莱尼给你带口信的。"

他打开书房的门，让她走了进去。他在后面将门关上了，为了防止比安卡听见他们谈话的内容。

"坐吧。现、现在，跟我说你是谁吧。"

"你不需要知道我是谁。我只是来告诉你，绮达已经跟我儿子一起离开了。"

"跟——你的——儿子？"

"是啊，先生。要是你不知道怎么管住自己的情人，那其他男人将她带走后，你也没必要埋怨什么的了。我的儿子血管里流的不是牛奶和水，他是一个真正的热血男子。他是一个吉卜赛人。"

"哦，你是吉卜赛人！也就是说绮达回到自己人那儿了？"

她有些惊愕地望着他。这个基督徒受到了侮辱居然不生气，显然不是血气方刚的男子汉。

"你算什么东西，她凭什么要和你在一起？我们的女人或许会一时把自己交托给你，这仅仅是姑娘的幻想，也许是因为获得你们的钱，但吉卜赛人终究是要回到自己人那里去的。"

牛虻的脸依然那么冷漠、平静。

"她是去了吉卜赛的地方，还是只是和你的儿子在一起生活？"

那个女人放声大笑起来。

"你是想追她，把她夺回来吗？太晚了，先生。你应该早点儿想到这个！"

"不，要是你愿意的话，我想了解事实。"

她耸耸肩，觉得不值得去侮辱一个对这事竟然无动于衷的人。

"哼，事实就是在你离开的当天，他遇到我的儿子。她用吉卜赛语和他说话，当他发现她也是吉卜赛人时，尽管她华服着身，可他立马就喜欢上了她。我们的男人就是这样爱姑娘的。她把自己的痛苦全跟我们说了，她坐在那儿不停地哭着，可怜的姑娘，哭得我们都感到心痛。我们一直在安慰她，最后她把那身华服脱下，穿上我们的服装，并托身于我的儿子。他们成了彼此的爱人。他不会对她说'我不爱你'，或是'我还有别的事要做'。在年轻的时候，女人就想得到男人。你算什么男人？一个漂亮的姑娘用手搂住你的脖子时，你竟不去吻她。"

他打断了她的话。"她给我带口信了？"

"是的。我在我们的营地撤了以后，依然留了下来，就是为了给你带口信。她让我跟你说，她对你们已经厌倦了，厌倦了你们的斤斤计较和冷酷无情。她想要回到自己人那里，自由自在地生活。'告诉他，'她说，'我是一个女人，我曾爱过他。但是我想做他的情妇了。'这个姑娘离开你是对的。一个姑娘能用美貌挣点钱没有什么不对——不然美貌还能做什么。但是一位吉卜赛姑娘是不会爱上你们这样的男人的。"

牛虻站了起来。

"这就是口信所有的内容吗？"他说，"那你就跟她说，我觉得她是对的，我祝她幸福。这就是我的回话。晚安！"

他一动不动地在那里站着，直到她随手关上花园的大门。他才坐了下来，双手捂住了脸。

又是一次沉重的打击！他已经没有一丝的骄傲——些许的自尊了。他忍受了所能忍受的一切，他的心被拖进烂泥中，遭到路人践踏。他的心灵到处被人烙上受轻视的印记，到处都是受人嘲笑的痕迹。现在这个他在路边捡来的吉卜赛姑娘——连她都握着鞭子。

在门外，谢坦呜呜地叫着，牛虻站起来将它放进来。跟往常一样，那只带着狂喜跑到主人面前，但是很快就知道哪里出了岔子，于是又躺在旁边的地毯上，向那只无力的手伸去它冰冷的鼻子。

琼玛约在一个小时后来到牛虻的住所。她敲门时没人答应。当比安卡发现牛虻不愿吃饭时，就溜去见邻居家的厨子。可她走时敞开了门，门厅里一盏灯也亮着。琼玛等了一会儿后，决定进去看看是否能找到牛虻，因为巴利带来了一个非常重要的消息，她想和他谈谈。她敲了敲书房的门，牛虻从里面答道："你可以离开了，比安卡。我不需要什么。"

琼玛将门轻轻推开。屋子原本很黑，可当她走进去时，过道的那盏灯洒出一道长长的光亮。她看见牛虻脑袋垂在胸前，一个人坐着，那只狗在他的脚边睡着。

"是我。"她说。

他立马惊醒了。"琼玛——琼玛！哦，我多想见见你啊！"

在她说话前，他就跪倒在她的脚边，头也埋进了她的裙褶里。他现在全身都在剧烈地颤抖，他这样比看他哭泣更让人心痛。

她只能默默地站着。她不知道怎么帮他——最痛苦的事情就是她一点忙也帮不上他。她只能默默地看着——只要能解除他的痛苦，她宁愿死去。只要她弯下腰把他抱在自己怀里，紧紧地把他抱在胸前，用自己的身躯使他不再受伤和感到委屈，那么他就是她的亚瑟，那么天就会放晴，阴霾就会散去。

哦，不！她忘不了过去！难道不是她将他赶到地狱——不是用自己的右手吗？

她此时任凭时光流逝。他赶紧站起来，坐在桌边，抬起一只手遮住自己的眼睛，并咬着嘴唇，像是要把它咬破。

很快他就抬起头来，平静地说道："或许我吓着你了。"

她向他伸出双手。"亲爱的，"她说，"我们现在的友情难道不能让你对我有起码的信任吗？发生什么了吗？"

"只是一些私人问题。你不必为此担忧。"

"听着。"她握住他的双手，想要停住他剧烈的颤抖，一边接着说"我没有干涉过不该干涉的事。可你现在已经这么信任我了，那就再信任我一点儿——你可以把我看作妹妹。要是面具可以给你安慰，那你就继续戴着吧。但就算是为了自己，不要在心灵上也给自己戴上面具了。"

他把头垂得更低了。"你要对我多一点儿耐心。"他说，"我很有可能不是个好哥哥啊，可要是你能知道——上个星期我差点疯了，好像又回到了南美一样。不管怎样，恶魔已经钻进了我的身躯——"他停下了，不再说话。

"我能分担你的痛苦吗?"最后她小声地说道。

他把头伏在她的胳膊上。"上帝的手多么沉重啊。"

第三卷

第一章

　　在下来的五周内，琼玛和牛虻虽然忙得不可开交，可却非常兴奋。他们没有时间、也没有精力去想个人的问题。当武器平安地运到教皇领地后，接下来的任务就更艰难、更危险了，那就是从山洞和山谷的秘密隐藏点悄悄地把武器运到当地的各个中心，再接着运到各个村庄。然而整个地区到处都是暗探，牛虻把弹药给了多米尼季诺。多米尼季诺又派了一个信使去了佛罗伦萨，紧急呼吁派人来支援，要不就多给些时间。牛虻一开始坚持在6月前完成这一任务的。但是由于道路太过崎岖，运送辎重太困难了；又要躲避侦探，因此运期一再耽搁。多米尼季诺都绝望了。"我真是进退两难，"他在信上说，"我怕被人发现又不敢加快工作。可要是我们想要按时准备好，就不该拖延时间。要不就找个有能力的人过来支援，要不就让威尼斯人知道在7月的第一个星期前，我们无法做好准备。"

　　牛虻把信交给了琼玛。她一边看信，一边皱着眉头坐在地板上，还用手逆抚小猫的毛。

　　"这下坏了，"她说，"我们绝对不能让威尼斯人等3个星期。"

　　"我们当然不能这样，这也太可笑了。多米尼季诺也、也许懂这些。我们必须按照威尼斯人的计划行事，而不能让他们按照我们的进度行事。"

　　"我们不能责怪多米尼季诺，他肯定是尽力了。他是做不到没法完成的事情."

"问题并不在多米尼季诺身上，问题在他身兼两职。我们应该再找个人负责看守货物，再安排另一个负责运输。他说得非常对。他是要得到切实的帮助。"

"但是我们怎么帮助他呢？我们在佛罗伦萨没人可以派去啊。"

"那我只好亲自去了。"

她靠在椅子上，略微皱起眉头看着他。

"不，那怎么能行？太危险了！"

"可是我们别无他法，也就只能这样了。"

"那我们就必须找其他的方法，就这样说好了。不可能让你现在去的。"

在他的嘴唇下角，出现了一条固执的线条。

"我觉得没有什么不可能。"

"你还是心平气和地想想吧。你回来也就过了 5 个星期罢了，警察还在到处追查朝圣的事，他们到处走动就是想找条线索。对，我知道你善于伪装，但不要忘了很多人都见过你了，见过扮作迭亚戈的你，也见过你装成农民的样子。你是没法伪装你的瘸腿，也无法伪装你脸上的伤疤。"

"可世上到处都是腿瘸的人呢。"

"是啊，但是你不仅瘸了一条腿，还有块刀疤在脸上，左臂又受了伤，更何况你的眼睛是蓝色的，皮肤还这么黝黑。像你这样的人在罗马尼亚可真少。"

"眼睛的颜色又有什么要紧呢。用颠茄就可以改变它们的颜色。"

"但是其他的东西你就改变不了了。不，这不行。如果让你像现在这样大大方方地去，你会睁着眼睛跌进陷阱里的。你肯定会被捕住的。"

"可必须有个人去帮多米尼季诺的忙啊。"

"对他而言，要是让你在这个关键时刻被抓着，也是一点儿帮助也没有的。一旦你被捕了，整个计划就失败了。"

可说服牛虻谈何容易，他们讨论了半天也没得出个结果。琼玛开始认识到牛虻的性格到底有多倔强了，虽然他话少，可就是宁折不弯。要是她不是对这事有很深的接触，她很可能就此罢手了，让步得了。可她的良心不允许她在这件事情上作出任何让步。她从拟议行程中所得到的实际好处看不出冒险的价值。她不禁开始怀疑他急着想去，是不是出于一种病态的渴望，而非是坚信政治上有的迫切需要，他是不是为了想去体会危险的刺激。他或许已习惯用生命冒险，他很容易就闯进不必要的危险中。她觉得这是他放荡不羁的一种表现，所以应该平静而又坚定地给予抵抗。当她发现怎么都无法打消他自行其是的顽强决心时，她使出了最后的一招。

"我们还是对这件事坦率点吧，"她说，"实事求是地说，并不是多米尼季诺的困难让你决意这么做，是你自己热衷于——"

"不！"他厉声打断了她。"对我而言，他什么都不是。我一点儿也不在乎能不能再见到他。"

他停了下来，从琼玛的脸上他知道自己的心事已经暴露了。他们突然相对而视，马上就低下了头。他们没有把彼此都知晓的那个名字说出来。

"我并、并不是多想帮助多米尼季诺。"他最后结巴地说，脸有一半都埋进了猫的毛发。"只是我、我知道要是他没有帮助，我们的工作就可能会失败。"

她并没有在意他不值一驳的借口，接着说着，好像并没有被打断一样。

"你之所以想去那儿，是因为热衷于冒险。每当你苦闷的时候，你都渴望去冒险；就像当你生病时，你想得到鸦片似的。"

"我没有索要鸦片，"他固执地说，"是别人坚持让我服的。"

"或许吧。你自豪于你的禁欲主义，要求肉体的解脱伤害了你的自尊。可当你冒着生命的危险去缓解神经的刺激时，在很大程度上，你的自尊就会得到满足。不管怎么说，这种差别只是一个惯常的差别。"

他将猫的脑袋扳到后面，低头望着那双绿色的圆眼睛。

"帕希特，你主人说的是对的吗？"他说。"她对我说的这些苛刻的话是对的吗？'我有罪，我犯下大罪了吗？作为一只聪明的动物，你从来就不索要鸦片吧？你的祖先是埃及的神灵，不会有人会踩它们的尾巴。可是一旦我把你的猫爪截下来，放到火中，你就会改变对人间罪恶的超然态度。也许你就会问我要鸦片了？或者是——寻死？不，小猫，我们现在还没有为个人而死的权利。我们也、也许只是抱怨，要是它能给我们安慰的话。但我们不需要扯下猫爪。"

"嘘！"她把猫从他的膝上放到一只小凳上。"等会儿我们再来想这些问题。我们现在要思考的是怎么去帮多米尼季诺脱离困境。凯蒂，怎么啦？有位客人来了，我现在忙着呢。"

"莱特小姐派人送了这个来，夫人。"

有个被封的严实的包裹，里面有封信。信还没有被拆开，上面贴着教皇领地的邮票。琼玛以前的同学有的还在佛罗伦萨住着，从安全的角度出发，寄到她们那里都是比较重要的信。

"这是米歇尔的记号。"她迅速扫了一眼，说道。信上表面上是说亚平宁山区一所寄宿学校的夏季费用。琼玛特意指着信的一角，接着说，"这些都是用化学墨水写的，在写字台的第三个抽屉里有试剂。对，就是它。"

他拿着一把小刷子来刷摊在写字台上的信。

当信上显现出那行鲜艳蓝字所表示的真实内容时，他靠在椅背上不禁放声大笑起来。

"到底怎么回事？"她赶忙问。他把信递给了她。

多米尼季诺已被捕。速来。

她拿着信绝望地望着牛虻，慢慢地坐了下来。

"呃——呃？"他最后拖着柔和、嘲讽的声音说道，"现在你总该看出我非去不可了吧？"

"嗯，我想是的，"她叹息了一声，"我也去。"

他有点吃惊地抬起头，"你也去？可……"

"当然。我知道为了方便起见佛罗伦萨得留个人。可为了提供额外的人手，顾不了那么多了。"

"那儿的人手够了。"

"可你并不信任他们。你刚刚还说要有两个人一起负责，可现在多米尼季诺做不了这件事，显然你一个人做不了。不要忘了，在做这种工作时，像你这样时刻都有危险的人很不方便，而且也需要更多的帮助。要是不是你和多米尼季诺，那一定是你和我。"

他皱着眉，思考了一会儿。

"是的，你说得对极了，"他说，"而且越快越好。可我们不能一起出发。要是我今晚走，你可以坐明天下午的马车。"

"到哪去？"

"这我们还需要好好商量一下。我觉得最、最、最好还是直接去调查。要是我今天深夜走，坐车去达圣·罗伦索，我可以在那儿准备我的装扮，然后接着往前赶。"

"我觉得我们只有这个办法了。"她说，着急地略微皱了皱眉。"可你这样实在太危险了，你仓促动身，拜托博尔戈的私贩子给你找个伪装。在你越过边境之前，你最好有三整天的时间扰乱自己的踪迹。"

"不用担心，"他笑着说，"在我越边境时，我是不会被捕的。可之后就不好说了。只要我去了山里，我就安全了。亚平宁山区不会有一个私贩子出卖我。我倒是担心你怎么过边境。"

"噢，对我而言这很简单！我只需要拿着路易丝·莱特的护照，假装去度假。罗马尼亚没人认识我，但是每一个暗探都认识你。"

"幸亏每个私贩子都认识我。"

她看了看表。

"两点半了。要是今晚我们出发，现在我们还有一个下午加一个傍晚。"

"那我现在还是回趟家吧，准备好一切，再弄来一匹快马。我骑马去圣·罗伦索，那样会安全些。"

"可租马不安全呀。马的主人会——"

"我不去租马。我认识的一个人会将马借给我。这个人以前帮我做过事，足以信赖。之后边境上的牧羊人会帮我把马送回来。五点或五点半，我会再来这。我走后，你是不是能去找一下马尔蒂尼，跟他说明一切。"

"马尔蒂尼！"她转身，带着诧异的眼光看着他。

"嗯，我们必须信任他，除非你还能想到其他的人。"

"我不懂你是什么意思。"

"我们必须在这里有个可以信任的人，以防遇到特别的困难。马尔蒂尼是我在这么多人中，最信任的一位。当然，里卡尔多愿意为我们做任何事，可我想马尔蒂尼更冷静。当然，你比我更了解他。你自己决定吧。"

"我对马尔蒂尼的可靠和才能一点儿也不怀疑，并且我认同他会答应帮我们的。可……"

他立马就懂了。

"琼玛，如果你知道一位同志需要帮助，可怕伤害了你的感情，或害怕让对方苦恼，他居然没有像你请求帮助，你会怎么想呢？你会认为这么做是为了你好吗？"

"好的，"她沉默一会儿后说，"我马上就让凯蒂请他过来。在她离开后，我就去拿路易斯的护照。她早就和我说好了，无论何时，只要我需要，她就会借给我。可钱呢？我们要去银行取些钱吗？"

"不，在钱上面浪费时间太不值了。我从我的存款提出的钱足以供我们用上一段时间。要是用完了我的存款，再来动用你的存款吧。那我们约定五点半再见。我会在这儿见到你，对吧？"

"嗯，对！那时我应该早就回来了。"

牛虻晚了半个小时才回来，发现琼玛和马尔蒂尼一起在阳台上坐着。他很快就发现他们谈得不是很顺利，两人肯定进行了激烈的辩论。马尔蒂尼异乎寻常地沉默，闷闷不乐地。

"都安排妥当了吗？"她抬头问。

"嗯，我带了一些钱来，让你在路上用。马也准备好了，凌晨一点，在罗索桥关卡等我。"

"那个时间会不会有点晚啊？你最好清晨时到达圣·罗伦索，那时人们还在睡觉。"

"我那时差不多到了。那是一匹快马，我不想在我走的时候被人看见。我也不回家了，有个暗探守在我家门口，他现在还以为我在家里呢。"

"那他怎么没有在你出来的时候发现你？"

"因为我从后花园的厨房窗户钻出来的，又翻过邻居果园的院墙。所以我来晚了，我必须躲开他。现在马匹的主人在我的书房里，整夜都会亮着灯。那个暗探看到窗户里灯光和窗帘上的影子，会相信今晚是我在家里写作。"

"那你就一直在这儿待着，等时间到了就去关卡？"

"嗯，我可不想今晚在街上被人看见。马尔蒂尼，你抽烟吗？波拉夫人不会介意我们抽烟吧。"

"我当然不介意你们抽烟。可我现在必须去帮凯蒂准备晚餐。"

马尔蒂尼在她走后站起身，双手背在后面，开始不停踱着步。牛虻抽着烟坐在那里，默默地望着毛毛细雨。

"里瓦雷兹！"马尔蒂尼开口问，他虽然就站在他的面前，可眼睛却盯着地面。"你想把她带进怎样的事情中？"

牛虻取下了雪茄，吐出长长的烟圈。

"她是自己决定的，"他回答，"我没有强迫她。"

"是，是——我知道。可告诉我——"

他停了下来。

"我会尽力告诉你。"

"呃，那么——我还不清楚山里具体什么事情——你是要和他去做很危险的事，是吗?"

"你真的想知道实情吗?"

"当然。"

"那么——是。"

马尔蒂尼转过身，继续走来走去。但很快他又停下来了。

"我还有一件事想问你。要是你不想回答，当然可以不必回答。可要是选择回答的话，就请你坦率地回答我。你爱她吗?"

牛虻故意敲掉烟灰，接着抽起烟来。

"你这是——选择不回答?"

"不，只是我不知道你凭什么问这个。"

"凭什么? 天啊，伙计，难道你还不知道吗?"

"哦!"他放下雪茄，冷静地望着马尔蒂尼。"对，"他最后缓缓地说道，"我是爱她。但你不要认为我会跟她求爱，不用担心。我只是去——"

他的声音变得奇怪而又无力，又渐渐消失。马尔蒂尼走上前。

"只是——去——"

"死。"

他直愣愣地注视着前方，冷漠而呆滞，似乎他已经死了。可当他再次说话时，奇怪的是他的声音一点儿生气也没有，平平淡淡的。

"你现在不用为她担心，"他说，"我是一点儿希望都没有的。这事对大家都很危险，我和她都明白这一点。私贩子会尽量避免她被抓住的。他们都是好人，尽管有点粗鲁。可对我来说，我的脖子上已经套着绳索了。一旦我通过边境，我就扯紧了绞索。"

"里瓦雷兹，你这是在说什么? 危险当然是有的，对你来说尤其很危险。这我也知道，可你以前不也曾成功穿过边境嘛。"

"嗯，可这一次我可能会失败。"

"为什么? 你为什么这么说?"

牛虻露出疲倦的微笑。

"还记得那个德国传说吗？人一旦碰见跟他长得一模一样的幽灵，他就活不长了。不知道吗？在一个孤寂的地方，那个幽灵向他现身，绝望地挥动着胳膊。呃，上次在山里时，我遇到了自己的幽灵。现在我要再次通过边境，我就回不来了。"

马尔蒂尼走到他面前，并把一只手搭在他的椅背上。

"听着，里瓦雷兹。你这套故弄玄虚的东西我一个字也没有听明白。可我知道一点：你不该在有不好预感的情况下还坚持出发。既然你感觉自己会被抓，那么被抓的可能性就很大。你一定是病了，或者身体不舒服，所以才胡思乱想。我替你去怎么样？那里要做的所有实际工作，我都可以做。你可以给你的伙伴写封信，解释——"

"让你去送死吗？这倒是挺明智的。"

"哦，我不会死的！他们是都认识你，可不认识我呀。就算我被捕了——"

他停下来，牛虻抬起了头，眼神里充满了探寻的意味。马尔蒂尼的手垂在他的身边。

"她不会像想念你一样深深地想念着我。"他说，声音平淡无奇。"另外，里瓦雷兹，这是公事。从功利的角度看这个事情——对大多数人最大的好处。你的'终极价值'——这算不算经济学家的说法？——比我大。虽然我不聪明，可我至少知道这一点，即使我没有必要得非常喜欢你。你的确比我伟大，我并不是说你比我更好，但是你的确有更多的优点，所以你的死比我的死有更大的损失。"

他说话的神情看起来就好像是在交易所讨论股票的价值。牛虻抬起头好像冷得全身打颤。

"你想让我等到我的坟墓自行张开把我吞下吗？

假如我必须死，我会把黑暗当作新娘——①"

---

① 引自莎士比亚的喜剧《一报还一报》。

"你看，马尔蒂尼，我们都在说废话。"

"你说的当然是废话。"马尔蒂尼生气地说。

"嗯，可你说的也不是对的啊。看在上帝的份儿上，别去做罗曼蒂克的牺牲，就像堂·卡洛斯和波莎侯爵①一样。现在是19世纪啊，要是我的职责就是去死，那么还是让我去死吧。"

"要是我的职责就是活的，我想我必须活着。你是幸运的，里瓦雷兹。"

"嗯。"牛虻也承认，"我之前是很幸运的。"

他们静静地吸烟，过了一会儿，又开始谈论起事情来。当琼玛叫他们吃饭时，从他们的神情或是举止都表露出他们有一次非比寻常的谈话。吃过饭，他们坐下来接着讨论计划，也做了些必要的安排。当11点时，马尔蒂尼站起来拿起自己的帽子。

"里瓦雷兹，我现在要回家把骑马斗篷拿来。你穿着它不会轻易被别人发现的，不像你这身轻装。我也得好好侦查一下，确保在我们行动时，附近是没有暗探的。"

"你要送我去关卡吗？"

"嗯，如果真有人跟着你，四只眼睛远比两只眼睛保险。12点我就会回来了。一定要等我回来了再出发啊。我还是带着钥匙吧，琼玛，这样我就不需要摁铃，也不会吵醒别人了。"

在他拿钥匙时，琼玛抬起头看了看他的脸。他知道他只是找个借口，以便让她可以和牛虻单独相处一段时间。

"我们明天再谈，"她说，"等我在早晨收拾好了后，我们有的是时间。"

"哦，是！有的是时间。我还有两三件小事想问你，里瓦雷兹，当然我们可以在关卡的路上再谈。你最好让凯蒂去睡觉，琼玛。你们俩尽量轻点。那我们12点再见了。"

---

① 《堂·卡洛斯》（席勒著）中的主角。

他微微点点头，微笑着离开了。砰的一声门被他关上了，以便让邻居知道波拉夫人的客人已经走了。

琼玛到厨房和凯蒂说完晚安后，用托盘端着咖啡回来了。

"你需要休息一会儿吗？"她说，"你在下半夜是没有时间可以用来睡觉的。"

"哦，亲爱的，不！等到圣·罗伦索，我可以在那些人为我准备装束时睡觉。"

当她跪在食品橱前时，牛虻也突然弯下腰来。

"你在这儿存了什么？巧克力奶糖和英国太妃糖！天啊，这可是国王才能享用的奢侈品！"

她抬起头，对牛虻兴奋的口吻报以浅浅的一笑。

"你喜不喜欢吃甜食呢？我会为塞萨雷存一些。他像个小孩子，什么糖都喜欢吃。"

"真、真、真的吗？呃，那你明天再为他准备一些吧，把这些给我吧。不，让我把太妃糖装、装、装进自己口袋里吧，它会给我安慰，让我回忆起失去的快乐生活。我的、的确渴望当我被绞死时，他们会给我一点儿太妃糖。"

"哦，我还是先找个纸盒子装着吧，得在你把糖放到自己口袋前！你会将衣服弄得黏糊糊的！还要巧克力吗？"

"不，我想现在跟你一起吃巧克力。"

"可我不爱吃巧克力呢，我想让你正儿八经地在这儿坐着。在我们被杀之前，也许我们没有机会这样静静交谈了，而且——"

"她不爱吃巧克力！"他喃喃地说道"那我只好一个人放开吃了！这就是断头饭吧？今晚你答应我一切奇怪想法吧。首先，我希望你能坐在这把安乐椅上，因为你说过我可以躺下来，我就在这里舒服地躺一下。"

他在她脚边的地毯上躺着，胳膊肘靠在椅子上。抬头望着她。

"你的脸色真白啊！"他说，"这是你对生活悲观态度造成的，并且你还不爱吃巧克力——"

"你可以严肃 5 分钟吗？这可是个生死问题。"

"就算是 2 分钟也不行，亲爱的。不论是生是死都不应该严肃。"

他已将她的双手抓住了，正用指尖抚摸它们。

"不要这样庄重，密涅瓦（罗马神话中的智慧女神、女战神，又叫雅典娜）。你再这样一会儿，我就会哭出声来，接着你就要后悔。我真希望能再看看你的微笑，你的笑容总让人有一种意外的快、快乐。好了，别骂我了，亲爱的！我们一起吃饼干，像两个乖孩子，不需要因为吃多吃少而吵架——因为明天我们就会死去。"

从盘中，他拿起一块饼来，认真地比画成两半，小心翼翼地从中折断。

"这就像那些道貌岸然的人在教堂里吃的一样，是一种圣餐。'你们拿着吃，这是我的身体。'你也要明白，我们得用一个杯子喝酒——对，这就对了。为了缅怀——"

她把酒杯放下了。

"不要这样！"她说，马上就要哭出来了。他抬起头，再次将她的双手握住。

"那我们就不说话了，我们安静地待一会儿。就算我们当中有个人死了，另一个会把今晚的事情都记住。我们将会遗忘这个喧闹而又永恒的世界，我们将会一起离开这个世界，手牵手。我们也会走进死亡的殿堂，在罂粟花中躺着。嘘！我们将会十分安宁。"

他将头靠在她的膝上，埋住了自己的脸。她默默地俯下身，将手搁在那头黑发上。随时间流逝，他们既没有动也没有说话。

"亲爱的，快 12 点了。"她最后说。牛虻也抬起头。

"现在我们只有几分钟时间，马尔蒂尼很快就会回来了。可能我们再也见不到面了。你想不想和我说什么呢？"

他慢慢站起来，走到屋子的另一边。

"我的确有件事要和你说，"他说道，声音低得都听不真切，"一件事——是要告诉你——"

他停下来，在窗户边坐着，用双手遮住了脸。

"经过这么长时间，你总算对我仁慈些了。"她轻声说。

"在我一生中都没有过多少慈悲，我认为——一开始时——你会不在乎——"

"那你现在不这么想了吧。"

她等了等，然后走到屋子另一头，在他的身边站着。

"你就跟我说实情吧。"她低声说道，"想想，要是你被处死了，而我活着——我就要回忆我的一生，可我永远不清楚——永远都不能确定——"

他抓起她的手，紧紧地握着。

"要是我被杀死了——你要知道，当我去南美时——噢，马尔蒂尼！"

他猛地吓了一跳，赶紧停了下来，并且打开了房门。马尔蒂尼正在门口的垫子上蹭靴子。

"一分——一分钟也不差，跟平时一样准时！你简直就是一座天文钟。那就是骑、骑、骑马斗篷吗？"

"对，还有两三个其他的东西。我尽量不让它们淋着雨，可现在外面正下着大雨。我担心你在路上会很不舒服。"

"哦，没事。街上发现暗探了吗？"

"没有，暗探们好像都回去休息了。这也不奇怪，今晚天气太糟糕了。琼玛，那是咖啡吗？在出门前他要吃些热的东西，不然他会感冒的。"

"咖啡里没加什么东西，挺浓的。我再去煮牛奶吧。"

她走到厨房里，使劲咬紧牙关，并握紧双手，不想让自己哭出声来。等他端着牛奶回来时，牛虻都穿好斗篷了，正系着马尔蒂尼带来的长筒皮靴。他站着喝了杯咖啡，接着就拿起了宽边骑马帽。

"要出发了，马尔蒂尼。我们要先兜个圈子，再去关卡，以免发生什么。再见了，夫人，谢谢你的礼物。星期五，只要不出意外我一定会在弗利接你。等等，这、这是地址。"

从小本子上，他撕下一页，拿起铅笔写了几个字。

"我有地址了。"她说，声音单调而平静。

"有、有了吗？呃，那也拿着吧。走吧，马尔蒂尼。嘘——嘘——嘘！千万不要让门发出吱吱声！"

轻轻地，他们下了楼。她在临街的门咔嗒一声关上时走进屋，六神无主地打开塞进她手里的那张字条。地址下还有一行字：

我会在那儿将一切都和你说。

第二章

布里西盖拉大大小小的村庄农民都是在这一天去赶集，他们带着自己饲养的猪和家禽，还有畜产品、一群群不怎么温驯的山羊。市场上人来人往，大家都放声大笑，互相开玩笑，为晾干的无花果、廉价的糕饼和葵瓜子讨价还价。黝黑的小孩在燥热的阳光下，光着脚趴在人行道上。他们的母亲也在树下坐着，身旁是装着奶油和鸡蛋的篮子。

当蒙泰尼里大人走出来祝大家"早安"时，立即就被吵吵闹闹的儿童们围住了。他们把大把的燕子花、鲜红的罂粟花和清香的白水仙花举起来，希望他会接受他们从山坡上采来的鲜花。人们因为爱戴他，允许他喜欢鲜花。他们觉得这些怪习惯跟智者是相配的。如果一个人不是受到众人的爱戴而在房间里放满了花，肯定会被人嘲笑的。但是"有福的红衣主教"是允许有几个不伤大雅的怪癖。

"呃，玛尤西亚。"他停下来说道，并拍了拍一个小孩的脑袋。"自从上次我们见面后，你又长高了嘛。你奶奶的风湿病好些了吗？"

"我奶奶的身体最近好多了，主教阁下，可现在我妈妈又病得很严重。"

"听到这个，我很难过。跟你妈妈说，有时间来这一趟，也许吉奥丹尼医生会有办法的。我为她找个地方，换个环境对她来说也许不错。你看起来气色好多了，鲁伊吉。现在你的眼睛还好吗？"

他一边走，一边和山民们拉家常。那些儿童的姓名和年龄，以及他们的困难、他们父母的难处他都能记住。他会停下来，以同情的态度问起圣诞节那天得病的奶牛，以及上次赶集被大车轮子压过的破娃娃。

集市是在他回到宫殿时开始的。有一个穿着蓝布衬衫的瘸子，乌黑的头发搭在他自己的眼睛上，左脸还有道很深的疤痕。步履蹒跚地他走到一个摊子前，说着蹩脚的意大利语，索要一杯柠檬水喝。

"你不是本地人。"倒水的女人说，还抬眼看了看他。

"不，我从科西嘉来的。"

"是来找工作的?"

"嗯。割干草的时候不是快到了嘛，在拉文纳附近有一个农场的老先生，有天去了科西嘉，跟我说这里有不少活儿可以干。"

"真心希望你能找到活，我看你行的，可这里现在的收成也不怎么好了。"

"科西嘉更差呢，大娘。我真不明白我们这些穷人该怎么活。"

"你是一个人吗?"

"不，我跟一个同伴一起。他就在那儿，那个穿着红衬衫的。喂，保罗!"

米歇尔听到有人叫他，把手叉在口袋颤悠悠地走来。尽管戴了假发，可是他装得真像个科西嘉人啊，连他自己都不认识自己了。而牛虻，他的扮相也是天衣无缝的。

他们一路闲逛，穿过集市。迈克尔吹着口哨，一个包裹挎在牛虻的肩上，他拖着脚步跟在一边，避免别人觉察出他是个瘸子。他们在等送信的人，他们必须对他下达重要的指令。

"那儿就是马尔科尼，在骑马的那个，拐角那儿。"迈克尔突然低声说道。牛虻仍挎着包裹，他拖着腿向骑马的人走去。

"先生，你想找个人帮你收干草吗？"他一边说，一边做出原定的暗号。用手碰了碰自己那顶破帽子，伸出手指去拉缰绳。那位骑手从外表看上去就像乡绅的管家。

他从马上跳下来，并把缰绳扔到马背上。

"伙计，你能干什么呀？"

牛虻摸了摸帽子。

"先生，我不仅会割草，还会修剪篱笆——"他一口气接着说，"早上你必须在圆洞的洞口，准备两匹快马和一辆马车。我在洞里等你——还有，我会刨地，先生，还会——"

"够了，我只想找个会割草的。你会吗？"

"我以前做过一次，先生。你们要注意，来的时候最好带着枪，我们可能会遇到骑巡队。不要从林子那儿走，从另一边走更安全。要是遇到暗探，千万不要停下来跟他争辩，立即开火枪就行了，我愿意去，先生。"

朝他们走来了一位衣衫褴褛的乞丐，用凄凉的声音苦苦地哀求着，"看在圣母玛利亚的份上，可怜可怜我这个苦命的瞎子吧，——赶紧走，骑巡队过来了——最神圣的天后啊，贞洁的圣女啊——里瓦雷兹，他们是来抓你的。还有两分钟他们就到了——圣徒也许会报答你的——赶紧逃吧，这里到处都是暗探。想不被发现就溜走是不可能的事情。"

马尔科尼立即把缰绳塞到牛虻手里。

"快！骑到桥上再把马放了，你最好在山谷里藏着。我们带了枪，可以抵挡10分钟。"

"不。我不能眼睁睁地看着你们被抓。你们全都靠在一起，跟着我依次开枪。将我们拴在宫殿台阶上的马也靠拢，准备好刀。我们边打边撤，当我扔帽子时，大家就砍断缰绳，跳上离自己最近的马。这样我们都能到树林那儿。"

他们说话的语调相当平静，离他们最近的人都不会怀疑他们的话题。马尔科尼牵着一匹母马的缰绳，走向拴马的地方。牛虻懒散地在旁边走着。乞丐也伸出双手跟在他们后面苦苦哀求着。米歇尔吹着口哨跟上来与那个乞丐擦身而过时，发出警告并告诉了正在树下啃生洋葱的三个农民这个消息。他们立即就站起来跟着他走。别人还没有注意到他们，七个人就都站到了宫殿的台阶上，每人的手都摁在掖在身上的手枪上。他们能轻易够得着拴在那里的马。

"在我行动前，不要暴露了自己的身份。"牛虻平静地说道，声音很清晰。"或许现在他们还没有认出我们。在我开枪后，你们再有序开枪。不要对着人，对着他们马的脚上开枪——那他们就不会追上我们了。3个人一组地开枪，剩下的装子弹。要是有人跑到我们和马中间，那就打死他。我骑那匹花马。当我扔帽子时，每人立即骑自己的马。发生什么都不能停下来。"

"来了。"米歇尔说。牛虻转过身，露出一副天真而愚蠢的惊愕表情。人们立即停止了讨价还价。

骑着马的15名武装士兵慢慢地走进集市。牛虻他们要想从人群中穿过是很难的，如果广场拐角处没有那些暗探，他们7个革命党人就能静悄悄地离开。人们的注意力现在全在那些士兵身上。米歇尔略微靠近了牛虻。

"现在我们不可以离开吗？"

"不，暗探已经将我们包围了，有个人认出我来了。刚才就是他派人去找骑巡队的上尉，跟他说我的位置。现在我们唯一的机会是打瘸他们的马腿。"

"谁是那个暗探？"

"我对准第一个开枪的人就是。准备好了吗？他们现在已经清理开一条路，准备冲向我们了。"

"闪开！"那位上尉叫道。"看在圣父的份儿上！"

人们惊恐而惶惑地向后退，士兵们朝站在宫殿台阶上的那群人冲来。牛虻从衬衫里抽出手枪，朝着靠近马匹的暗探而不是马腿开了枪。那人肯定是被打断了锁骨，应声倒下去。这声枪响后，又依次很快地响了6下枪声。与此同时，7名革命党人从容不迫地靠向马。

骑巡队的一匹马绊了一下，紧接着就倒下去了。另一匹马也是一声惨叫，随即栽下去。惊恐万分的人们发出阵阵尖叫。指挥官踩着马鞍站起来，把马刀举在头顶上。气势汹汹地发出高声短喝。

"在这儿，弟兄们！"

他在马鞍上晃了晃，身体往下一沉，倒了下去。刚刚牛虻又开了一枪，打他个正着。从上尉的军服里淌出一股细小的血流，可他拼命地想稳住自己，于是抓紧了马鬃，恶狠狠地大喊："要是不能活捉那个瘸子，就把他杀死。他就是里瓦雷兹！"

"快再给我一支枪！"牛虻冲他的伙伴叫道，"撤！"

他扔下了帽子。这招来得正好，因为那群士兵被激怒了，挥着马刀逼近到牛虻的面前。

"都将武器放下！"

突然，蒙泰尼里红衣主教在战斗中出现，一名士兵吓得大叫："主教阁下！我的天啊，你会被杀死的！"

可蒙泰尼里又上前一步，直对着牛虻的枪。

五名革命党人已上了马背，正朝崎岖的街道奔去。

马尔科尼也跳上了那匹母马。可就在快离去的瞬间，他回头看牛虻是不是需要帮忙。那匹花马就在牛虻的面前，再过一会儿，大家都会平安。可就在蒙泰尼里跨步向前时，牛虻突然晃了晃，拿枪的手也放了下去。这就决定了最后的结局。他立马就被包围了，并被摁倒在地。一名士兵拿刀背将他的手枪敲掉了。马尔科尼踩着马镫击打马肚子快跑，骑巡队的马朝他追来，山坡上响起阵阵马蹄声。即使待在这，他也会被抓住的，不但帮不了忙，而且会使情况更糟。当他离开时，回头对准最近的追兵开了最后一枪。同时，他瞧见牛虻在马匹的蹄下和暗探的脚下，满脸血迹。他还听到追捕人恶毒的咒骂，以及胜利和愤怒的呼喊。

蒙泰尼里并没在意发生什么事。他早已转身离开，试图安慰受惊吓的人们，当他在受伤的暗探面前，停下来时，他在人群的骚动下抬起头。士兵们正拖着双手被缚的俘虏穿过广场。牛虻因为痛苦和疲劳，脸色煞白。他气喘吁吁的，样子令人害怕。可他毅然转身去看红衣主教，带着微笑，低声说："恭、恭喜、喜你，主教阁下。"

过了 5 天，马尔蒂尼来到弗利。琼玛给他寄了一包印刷传单。这是他们原定表示发生了特殊紧急情况，需要他过去的信号。他想起那夜在阳台上的谈话，马上猜出发生什么事了。

"我大概知道发生什么事了。里瓦雷兹是不是被捕了？"他在走进琼玛房间时说。

"上周四，他在布里西盖拉被捕的。他拼了命地自卫，把骑巡队的上尉和一名暗探打伤了。"

"他武装抵抗了，糟了！"

"这能有什么大碍呢。他早就是重大嫌疑犯，再开几枪对他没影响。"

"你觉得他们会怎么处置他？"

琼玛的脸色显得更苍白了。

"我觉得，"她说，"我们要去查明他们下一步的行动，而不是在这儿坐着。"

"我们能成功救出他吗？"

"这是我们必须要做的事。"

他转过身，将手背在后面，吹起了口哨。这是他想办法的一般行为。琼玛并没有去打扰他，她只是一动不动地坐着，将头靠在椅背上，茫然地对前方看着，目光呆滞，神情凄然。当她展现出这种表情时，像极了丢勒的铜版雕刻《悲哀》中的人物。

"你见到他了吗？"马尔蒂尼停止踱步问道。

"还没，本来打算第二天早晨我们在这儿见面的。"

"哦，我想起来了。他现在被关在哪儿？"

"他现在被关在城堡里，看得很严。听说还给他戴上了手铐和脚镣。"

他做了个无所谓的手势。

"哦，那无所谓。只要有一把不错的锉刀，就能打开所有的锁。要是他没受伤的话——"

"听说他受了轻伤，但到底怎样我们一无所知。我觉得你最好还是让米歇尔自己跟你说事情的经过，逮捕时他在现场。"

"为什么他没被捕？难道他留下里瓦雷兹，自己离开了？"

"这不怪他，他和别人一样战斗到底，也严格执行了牛虻给他下达的命令。他们都是这么做这件事的。唯一忘了指令的人就是他自己，不然就是在最后关头，他犯了个严重的错误，否则就不会发生这种事。这事一时半会儿解释不清。稍等，我现在去找米歇尔来。"

她离开房间不久就带着米歇尔和一位膀大腰圆的山民回来了。

"这是马尔科尼。"她说，"你听说过他吧，他是一个私贩子。不久前刚到这儿，也许他能跟我们说更多的情况。米歇尔，这是塞萨雷，就是我跟你提过的人。你们可以跟他说当时的情景吗？"

米歇尔简明扼要地叙述了事情的经过。

"我也不理解为什么会这样，"最后他说，"要是我们看出他会被捕，我们不会把他丢下的。可当时他的指示非常明确，当他扔帽子时，谁都不知道他会等着他们来包围他。他就在那匹花马旁边，我还看见他砍断了缰绳。我在上马前，给了他一把装有子弹的枪。我只能猜测因为他的瘸腿，所以在上马时是不是失去平衡了。"

"不，不是这样的，"马尔科尼道，"他都没有上马。因为我的母马听到枪声后受了惊吓，所以我是最后离开的。我回头看他是不是还安全。我想要不是红衣主教突然出现，他应该会成功逃脱的。"

"什么！"琼玛轻声叫出声来。马尔蒂尼也惊讶地又说了一遍："红衣主教？"

"是的，他挡在了手枪的前面——他真该死！里瓦雷兹当时一定大吃一惊，因为他居然放下拿枪的手，另一只手还像这样举起来——"
他用左手腕挡住自己的眼睛——"然后他们都冲上来了。"

"我实在迷惑，"米歇尔说，"这一点儿也不像里瓦雷兹，他在关键
时刻从不惊慌失措。"

"他放下手枪或许是怕杀死一个手无寸铁的人。"马尔蒂尼插嘴说
道，米歇尔也只是耸耸肩。

"手无寸铁的人就不应该把鼻子伸进战争中。战斗就是战斗。要是
里瓦雷兹开枪打死了主教阁下，而不是像只温顺的兔子似的被人给抓
了，那么世上就会多一个诚实的人，少一个虚伪的教士。"

他转过身咬着他的胡须，气得都快落泪了。

"反正事情已经发展到这个地步了，"马尔蒂尼说，"再花时间讨论
当时的情景也没用。现在的问题是我们怎么安排他越狱。你们愿意冒
险，是吧？"

米歇尔甚至都不屑于回答这个多余的问题，那位私贩子也只是笑着
说："要是兄弟们不愿意，我就把他杀了。"

"好！首先我们有城堡的平面图吗？"

琼玛把抽屉打开，拿出几张图纸。

"我已将所有的平面图都画好了。这是城堡的底楼，这是塔楼的上
下层，这是垒墙的平面图。这些是通往山谷的路，这是山中小道和可藏
身的地方，这是地道。"

"你清楚他在哪个塔楼？"

"东边那个，窗户装有铁栏杆的那个圆屋就是。我在图上已经做记
号了。"

"你怎么得到这个平面图的？"

"是一个叫'蟋蟀'的人告诉我们的。他是季诺的表兄弟，在那里
当卫兵。季诺也是我们的人。"

"这事做得挺迅速的。"

"我们没有时间可以浪费了。当时季诺就到布里西盖拉去了，我们

已弄到了一些平面图。里瓦雷兹自己列出藏身的地方，你看，他的笔迹。"

"看守的士兵怎么样？"

"我们还不清楚这一情况，蟋蟀刚到这儿来，不了解其他士兵。"

"季诺必须要告诉我们蟋蟀的模样。知道政府下一步打算怎么做吗？里瓦雷兹有在布里西盖拉受审的可能性吗？或者他会被押到拉文纳？"

"我们不知道。拉文纳的确是这个教会省的省府。法律上是说重大的案子只能在那的预审法庭里受审。可法律在四大教会省显得无足轻重，掌权者个人好恶决定着一切。"

"他们不会押他到拉文纳去的。"米歇尔插嘴。

"为什么？"

"我敢肯定。费拉里上校是布里西盖拉的军事统领，也是受伤军官的叔叔。他是个报复心很强的浑蛋。因此他不会放过任何一个泄愤的机会。"

"你是说他会把里瓦雷兹留在这儿？"

"我认为他会想尽办法绞死他。"

马尔蒂尼迅速看了看琼玛。她脸色异常苍白，可当听到这些话时，她的脸色并没有变。显然对她而言，这个念头并不意外。

"但是他很难不走过场就这样做，"她平静地说，"他可能会设个军事法庭，寻找各种借口，名正言顺地宣称，这是从本城安全需要来考虑的。"

"可红衣主教呢？他会答应吗？"

"他没有权利过问军务。"

"不，他的影响极大。军事统领要是没有他的允许，也不敢采取行动吧？"

"那他永远也得不到允许，"马尔科尼打断他的话，"蒙泰尼里一直反对设立军事委员会，或者类似的东西。一旦里瓦雷兹被关到布里西盖拉，就不会有危险了。红衣主教总会袒护每个犯人。我是担心他们会不会押他去拉文纳。万一他到那儿，那就完了。"

"我们要阻止他们押他去那，"米歇尔说，"我们可以想办法在途中救他，当然从城堡救他出来又是另一回事了。"

"我认为，"琼玛说，"我们不能等着他被转移到拉文纳。我们必须在布里西盖拉就应把他救出来，我们不能再浪费时间了。塞萨雷，我们最好来研究一下城堡平面图，也许我们能想出什么法子。我已经有了个想法，可还有个问题没解决。"

"走，马尔科尼，"米歇尔站起来说，"让他们研究计划吧。下午我要去趟福亚诺，你陪我走一趟吧？文森佐应该昨天就来这儿了，可到现在他们还没有把弹药运来。"

在他们走后，马尔蒂尼来到琼玛面前，默默伸出自己的手，握了握她的手。

"你真是位好朋友，塞萨雷，"她接着说，"是个患难之交。现在我们来讨论计划吧。"

第三章

"我非常诚恳地，再次向您保证，主教阁下，您的拒绝有害于本城治安。"

虽然统领想要保持对教会高层人士尊敬语气，可他的声音里还是反映出他的恼怒。他的肝脏有问题，妻子又欠了太多的账，在过去 3 个星期里，他的脾气经受了严重的考验。公众愤怒而不满，一天天的，他们的危险情绪显然在增长；教区充满了阴谋，武器也泛滥成灾；警备部队却无能为力，以至于他都怀疑这支部队的忠诚度；而这位红衣主教几乎使他陷入绝望境地中。当和他的副官聊天时，他悲哀地将红衣主教说成是"不折不扣的顽固化身"。现在他又摊上了牛虻——一个恶魔的化身这个负担。

那个"跛脚的西班牙恶魔"把他心爱的侄儿和最有价值的暗探都打伤了，现在又扩大了他在集市所取得的战果，煽动那些看守，吓唬审问官，把"监狱变成了耍熊的场所"。他在城堡里已经待了3个多星期了，布里西盖拉当局深恶痛绝这宗买卖。

他们一次次地审问他。为了逼他招供，用尽各种手段，威胁、劝诱和计谋一齐用上了。可他却依然像在被捕当天那样诡诈。他们显然认识到最好马上押他去拉文纳，可现在已无法纠正这个错误了。在统领把捕获报告交给教皇特使时，曾要求亲自监督这一案件的审理。而这个要求也被批准了，现在他要是撤回这个要求，就丢尽了脸面，承认他不是牛虻的对手。

就像琼玛和米歇尔猜测的那样，对他而言，唯一的途径就是设立一个军事法庭。可红衣主教蒙泰尼里相当固执，拒绝答应这个要求，这又让他忍无可忍。

"我觉得，"他说，"要是主教阁下了解我们所遭受的一切，您就会改变看法了。我完全理解也接受您凭良心去反对司法程序的不当之处。可这个案子相当特殊，特殊的案子需要采取特别的措施。"

"每个案子都要求公正地处理，"蒙泰尼里说，"要是通过一个秘密军事法庭来给一个平民定罪，这不仅不是公正的，也是非法的。"

"可这个案子极其严重，主教阁下，这个犯人公开犯了数项死罪。他参加了臭名昭著的萨维尼奥暴动，要不是他逃去了托斯卡纳，斯宾诺拉大人任命的军事委员会当时就枪毙他了，或是送他去服划船的苦役。他在那之后仍一直进行密谋策划。听说他参加了国内一个怙恶不悛的秘密组织，是那个团体的重要成员。我们怀疑即使他没有唆使，也一定是同意暗杀了不下三名警察和秘密特工。他是在私运武器进教会省时现场抓获的。当时他居然抗命持枪拒捕，还打伤了两名执行任务的警官。现在他是本城治安的严重威胁。在这种案子中，设立军事法庭很必要。"

"不管他以前做了什么，"蒙泰尼里说，"他有权依法得到审判。"

"按法律的正常程序会耽搁不少时间的，主教阁下，在这件案子中，耽搁不得片刻的时间。另外，我担心他可能越狱。"

"要是存在这样的危险，你就该严加看管。"

"我当然会尽力，主教阁下，可我需要监狱看守的帮助，但他们似乎被那个家伙迷惑了。3 周内，我换了 4 次看守。我不厌其烦地处罚那些士兵，可这一点儿都没帮助。我无法阻止他们传递信件。那些傻瓜把他当成了女人，都爱上了他。"

"这很奇怪。他必定是有过人之处。"

"过人的邪恶之处——请原谅，主教阁下，但这个家伙的确能让圣人失去耐心。真难以相信，但我得亲自审问，因为一般的军官受不了他。"

"为什么呢？"

"太难解释了，主教阁下，他满嘴谎言，你只要听过就会明白。别人还以为他是法官，是审讯官犯人呢。"

"但是他哪里厉害呢？当然他可以拒绝回答问题，可除了沉默他没有武器呀。"

"他的舌头像一把刺刀。我们都是普通人，主教阁下，我们几乎都犯过我们不愿公布的错误。这是人性罢了，可让他唠叨出 20 年前犯下的错误，任谁也受不了——"

"里瓦雷兹把审讯官的私人秘密说出来了吗？"

"我们——真的——那个可怜的家伙还是一名骑兵军官的时候，审讯官就欠债了，于是从团里的资金借了一笔钱——"

"是偷了让他保管的公款吧？"

"这当然不对，主教阁下，可他的朋友马上就替他把钱补上了，这事就算了——他有很好的出身——打那以后他一身清白。至于里瓦雷兹怎么知道这个秘密，我也不知道。但在审讯时，他做的第一件事情就是把这件丑闻兜了出来——当着下属的面！还摆出一副天真的样子，像在祈祷一样！这事在教会省已经传遍了。要是主教阁下出席一次审讯，您就了解了——这事可以不让他知道。您在一边偷听就可以了——"

蒙泰尼里转过身望了望统领，脸上表现出一种不同寻常的表情。

"我是宗教使者，"他说，"不是警察暗探，我的职责不是来偷听的。"

"——我并不想惹您生气——"

"这个问题没有再讨论的必要了，要是你愿意送犯人来这儿，我答应和他好好儿谈谈。"

"我奉劝主教阁下千万不要这么做。这个家伙死性不改。所以不应该拘泥于法律，要立刻解决他，不让他再去犯罪。这样不仅更安全，也更明智。在您表达意见后，我还要斗胆请您接受我的建议。无论如何，我要对特使大人负责，维护本城治安——"

"我呢，"蒙泰尼里将他的话打断，"要对上帝和圣父负责，保证在我的教区内没有丑陋的行为。在这个问题上，要是你逼我就范，上校，那我就必须行使红衣主教的特权了。我不允许在和平时期设立秘密的军事法庭在这。明天上午 10 点，我要在这单独接见犯人。"

"听从主教阁下的吩咐。"带着愠怒的敬意，统领回答，接着就离开了。路上，他暗自嘟哝着："他们倒像一对，都是一样的固执。"

他没有和任何人说红衣主教要接见犯人，等时间到了，才让人把犯人的镣铐打开，然后将他押到宫里去。他对受伤的侄子说，贝拉姆那头驴子的杰出子孙发号施令①，就已经让人难受，可还要承担风险，以免那些士兵和里瓦雷兹及其死党串通，计划中途劫走他。

在看守的监视下，牛虻走进了屋子，当时蒙泰尼里正趴在一张堆满公文的桌子上写东西。他突然想起在一个炎热的仲夏下午，当时他也是坐在这间屋子的书房里翻看着布道手稿。和这里一样，为了不使热气进

---

①　引自《圣经》故事，贝拉姆是一位先知，他因诅咒以色列人，被他所骑的驴子用人语叱骂。这里是借此辱骂蒙泰尼里的固执。

来，百叶窗被他关着。水果贩子在外面不断叫着："草莓！草莓！"

他愤怒地甩开眼前的头发，嘴上却露出了笑容。

从公文堆里，蒙泰尼里将头抬起来。

"你们在门厅里等着吧。"他对卫兵们说。

"主教大人，请原谅。"军曹低声说，显然有些慌了神。"上校认为这个犯人非常危险，最好……"

突然，蒙泰尼里的眼里露出一道闪光。

"你们在门厅里等着。"他又平静地说了一遍。

军曹大吃一惊，敬了礼，就结结巴巴地告辞了，带着手下的士兵从房间里走了。

"请坐。"门被关上后，红衣主教说。牛虻一声不吭地坐下来。

"里瓦雷兹先生，"过了片刻停顿后，蒙泰尼里开口说，"我想问几个问题，要是你能回答，我会非常感激。"

牛虻微微笑道："目、目、目前我的主、主、主要任务就是被人提问。"

"那么——选择不回答吗？我已听说了，但那些问题是调查你案子的官员问的，他们是想用你的回答作证据。"

"那您的问题呢？"语调隐含的侮辱比言辞的侮辱更厉害，红衣主教立即就听出来了，但他神情并未失去庄严与和蔼。

"我的问题，"他说，"不管你回不回答，始终只有我们两个人知道。要是这个问题涉及你的政治秘密，你可以不回答。但要不是，虽然我们素昧平生，可我希望你能回答，也算帮我个忙。"

"我完、完、完全听从主教阁下的吩咐。"他说罢略微鞠了个躬，可脸上的表情就连最贪得无厌的人也没有勇气问。

"那么，首先，听说你一直把武器私自运进这里。你用它们做什么？"

"杀、杀、杀老鼠。"

"你这个回答太可怕了。要是你的同胞和你有不同的观点，那么你认为他们就是老鼠吗？"

"有、有、有些人是。"

蒙泰尼里靠在椅背上，静静地看了看他。

"你手上怎么了？"他突然问。

牛虻瞥了眼他的左手。"一些老鼠咬的疤、疤、疤痕。"

"不是，我说的是另只手。那看上去像是新伤。"

瘦弱而灵巧的右手满是割伤和擦伤。牛虻举起右手。手腕显然已经肿了，上面还有一道又深又长的黑口子。

"小、小、小事，这也被您发现了。"他说，"在我被捕的那天——多亏您。"——他又微微鞠了一躬——"一个当兵的人踩的。"

蒙泰尼里拿起他的手腕仔细观察。"都过了三个星期了，为什么还是这样？"他问。"都发炎了。"

"可能是被镣铐压、压、压的吧。"

红衣主教抬起头，眉头却紧锁着。

"他们一直都是把镣铐扣在新伤上的吗？"

"当然，主教阁下。这就是新伤的用途，旧伤就没什么用了。旧伤只会作痛，你不能让它们产生新的灼痛。"

蒙泰尼里又凑近仔细地端详了一遍，接着站起身，把装满外科器械的抽屉打开了。

"手给我。"他说。

牛虻将手伸去，脸上绷得就像被敲扁的铁块一样。蒙泰尼里先清洗了伤口，又轻轻地缠上了绷带。看起来他是习惯做这样的事情了。

"我会和他们说镣铐的事儿，"他说，"现在我想问你另一个问题：你接着要怎么做？"

"这、这、这个问题太简单了，主教阁下。能逃就逃，逃不了就去死。"

"为什么呢？"

"要是统领不处死我，我会被送去服划船的苦役。这个结果对我来说是一样的。因为我的身体无法承受。"

蒙泰尼里将胳膊支在桌子上，仿佛是陷入了沉思。牛虻眯起眼睛靠在椅背上，没去打扰他。他只是懒散地享受着解除镣铐后轻松的感觉。

"如果，"蒙泰尼里开口问，"你逃走了，你要怎么做呢？"

"我不是和您说了嘛，主教阁下。我要去杀老鼠。"

"你会杀老鼠。也就是说要是现在我让你逃走——假设我有权这么做——你会用你的自由鼓动暴力和流血，而不是去阻止暴力和流血？"

牛虻抬起头，望了望墙上的十字架。

"不是和平，而是宝剑①"——至、至少我要和善良的人们在一起。就我个人而言，我更喜欢手枪。"里瓦雷兹先生，"红衣主教平静地说，"我没有侮辱你，也没有看不起你的信仰和你的朋友。难道我不能在你那得到同样的待遇吗？还是你希望我是无神论者而不是谦谦君子？"

"哦，我完全忘、忘了。主教阁下在基督教的道德中，重视礼节。我想起您在佛罗伦萨的布道，当时我和您的匿名辩护者开展了一场论、论战。"

"这也是我想跟你聊的话题之一。你能告诉我这是为什么吗？你看起来对我有一种特别的恨意。要是你只是把我看成一个靶子，那当然另当别论。你的政治论战方法是你个人的事，现在我们不谈政治。可我觉得你对我有个人的恨意。要是真是如此，我想知道我是不是让你受过什么委屈，或者在其他什么方面使你产生了这样的情感。"

让他受过委屈！牛虻将缠了绷带的那只手放在了喉咙上。

"我要向主教阁下引述莎士比亚曾说的话。"他说，轻声笑了笑。"'就像那人一样，无法忍受一只无害且必需的小猫②。我就是讨厌教士。我的牙一见到法衣就疼。"

"哦，若只是——"蒙泰尼里摆出无所谓的手势，马上不再说下去

---

① 引自《圣经》，耶稣曾对他的信徒说：你们不要以为我带着和平来到世上；我带来的不是和平，而是宝剑。

② 出自莎士比亚的喜剧《威尼斯商人》。

了。"但，"他补充道，"你骂我是一回事，歪曲事实却是另一回事。你在回答我的布道时，曾说我知道那位匿名作者是谁，可你不对——我也不是说你有意说谎——可你说的不是实情。我到现在都不知道他是谁。"

牛虻的头向一边歪着，像极了一只聪明的知更鸟，严肃地望着他好一会儿，又突然仰面大笑。

"多么圣洁啊！哦，阿卡迪亚人是多么可爱而天真啊——你不知道！你没、没看出什么象征着恶魔吧？"

蒙泰尼里站起身，"我要知道，里瓦雷兹先生，论战双方的文章是不是都是你写的？"

"我知道这是件丑事。"牛虻睁着那双纯真的蓝色大眼睛回答。"但你竟然私吞、吞、吞这一切，简单得就像吞下一只牡蛎。真不该这么做，可，哦，太、太、太好玩了。"

蒙泰尼里咬着嘴唇坐了下来。他早就知道牛虻一心想让他生气，他也下定决心不管怎么样都克制自己。可现在他开始为统领的愤怒找借口。要是一个人在过去3周里，每天都与牛虻进行3个小时的审讯，有时候骂上一句，也是情有可原的。

"我们别说这个了，"他平静地说，"我之所以想见你是因为：我作为这里的红衣主教，对你的问题，要是我行使特权，那我说的话还算是有些分量的。我可以干涉对你动粗的行为。阻止你对别人动粗，对你动粗是不需要的。所以，我派人带你来这，一方面是问你有什么要抱怨——我会尽量处理镣铐的事，但或许还有其他的事——一方面我想在我表达自己意见时，你应该了解我的为人。"

"我不需要抱怨什么，主教阁下。在战争中，我们必须遵循战争的惯例。我又不是小学生，私自把武器运进省内，却还幻想政府只是拍拍我的脑袋。他们使劲揍我是很自然的事。至于我这个人怎么样，你不是听过我的感人的忏悔吗？还是你想、想、想我再做一次？"

"我不知道你在说些什么。"蒙泰尼里冷淡地说，又把玩起手里的一支铅笔。

"主教阁下肯定还记得老迭亚戈吧？"他突然变了自己的声音，像迭亚戈那样开口说，"我是一个苦命的罪人——"

蒙泰尼里手里的铅笔啪的一声被折断了。"你太过分了！"

牛虻仰面靠在椅背上，轻轻地笑了笑。他在那里坐着，看红衣主教一言不发地在屋里踱来踱去。

"里瓦雷兹先生，"蒙泰尼里说，最后，他停下了脚步，"任何人都不会像你一样对我像对付他们不共戴天的仇人那样做残忍的事。你不仅窥探了我的悲伤，还挖苦和嘲弄别人的痛苦。我再次恳求你跟我说：我让你受委屈了吗？要是没有，为什么你要对我做这种丧尽天良的事情呢？"

牛虻带着神秘、冷酷而又费解的微笑望着他，身子靠在椅垫上。

"我觉得有趣啊，主教阁下。因为你不在意所有的一切，这就使、使、使我——想起了杂耍表演——"

蒙泰尼里气得嘴唇都白了。他转身将铃摇响了。

"把犯人带走吧。"在看守进来时，他说道。

蒙泰尼里在他们走后，仍在桌边坐着，浑身气得发抖。他从没像这样生气。他将他这个教区里的教士呈交上来的报告拿起来。可他又快就推到一边。他用双手遮住了脸，靠在桌上。牛虻好像已经在他身上留下了可怕的阴影，他那幽灵般的影子还在这里游荡。蒙泰尼里坐着，浑身直哆嗦。他不敢抬头，以免看见那个根本不存在的幻影。它连幻觉都不能算。只是由过度疲劳所产生的一个幻觉。可他觉得它的阴影有一种难以言喻的恐怖——那只受伤的手，那种微笑，那张冷酷的嘴以及那双神秘的眼睛，就像深深的海水——他摆脱掉那幻觉，又重新开始了工作。这一整天，他都没空余时间，可他并不觉得烦恼。当深夜回到卧室时，他在门槛前停下来，突然感到畏惧。要是在梦中你看见那个幻影可怎么办？他立即跪倒在十字架前，恢复了自制，开始祈祷。

可他彻夜难眠。

第四章

蒙泰尼里并没有因为愤怒而忽视自己的承诺。他强烈地抗议给牛虻带上镣铐，那位不幸的统领现在毫无办法，绝望之余只得打开所有的镣铐。他满腹牢骚，对他的副官说："我怎么知道下一步主教阁下要反对什么？如果他把普通的一副手铐也称作'残忍'，那么他很快就会惊呼不该在窗户上安栏杆，或者要我用牡蛎和块菌款待着里瓦雷兹。在我年轻的时候，罪犯就是罪犯，他们就该被当成罪犯来对待，没有人会认为乱党要比小偷好，但是现在造反成了一种时髦，主教阁下好像有意鼓励这个国家的所有坏蛋。"

"为什么他要干涉，我一点儿也不懂，"副官说，"他不是教会省特使，无权插手民事和军事方面的事务。依法律——"

"法律还有用么？圣父将监狱的大门打开，放了自由派的所有坏蛋。之后，你还希望有人会尊重法律！真是瞎扯！蒙泰尼里大人当然要摆摆架子了。在前任教皇在时，他还算安稳。现在他真太妄自尊大了。他马上就得到重视，为所欲为。我还怎么反对他？可能他得到梵蒂冈的秘密特权，谁知道呢。现在黑白颠倒了。谁也不知道下一步会怎么样。过去多好啊，人们知道自己可以做什么，可现在——"

统领失望地摇摇头。这个世界太复杂了，他不能理解这一切。红衣主教竟然开始管监狱的规章制度，还谈论起政治犯的"权利"。

而牛虻在回到城堡时，神经处于亢奋状态，貌似有点歇斯底里，他无法忍受和蒙泰尼里的见面。他在绝望下恶狠狠地说起了杂耍表演，目的就是中止那次见面。他的眼泪只需五分钟，就出来了。

他在那天下午被叫去受审，并对每个问题报以阵阵抽搐似的狂笑。

统领没忍住又发了脾气，开始破口大骂，牛虻却只是没节制地笑着。可怜的统领只能怒气冲冲地大发脾气，威胁用最可怕的酷刑对付他。可最后也是总结出杰姆斯·伯顿很早前就下的结论，跟一个没有理智的人争辩只会白费口舌，徒伤肝火。

牛虻被带回牢房。他躺在地铺上，陷入低沉而绝望的情绪，他在疯疯癫癫一阵后总会这样。他一动不动地躺到黄昏，尽量什么也不去想。

牛虻在经历了上午的冲动后，处于一种奇怪的冷漠情绪中，对他而言，他的痛苦也就是沉闷的机械负担，压在某个忘了自己还有灵魂的木头上。其实无论结局如何，对他而言都没什么了。

对于还有知觉的生物而言，重要的就是摆脱难以忍受的痛苦。至于是改变外部条件，还是扼杀感觉方面，都无所谓了。或许他会逃走，或许他会被他们杀死。无论怎样，他都不会再见到她了，所以这使他感到空虚和苦闷。

牛虻在一名看守来送饭时抬起了头，默默地望着他。

"几点了？"

"六点。这是您的晚饭，先生。"

他极其厌恶地看了看臭不可闻、半热不冷的馊饭，立即转身。他不仅情绪低落，而且也觉得自己好像是生病了。他在看到食物时心中作呕。

"要是您不吃饭会生病的，"那位士兵赶紧说，"吃点面包吧，这对你有好处。"

说话的那人语调里有一种好奇的诚恳，他从盘子里拿起一块没有烘干的面包，接着又放了下来。牛虻恢复了革命党人的机警，马上猜出面包里肯定是藏了东西。

"放这儿吧，我待会儿就吃。"他故意漫不经心地说着。因为牢门开着，他知道军曹就站在楼梯那儿，他们说的每句话他都听得一清二楚。

牛虻在牢门再次被锁上后，确定没人从窥测孔里监视他，才将那块面包拿起来，小心翼翼地揉碎它。他想要的东西就在中间，一张小纸里包着一把被截短的锉子，纸上还有字。他摊开那张纸，凑近略为亮点的地方。字写得密密麻麻的，纸片及其得薄，字迹很不好辨认。

天上还没有月亮的时候，铁门就被打开了。尽快锉好，2点至3点通过走道。我们已经准备好了，或许再没有机会了。

他兴奋地把纸给揉碎了。也就是说准备工作都完成了，他只要锉断窗户的栏杆就可以了。太幸运了，镣铐也已被解下来了！他不需要锉断镣铐。有多少根栏杆呢？2根，4根。第一根得锉两处，也就是说一共是8根。哦，要是他动作很快，一整夜的时间完全来得及——这么快琼玛和马尔蒂尼就把所有的事情准备好了——包括伪装、护照和藏身的地方？他们之前肯定忙得不可开交——他们肯定是采取了她的计划。他暗自嘲笑自己愚蠢。是不是她的计划又怎样呢，只要计划好就行了！可他还是忍不住高兴起来，因为想出了利用地道主意的肯定是她，而不是像私贩子们一开始想的那样——让他爬绳梯下去。她的计划不像之前那个会危及东墙外面站岗哨兵的生命，虽然看起来更加复杂和困难。因此，当他看到这两个计划时，毫不犹豫的，他选择了琼玛那个。

具体的安排是：叫"蟋蟀"的看守朋友利用第一个机会，在他的同事不知情的情况下，将院子通往垒墙下面的地道铁门打开了，接着把钥匙挂在警戒室的钉子上。看到这个消息后，牛虻就锉断了窗户的栏杆，将衬衣撕开，将其编成一股绳子，顺着绳子下到院子东边的那堵宽墙下。当哨兵向另一个方向瞭望时，他就可以沿着墙头往前爬；他会在那人向这边张望时趴着不动。东南角的塔楼有一半都坍塌了。也就是说，在那里，塔楼被茂密的常青藤支撑着。可大块的石头都落到里面，在院子的墙边堆着。他顺着常青藤和院子的石堆爬了下去，走进院子里，轻轻打开没锁的铁门，经过过道进入相连的地道里。在几个世纪前，这条地道是连接城堡与附近山上堡垒的一道秘密走廊。现在地道已被废弃了，落进来的石头也阻塞了这一过道。山坡的这个藏得很严实的洞穴只有私贩子知道，他们将它掘开，让它与地道相连。不会有人想到违禁的货物会藏在城堡的垒墙下，当违禁的货物几个星期都藏在这里的时候，海关官员却在那些怒目围睁的山民家里搜查，结果只能是徒劳。牛虻会从这个洞爬到山上，趁黑走到一个非常偏僻的地点。在那里，马尔蒂尼和私贩子等着他。最大的困难是：并不是每天在晚间巡逻后，铁门都会都被打开。而且在天气晴朗的晚上是不可能爬下窗户的，这样就非常有可能被哨兵发现。现在好不容易有这么好的可以成功的机会，所以不能与它失之交臂。

他坐下来开始吃些面包。至少他不会对面包像监狱里的其他食物一样感到恶心，他必须吃点东西来保持体力。

最好他还是躺会儿，尽量睡会儿。十点之前就开锉窗户可不怎么安全，他必须苦干一夜。

也就是说，Padre 是愿意让他逃走的！这倒挺像 Padre。可他是永远也不会答应这么做的。这就是不行！要是他可以逃走，那也必须是靠他自己，靠他的同志们。他不会接受教士的帮助。

天气真热啊！肯定是要打雷了，空气闷得使人无法喘气。他在地上翻来覆去，把缠了绷带的右手当枕头放在后面，接着又抽出手来。这使他疼得发抖！他感觉到所有的旧伤开始隐隐作痛。它们怎么了？哦，真是荒谬！应该只是由于雷雨天在作怪。

他要睡一觉，在开始挫之前，他需要好好休息一会儿。

八根栏杆，全那么粗，那么硬！还剩下几根？还好没几根了。他肯定挫了好几个小时——连续挫了好几个小时——嗯，肯定是的，不然他的胳膊怎么会那么疼——疼得那如此厉害，简直是痛彻心扉！可是他的侧身怎么也会那么疼呢？那条瘸腿也是极度的灼痛——难道这也是不断地挫削引发的？

他立即惊醒了。不，他根本就没睡着。他一直在睁着眼睛做梦——梦见他在锉削，可他还没有开始做这些呢。他都没碰窗户的栏杆，他们还是那样坚硬和牢固。远处的钟楼敲了 10 下，现在他必须要行动了。

他透过窥测孔看去，没有人在监视他。于是他从胸前拿出锉子。

不，他不要紧——一切都不算什么！这都是想象的。侧身的疼痛肯定是因为消化不良，要么就是受凉了，要么就是其他原因吧。人们实在是无法忍受牢里的伙食和空气，在这种环境下待 3 个星期，出现这样的反应一点也不奇怪。至于全身的疼痛和发抖，一方面是因为紧张，另一方面是因为缺乏锻炼。对，就是这样，肯定是缺乏锻炼。真可笑，怎么一开始没有想到这些呢！

他或许应该坐下来歇会儿，等疼过这一阵再继续。只要歇一会儿，疼痛势必会过去的。

然而坐着不动的结果却更糟。当他坐着时，他难忍疼痛，他的脸色因为恐惧而发灰。不，他必须站起来工作，消除疼痛感。是否能感觉疼痛在于他的意志如何，他不会感到疼痛，他会迫使疼痛感离开他的身体。

他站起来开始自言自语，声音响亮而又清楚。

"我没生病，我也没时间生病。我必须把这些栏杆都挫断，我不会生病的。"

他紧接着开始锉起来。

十点一刻，十点半，十点三刻，他不断地锉着，那锉动铁条的声音是多么刺耳啊，好似有人在锉他的身体和脑袋一样。

"我都不知道哪根能先被锉断了，"他暗自低声笑了笑，"是我还是栏杆？"

十一点半。尽管他那只僵硬而又红肿的手几乎握不住工具了，但他仍锉着。不，他不敢停下来休息。一旦把那件可怕的工具放下来，他就再也没有勇气开始了。

哨兵在门外不断地走动着，短筒马枪的枪托触到了门楣。牛虻停下来往四周看了看，那只举起的手里还拿着锉子。他被人发现吗？

从窥测孔里弹出了一个小纸团，突然掉在地上。他放下锉子，俯身捡起那个由一小片纸捏成的纸团。

牛虻感觉身子直往下沉，沉入了一个无底深渊，黑色的波涛不断向他席卷来——怒吼的波涛——哦，对了！他仅仅是弯腰把那个纸团捡起来了。他头有点晕，大多数人在弯腰的时候都会感到头晕的。这不要紧——不要紧。

他捡起纸团，把它拿到亮处，平静地展开它。

不管有什么事发生，今晚都必须过来。因为蟋蟀明天就要被调往另一个地方。这是我们最后的机会。

他将纸条撕碎了，他对前一个纸条也是这样处理的。他又抓起了锉子，顽强、沉默而又绝望地继续工作着。

一点。到目前为止，他已经干了 3 个小时的活儿，挫断了六根栏杆。只要再挫断 2 根，他就可以爬——

他慢慢想起他的病过去发作的情形，最近的一次是在新年里。当他想起自己接连生了 5 夜的病后，不禁打起寒战来。可那次病痛来得不像现在这么突然，他也不知道会这么突然就犯病了。

他放下锉子，失神地伸出双手。陷入彻底的绝望当中，他开始祷告。自从他成为一位无神论者，这还是他第一次做祈祷。

他微乎其微的祈祷——为子虚乌有而祈祷——为一切的一切而祈祷。

"千万不要今晚发作啊！哦，让我明天再生病吧！明天我甘愿承受一切——只要不是今晚就行！"

他平静地站了一会儿，双手按住太阳穴。接着又抓起了锉子，重新开始工作。

一点半。他现在已经在挫最后一根栏杆了。他衬衫的袖子已被自己咬成了碎片，嘴唇也流出血来，眼前亦是一片血雾，他的前额上不断地落下汗水。可他却仍然一个劲儿挫啊，挫啊，挫的——

当太阳慢慢升起时，蒙泰尼里终于睡着了。昨晚失眠的痛楚使他筋疲力尽。一旦他能安静地睡一睡，他就开始做起了梦。

首先他的梦境模糊而混乱，破碎的形象和幻想蜂拥而至，又飘忽不定，一点儿也不连贯，可同样充满了搏斗和模糊的痛苦的感觉，同样充满了难以言说的恐怖阴影。很快他就做了失眠的噩梦，做了可怕而又熟悉的旧梦，多年来这个噩梦一直让他心惊肉跳的。在他做梦时，也依然能确定他曾经历过这一切。

在一片广阔的旷野上，他一个人游荡着，企图找到某个安全的地方，可以让他躺下来睡觉。可到处都是川流不息的人群，说话、欢笑、叫嚷、祈祷、打铃，以及撞击铁器的声音在四处响起。有时他会离开喧闹的地方躺下来，一会儿在草地上躺着，一会儿在木凳上躺着，一会儿在石板上躺着。他会把眼睛闭上，用双手遮住它们，从而挡住了亮光。他会自顾自地说："现在我要睡觉了。"然而不久人群就会蜂拥而上，叫嚷着、喊着他的名字，请求他："醒来吧！快醒来吧，我们需要您！"

紧接着他来到一个宽敞的宫殿，豪华的房间里有床榻和低矮柔软的躺椅。天已然黑了，他自言自语："我终于可以在这找一处安静的地方睡觉了。"可当他选择一个黑暗的房间，刚刚躺下时，就有人端了一盏灯走进来，残忍地对着他的眼睛照，并说："快起来，有人在找你。"

他站起来继续游游荡荡，摇摇晃晃，踉踉跄跄，似乎就是个受伤将死之人。他听到时钟敲了一下，明白已过了大半夜——上半夜是那么短暂。两点、三点、四点、五点——到了六点，全城得人都会醒来，那时就不会这样安静了。

当他走进另一个房间，正准备躺在一张床上时，有人却在床上一跃而起，叫道："这是我的床！"

他只好缩回身体，绝望地离开了。

时钟敲响了一下又一下，可他却还在游荡着，从一个房间到另一个房间，从一所房子到另一所房子，从一条走廊到另一条走廊。可怕而又灰蒙蒙的黎明靠的越来越近；时钟敲响了第五下。夜晚已经彻底过去了，可他却还是没找到可以休息的地方。哦，天啊！又一天——又一天啊！

他进了一条低矮的穹形通道，人们看不到这条长长的地下走廊的尽头。耀眼的油灯和蜡烛在里面点着，跳舞的声音、喧笑和欢快的音乐也透过格栅的洞顶传了进来。上面是活人的世界，那里肯定正在欢度节日呢。哦，到那里去找藏身和睡觉的地方吧。只要一块小地方，哪怕是坟墓也可以啊！他在说话的时候跌进一个敞开的坟墓里。这儿有种死亡和腐烂的气味——哎，无所谓了，只要能让他睡觉就行！

"这是我的坟墓！"格拉迪丝说道。她抬起头，从正腐烂的裹尸布上探出眼睛。随后他跪下来，朝她伸出了双臂。

"格拉迪丝！格拉迪丝！可怜可怜我吧，就让我在这狭窄的地方睡上一觉吧。我现在并不要求你能爱我。我也不会碰你，也不会和你说话，你只要答应我能在你身边躺着就好！哦，亲爱的，我很久没有睡觉了！我现在一天也熬不了了。我的灵魂被亮光照满了，噪声也想把我的脑子敲得粉碎。格拉迪丝，求你让我进去睡一会吧！"

他扯过她的裹尸布，企图盖在自己眼睛上。可格拉迪丝直往后退，尖声叫道："你这样做是亵渎神灵的行为，你可是一位教士呢！"

他只能继续游荡着，不多久他来到海边，站在光秃秃的岩石上。炽烈的亮光照下来，低沉而又焦躁的哀号声从大海那不断响起。

"啊！"他说，"还是大海慈悲，它不是也累得要命嘛，可依然无法睡觉。"

立即从大海探出亚瑟的身体，他大声嚷道："大海是我的！"

"主教阁下！主教阁下！"

蒙泰尼里从噩梦中惊醒了。他的仆人正在不断地敲门。他机械地爬起来，打开房门。那人瞧见了充满畏惧的主教的脸。

"主教阁下——您是生病了吗？"

他摸了摸自己的前额。

"没有，我在睡觉呢，你把我吓一跳。"

"实在抱歉，我还以为您一早就起来了，我想——"

"现在几点了？"

"九点了，统领来拜访您。说是有要事，他知道您一般起得比较早——"

"他还在楼下吗？我马上下去。"

他穿起衣服，就下楼了。

"也许就这样拜访主教阁下有点不礼貌。"统领开口说。

"没有什么重要的事情发生吧？"

"事实上事情很紧急。里瓦雷兹差点越狱逃了。"

"呃，只要他还没逃走，那就没什么危害。到底怎么了？"

"他是在院子里被人发现的。当时他正靠在铁门上。在今天凌晨三点的时候，当巡逻队在巡视院子时，有个士兵被地上的什么东西绊了一跤。

他们拿灯看后，发现是里瓦雷兹晕倒在小路上，他当时已经不省人事了。他们立马发了警报，也把我也叫去了。我看了看他的牢房，发现窗户的栏杆全被锉断了，一条用撕碎的衬衣编成的绳子挂在栏杆上。他是将自己放下去，然后沿着墙头爬。我们还发现通往地道的铁门被打开了。看来那些看守都被他们买通了。"

"可他怎么会在小路上晕倒呢？他是从垒墙上摔下去受伤了吗？"

"我一开始也是这么认为的，主教阁下。可监狱的医生没有找到摔伤的迹象。听昨天值班的士兵说，昨晚他去送饭的时候，里瓦雷兹好像病得十分厉害，没吃什么东西。可这绝对是瞎说，病人怎么可能将那些栏杆锉断，再沿墙头爬走呢？这没道理啊。"

"他自己是怎么说的？"

"他现在仍然不省人事，主教阁下。"

"仍然不省人事？"

"嗯，他只是有时醒过来，呻吟几声又昏睡过去了。"

"好奇怪。医生是怎么说的？"

"他也不知道是怎么回事。没有发现心脏病发作的迹象，他不知道为什么牛虻会昏迷。可无论如何，这病一定来得很突然，就在他快要成功逃跑的时候。恕我直言，我相信是老天直接出手把他击倒。"

蒙泰尼里略微皱了皱眉头。

"你打算如何处置呢？"他问。

"我会尽快解决这个问题的。不过现在我要好好吸取这个教训。这是拿下镣铐的恶果——请原谅，主教阁下。"

"我建议，"蒙泰尼里打断了他的话，"在他生病的时候不要给他戴上镣铐。一个人若是处于你所描绘的状况，根本就不可能再逃跑的了。"

"我会仔细留意不让他逃走了。"统领出去时暗自纳闷儿，"主教阁下尽管去悲天悯人，但这与我无关。现在里瓦雷兹已经被铐得结结实实的，以后也一直会如此，不管他生不生病。"

"可怎么会发生这种事呢？居然在最后关头昏过去，当时一切都准备好了，他被发现时就在铁门前面，太可笑了。"

"肯定是这样，"马尔蒂尼回答，"犯旧病是我能想到的唯一原因了，他必定经历了很长时间的苦撑，以至于力气都被耗尽了。于是等他走进院子时，他就累昏过去了。"

马尔科尼使劲地将烟斗里的烟灰敲去。

"呃，反正现在一切都没法了了。我们对此已是无能为力，可怜的家伙。"

"可怜的家伙！"马尔蒂尼低声应和着。他开始认识到，若是没了牛虻，这个世界一定会很乏味。

"她现在是怎么打算的？"那个私贩子问，同时向屋里扫了一眼。琼玛一个人默默地坐在那儿，双手无助地搭在膝上，眼睛茫然地看着前方。

"我还没来得及问，自从我跟她说了这个消息，她就再也没有说过话。我们最好不要去打扰她。"

她好像完全不知道他们在那里，可他们说起话来却还是低声低气的，好似他们正在看一具死尸。停了一段时间后，马尔科尼站起来，把他的烟斗放下了。

"今天傍晚，我再来。"他说，可马尔蒂尼举起手来阻止了他。

"不要走，我还有话说。"他的声音很低，几乎是耳语。"你真的认为没有可能了吗？"

"我不知道现在还有没有可能。我们也不能再尝试了。就算他的身体康复了，能做好他的事，我们也不可能做好我们的事了。因为哨兵涉嫌全都被换掉了。蟋蟀肯定再也没有机会了。"

"你难道不觉得等他的身体好了以后，"马尔蒂尼突然说，"我们还有什么可以做，从而引开哨兵吗？"

"引开哨兵？你这话是什么意思？"

"呃，我想到一个点子。圣体节那天，当游行队伍走近城时，要是我去拦住统领的去路，对他开枪，那所有的哨兵向我冲过来抓我，或许你们当中一些人可以乘乱救出里瓦雷兹。这当然不算好的计划，只是我的一个初步想法。"

"我很怀疑这事的可行性，"马尔科尼很严肃地说，"完成这件事，需要好好考虑。可，"——他停下来看马尔蒂尼——"要是可以的话——你愿意这么做吗？"

平时，马尔蒂尼或许会显得很保守，可现在不是平时了。他直勾勾地盯着那个私贩子的脸。

"我愿意做吗？"他又说了一遍。"你看她！"

不需要再解释什么了，这句话说明了一切。马尔科尼转身看向屋子的那头。

她在他们谈话之初就一动不动。脸上没有疑虑，没有害怕，也没有悲哀。什么表情也没有，只剩下死亡的阴影。看着她，私贩子眼里流出了泪水。

"快点，米歇尔！"说罢他就打开游廊的门，向外望去。

米歇尔从游廊走了进来，季诺跟在后面。

"现在，我已经准备就绪了。"他说，"我只是想问夫人——"

他正想走到她面前，却被马尔蒂尼一把抓住了胳膊。

"不要去打扰她，也别去管她。"

"随她吧！"马尔科尼接着说。"劝说对她什么用也没有。上帝知道我们都很难受，但是她更难受，可怜的人啊！"

第五章

在这一周里，牛虻的病情都异常严峻。这次病来得太凶猛了。因为害怕和困惑，统领变得越来越残暴，不仅在牛虻身上加了手铐脚镣，而且坚持把他用皮带紧紧地绑在地上。以至于他只要一动，皮带就会嵌进自己的皮肉。牛虻凭着顽强而坚定的禁欲主义精神，强忍着这一切，但是在第六天的晚上，他的坚强与自尊彻底垮下来了。他可怜巴巴地哀求狱医给他注射鸦片。医生倒是很愿意给他，可统领知道后，立即严厉地禁止"任何愚蠢的行径"。

"你不可能猜到他真正用鸦片干什么，"他说。"也许他只是无病呻吟，也许他是想用它来麻醉哨兵，或类似的坏事。里瓦雷兹可是相当狡猾的，他能做出任何事情。"

"一剂鸦片根本就不能麻醉的了哨兵。"医生说，禁不住笑出声来。"至于无病呻吟——这不可能。他也许就要死了。"

"反正我不允许你给他鸦片。要是想要别人对他仁慈点，那他就应该积极表现。应该受到严厉的管制。这对他而言，只是一个教训，警告他别再玩窗户栏杆那套把戏。"

"可法律是禁止酷刑的，"医生大胆地说，"这相当于动用酷刑了。"

"我认为法律也没有提到关于鸦片的事情。"统领厉声说道。

"当然，这需要您的决定，上校，可我建议把皮带取下来。真的没必要再去加重他的痛苦。现在不用担心他会逃跑，即使你放走他，他也没有力气站起来。"

"你真是个好医生，医生也会像别人一样做错事。我现在就是想把他紧紧地绑着，他必须这样。"

"至少，应该把皮带松一松吧。绑得那么紧，也太残忍了。"

"必须这样。谢谢你，先生，你不用跟我说什么残忍。我做什么，自然有我自己的理由。"

第七个夜晚和平常一样过去了，没有采取任何止痛措施。牢房外站岗的士兵整夜都能听到撕心裂肺般的呻吟声，他连续画着十字，浑身止不住地颤抖。牛虻再也无法忍受了。

在早晨六点，快下班前，有位哨兵打开牢门，轻轻地走进牢里。他知道自己正严重地违反纪律，可他实在无法忍受自己不走上前，对他友好地说上一句安慰的话。

他看见牛虻眼睛闭着，嘴巴张着，静静地躺在那里。他默默地站着，俯身问："先生，你需要我帮什么忙吗？虽然我只有一分钟的时间。"

牛虻将眼睛睁开了。"不用管我！"他呻吟道，"不用管我——"

牛虻在士兵溜回到岗位前就又昏迷过去了。

当统领十天后再次拜访宫殿时，却得知红衣主教去了彼埃维迪奥塔沃，目的是看望一位病人，下午才能回来。当天傍晚，他的仆人在他刚坐下，准备吃晚饭的时候，进来说："主教阁下想和您聊聊。"

统领匆匆忙忙地照了照镜子，检查军服是否整齐。他端起庄重的架子，走进接待室。蒙泰尼里在那里坐着，轻轻地敲着椅子边的扶手，眉头紧锁着，眼睛望向窗外。

"我得知你今天去找我了。"他傲慢地打断统领的客套话。他从不这样和农民说话。"大概也是我想和你聊的事。"

"是有关里瓦雷兹的，主教阁下。"

"我大概猜到了。我这几天一直在想这个问题。可在说这件事前，我倒是想知道你有没有什么新消息要跟我说。"

统领有些尴尬地用手捋了下胡须。

"我之所以去拜访您，是想知道您有没有话要跟我说的。要是您还反对我的建议，我会非常乐意地接受您的指示。因为老实说，我现在也手足无措了。"

"难道出了什么问题了？"

"下周四是 6 月 3 日——圣体节——无论如何，我们必须要在这之前解决这个问题。"

"不错，星期四是圣体节。可与这事又有什么关系呢？"

"主教阁下，要是我违背了您的指示，我感到非常抱歉。可要是在此之前还不能解决掉里瓦雷兹，我就无法保证本城的治安。因为在那天，所有的山野粗民都会聚集到这里，主教阁下，您是知道这一点的。他们非常有可能打开城堡的大门，将他劫持出去。当然因为我会采取措施防范这些，所以他们是不会成功的。我甚至会为此使用上火药和子弹。那天很有可能发生这样的事。罗马尼亚尽是这些凶悍强暴的刁民，一旦他们拔出了刀子——"

"我觉得要想防止这件事扩大，只要小心防范就可以了，倒不至于动刀动枪的。我倒是觉得这里的人们很好相处，只要对他们合理些。当然，要是你想威胁或是要挟一个罗马尼亚人，他们就有可能失去自制。可为什么你会去怀疑他们劫狱呢？"

"因为今天早上和昨天，我从我的心腹那里得知这里谣言四起，肯定是有人在图谋不轨。可我现在还不知道详细的状况。要是能查出实情来，防范措施相对容易些。可自从我经历上次的惊吓后，宁愿求稳。对里瓦雷兹这只狡猾的狐狸，我们不能有丝毫马虎。"

"我记得上次听说里瓦雷兹病得既不能动也不能说话。现在他恢复了吗？"

"现在似乎他好多了，主教阁下。他当然病得重——只要他不是在装病。"

"你为什么怀疑他装病？"

"呃，医生似乎认为他是真病了，可他病得实在蹊跷。反正现在他在恢复中，而且变得更加顽固不化了。"

"他又干什么了？"

"幸亏他什么也干不了。"统领说。一想到皮带，他就忍不住笑了笑。"可说不清他的行为。我在昨天早晨去牢里问了他几个问题。因为他的身体还没有完全康复，所以不能过来接受我的审问——当然，在他身体复原前，我认为最好还是别让其他的人知道他，以免又生出是非来。那样的话，立即又有了荒谬的谣言。"

"这么说，你去牢里审问他了？"

"嗯，主教阁下。我曾异想天开地认为现在的他是通情达理的。"

蒙泰尼里像是在审视一只不曾见过但又让人厌恶的动物那样看着统领。好在统领正把玩着自己的腰刀，不曾发觉这种眼光。他若无其事地说："我没有对他使用什么刑法，可我被迫严加管束他——特别是因为那是一座军事监狱——我曾认为宽容或许有更好的效果，因此在他能保持理智的前提下，提议放宽管束的尺度。主教阁下，您知道他的回答是什么吗？他躺在那里静静地看了看我，像一只被关在笼里的恶狼，然后他非常和气地说：'上校，我不能起来，不能掐死你。可我的牙齿还算厉害，你最好把你的喉咙离我远点。'他像一只野猫一样凶狠。"

"我并不觉得这话很意外，"蒙泰尼里回答地很平静，"可我过来是想问你：你真的认为把里瓦雷兹关在狱中，对这里的治安构成了严重的威胁吗？"

"我敢肯定，主教阁下。"

"你认为要是想保持稳定，在圣体节前就得把里瓦雷兹除掉吗？"

"我再说一遍，要是周四他还在这儿，我肯定节日那天将有一场激烈的战斗。"

"要是他不在这里，就不会有危险了？"

"如果能这样，要不就风平浪静，要不最多也就是喊上几声，扔石头罢了。要是主教阁下能想出解决办法，我能保证治安。不然，我担心会有不测。我敢肯定他们在密谋什么新的计划来劫狱，星期四就有可能是他们行动的日子。要是节日那天早晨他们突然发现他不在城堡了，他们的计划也就自然失败了，他们也不会再有机会战斗了。可要是我们想打败他们，等他们在人群中动刀动枪，我们有可能在天黑前就得毁灭那个地方。"

"为什么你不把他送去拉文纳？"

"主教阁下，要是能那样做我就谢天谢地了！可我不能保证在途中他们不会劫走他，我也没有足够的士兵来抵挡武装袭击，那些山民全有刀和明火枪，或者类似的东西。"

"所以你希望我能同意你建立军事法庭吗？"

"请原谅，主教阁下，我只请求您一件事——协助我抵制骚乱和流血，我承认军事委员会，像费雷迪上校的军事委员会，有时的确太严厉了，不仅没有起到抑制民众的作用，反而把他们激怒了。可我觉得这个案子，有必要设立军事法庭，而且极可能恢复圣父已经废除的军事委员会。"

统领结束了他简短的演说，神情相当严肃。他等待红衣主教的回复。然而对方并没有立即回话，一旦他开口，说的话又出乎统领的意料。

"费拉里上校，你相信上帝吗？"

"主教阁下！"上校瞠目结舌地说道。

"你相信上帝吗？"蒙泰尼里又说了一遍，站起来俯视他，目光虽平静，可又咄咄逼人。上校也随之站起来。

"主教阁下，我是个基督徒，不曾拒绝过赦罪。"

蒙泰尼里将胸前的十字架举起来。

"救世主为你而死，你应对着十字架发誓，你说的全是实话。"

上校一动不动地站着，凝视着十字架。他真的糊涂了，是他疯了，还是红衣主教。

"你已经请求我答应你处死一个人，"蒙泰尼里说，"要是你有胆量，你就亲吻一下十字架，跟我说你确定对防止更多的人流血是别无他法了。记住，要是你撒谎，就会危及到你那不朽的灵魂。"

沉默一会儿后，统领弯下身去，将十字架贴到唇上。

"我确定。"他说。

蒙泰尼里慢慢转身离开。

"我会在明天给你一个明确的答复。之前我要见见里瓦雷兹，单独和他谈谈。"

"主教阁下——要是您愿意听我的劝——我确定您会后悔这件事的。昨天，他通过看守带了个口信给我，他想见您。可我没有答应他，因为——"

"没有答应！"蒙泰尼里重复道，"一个人在这样的处境下给你带口信，你却不理会？"

"我很抱歉，主教阁下感到如此不高兴。我不希望这种小事打扰到您，我现在很了解里瓦雷兹，他只想侮辱您。请允许我大胆地说，你单独接近他是非常危险的行为。他真的是个危险的人——所以我觉得有必要用某种和缓的身体约束——"

"你真的觉得一个手无寸铁的病人，在和缓的身体约束下，还会有很大的危险？"蒙泰尼里带着平和的语气说道。

可上校还是察觉到他平静后的轻蔑，气得脸通红。

"主教阁下想怎样就怎样吧。"他生硬地说，"我只是不想让您听到他说的亵渎的话。"

"你认为对一个基督徒而言，什么才是不幸：听一个人说亵渎的话，还是放弃处于困境中的同类？"

统领挺直了身体站着，像用木头雕成的一样，脸上官气十足。蒙泰尼里的态度让他现在很生气，所以他显得格外客气，借此发泄他的气愤。

"您想什么时候去探视他？"他问。

"马上。"

"好。我马上派人告诉他准备一下，您稍等片刻。"

统领匆忙地离开了自己的座位。他不想让蒙泰尼里看到牛虻身上的皮带。

"谢谢，可我宁愿看到他现在的模样，不需要准备什么。我直接去城堡。晚安了，上校。明天你就知道我的答复了。"

第六章

当牛虻听到打开牢门的声音时，转过了眼睛，表情里有一种懒散的冷漠。他还以为是统领，借审问来折磨他。只看见几名士兵走在狭窄的楼梯上，短筒马枪在墙上发出磕碰的声音。接着就听见有人毕恭毕敬地说："这里很陡，主教阁下。"

他抖了一下，接着缩了缩身子，屏住了自己的呼吸。勒紧的皮带使他疼痛无比。

蒙泰尼里跟着军曹和三名看守走进来了。

"恳请主教阁下等等，"军曹紧张地说，"我已经派人搬椅子了。他现在去拿了。主教阁下，请原谅——要是我们早点儿知道您要过来，会准备好一切的。"

"没必要准备什么。军曹，让我和他单独说说话。你和你的部下在楼下等着，好吗？"

"好的，主教阁下。这是椅子。我就把它放在你的身边。"

虽然牛虻把眼睛闭着，静静地躺在那里，可他能感到蒙泰尼里看着他的眼神。

"也许他现在睡着了，主教阁下。"军曹说，可牛虻立即睁开眼睛。

"不。"他说。

蒙泰尼里在士兵们准备离开的时候，突然喝住了他们。

他们转过身，发现他正查看皮带。

"这是谁的命令？"他问。

军曹只是摸了摸军帽。

"是统领的，主教阁下。"

"我一点儿都不知道，里瓦雷兹。"蒙泰尼里说。声音里饱含痛苦。

"我和您说过，"牛虻面露苦笑地答道，"我从来都不会幻想只是被人拍拍脑袋罢了。"

"军曹，你们对他做这种事情有多久了？"

"自从他上次越狱开始的，主教阁下。"

"那就是已经有两周了？赶紧拿把刀把皮带割断了。"

"好的，医生是想将皮带拿开，可费拉里上校就是不答应。"

"马上拿刀来。"蒙泰尼里虽没有提高说话的音量，可士兵们一眼就看到他脸都气白了。军曹立即从口袋里拿出一把折刀，俯身去割皮带。他手脚并不灵活，因为他笨拙的动作反而使皮带束得更紧了。虽然牛虻尽力想保持自制，但他还是咬紧了牙关，疼得直往后退。

"你要是不会做，就把刀子给我吧。"

"啊——啊——啊！"牛虻在皮带松开后舒展了自己的胳膊，不禁长叹了一声。蒙泰尼里紧接着割断他脚踝上另一根皮带。

"去掉镣铐，军曹。做完后来这儿，我要和你谈谈。"

他站在窗边，朝外望着。军曹拿下了镣铐，走到他面前。

"现在，"他说，"告诉我这里发生的所有事情吧。"

军曹并不想。可他还是把他知晓的一切事情都告诉了他，包括牛虻的病情、"惩戒措施"和医生想要干涉的全部过程。

"可我觉得，主教阁下，"他接着说，"上校之所以给他捆上皮带是因为想得到他的口供。"

"口供？"

"嗯，主教阁下。我在前天到听上校说，他可以把皮带取下来，只要，"——他看了眼牛虻——"他愿意回答问题。"

蒙泰尼里将自己放在窗台上的手攥紧了，士兵们也相互看着。他们还没见过好脾气的红衣主教生气的模样。牛虻显然忘了他们还在那儿，只管享受松绑后的舒适。他的四肢曾被紧紧地绑着，然而现在却可以伸展自如，可以转动和扭曲，这种感觉真惬意。

"现在你们可以离开了，军曹。"红衣主教说，"你不用为自己违反了纪律而担心，你有义务回答我提出的问题。千万不要让别人来打扰我们。我和他谈完了就会离开的。"

士兵们把门关了，离开后，蒙泰尼里靠在窗台上，看了看落日，让牛虻有片刻喘息的时间。

不多久他离开了窗户，在地铺旁坐下来。"我已经知道了，"他说，"你想跟我单独聊聊。要是你觉得身体还能支撑得住，想要和我说话，我就听着。"

他说话的态度很冷漠，生硬而又傲慢。在拿掉皮带前，对他而言，牛虻是个受到严酷虐待和折磨的人。可现在，他又想起上次他们见面的情景，以及结束谈话时，自己受到的莫大侮辱。牛虻懒洋洋地枕在一只胳膊上，抬起头来。他装出一副很快乐的姿态，他也的确具备这种才能。只要他的脸不在阴影中，就不会有人知道他曾受过多大痛苦。可每当他抬起头，明净的夜色就能把他的憔悴与苍白无比清晰地显现出来，这几天他的身上烙下了受虐待的痕迹。蒙泰尼里的怒气渐渐平息下来。

"也许你一直生厉害的病，"他说，"我一点儿也不知道这些，我很抱歉。不然我早就制止这种行为了。"

牛虻耸耸他的肩。"战争中一切都是很公平的。"他冷淡地说。"主教阁下从基督教的观点考虑，不允许使用皮带。可若是想让上校也这样想，就一点也不公平了。他肯定不答应给自己绑上皮带——我也、也、也是这样想。这个问题就看方便谁、谁、谁了。目前我是犯人——你还、还、还能怎样？主教阁下能看我，我很感激。可您兴许也是出于基、基、基督教的观点才来的。看望犯人——哦，对了！我忘了。'对他们中的一个卑微小人行下功德'① ——这不算什么好话，可卑微的小人对此感谢不尽。"

"里瓦雷兹先生，"红衣主教将他的话打断，"我到这里来只是为了你——不是为了我自己。要是你刚刚没说'犯人'，那在你对我说这些话后，我是永远不会跟你说什么话了。可你享有双重特权，既是一位犯人又是一位病人，我不能拒绝过来看望你。现在我已经来了，你想说什么？或者你只想把我叫来，侮辱一位老人来取乐？"

沉默了一段时间。牛虻转过身，一只手将自己的眼睛挡住了。

"很抱歉，我想麻烦您，"最后，他嘶哑地说，"我现在可以喝点水吗？"

在窗户边有只水壶，蒙泰尼里站起来把它拿来。当他伸出胳膊将牛虻扶起时，他突然感到牛虻冰冷而潮湿的手像一把钳子似的紧紧地抓住了他。

"把您的手给我——快——只需要一会儿，"牛虻低声说，"哦，没事的。只要一分钟而已。"

他倒下去，把脸伏在蒙泰尼里的胳膊上。浑身不停地抖着。

"喝点水吧。"过了一会儿，蒙泰尼里说。牛虻默默地将水喝了，然后在地铺上闭着眼睛躺着。他自己也不知道该怎么解释，在蒙泰尼里的手碰到他的面颊时，心里产生了怎样的感受。

他只觉得他从未有过的害怕。

蒙泰尼里将椅子挪过来，接着坐下去。牛虻一动不动地躺在那里，就像一具死尸，煞白的脸拉得老长。沉默了好一会儿，他睁开了眼睛，用那种让人过目难忘的眼神死死地盯住红衣主教。

"谢谢您，"他说。"我、我很抱歉。我想——您一定问过我什么问题吧？"

"你现在最好少说话。要是你真有话想跟我说，我明天尽量过来。"

---

① 引自《福音书》。

"拜托您现在别离开，主教阁下——我没什么事。只是这几天我有些心烦意乱，一半是假的——要是您这么问上校，他肯定会跟您这样说的。"

"我更愿意自己下结论。"蒙泰尼里平静地说。

"可上校也、也、也会这样。您是知道的，有时候，他的结论相当机智。仅仅从他的外表判断，您不一定知道。可有时候，他会产生个绝、绝、绝妙的想法。比如上、上周五——我想应该是周五吧，因为日子剩下的也不多了，现在我对时间有、有点混乱——反正我想要一剂、剂鸦片——我十分清楚地记得。他走过来，说要是我告诉他是谁打、打开了铁门，他就给我鸦、鸦片。他还说：'要是你真是病了，肯定会同意；但是你不同意的话，这就证、证明了你在装。'我从来没有遇过这么滑稽的事情。这事真好笑——"

突然，他发出一阵不大和谐的笑声，然后猛地转过头，望着沉默的红衣主教。他又接着说，语速越来越快，结结巴巴的，因此，很难听懂他在说什么。

"您难道不、不、不觉得这事好、好笑吗？您当、当然不觉得好笑了，你们这些宗、宗教人本来就缺乏幽默感、感——你们以悲、悲、悲观的态度看一切事情。比、比如说那天晚上在大教、教堂里——您看起来是多么庄重啊！——我假、假装的朝圣者多、多么令人怜、怜悯！今晚您来这里，我认为您不会、会觉得有什么好、好、好笑的地方。"

蒙泰尼里站了起来。

"我是来听你说话的，可我觉得今晚你太激动了。还是让医生给你一片镇静剂，等你休息一晚上后，我们再谈。"

"休、休息？我、我会平静地入、入睡，主教阁下，只要您同、同意上校的计、计划————盎司的铅、铅绝、绝对是最好的镇静剂。"

"你说的话我一点儿也不懂，"蒙泰尼里回头诧异地说。

"主教阁下，主教阁下，诚、诚、诚实是基督教中的主、主要美德。您觉、觉、觉得我会不知、知道统领在争、争取让您同意设立军事法庭吗？您最、最好同意吧，主教阁下。换作其他的主、主教也会答应的，'大家都是这样做的。'您这、这样做也有很多好处，没有坏处！真的，不、不值得为这件事睡不着觉呢！"

"拜托你不要再笑了。"蒙泰尼里打断他的话。"你跟我说你是从哪儿知道这些的，谁告诉你的？"

"难、难、难道上校没和你说，我是一个魔、魔、魔鬼——不是一个人吗？没有？他也没、没有跟我说！呃，我只是一个魔鬼，能够发、发现人们的心事。主教阁下现在正在想我是一个极其惹人讨、讨厌的人，您肯定希望别、别人来处理我的事情，免得将您那敏感的良心扰乱了。我猜对了吧？"

"听我说。"红衣主教表情严肃地重新坐回他身边。

"不管你是如何得知的，这的确是事实。费拉里上校害怕你的朋友会再次劫狱，所以希望以你刚刚说的方法来阻止这种事情。要知道，我对你很诚实。"

"主教阁下一向很诚实。"牛虻恨恨地插了句话。

"你也知道，"蒙泰尼里接着说，"从法律上说，我是无权干涉世俗事务的。我只是一位主教，不是教皇的特使。可由于我在这里影响力很大，所以上校不会贸然采取极端的行为，他至少要有我的同意。我现在一直是无条件反对这个计划的。他也在竭力打消我的想法。他郑重向我说明，在周四民众游行时，很有可能爆发武装劫狱的事情——这将最终导致流血事件发生。你知道我在说什么吗？"

牛虻漫不经心地向窗外望着。他回过头，无精打采地说："嗯，我听着呢。"

"或许你的身体真的需要休息，无法进行这种高强度的谈话。我还是明天再来吧？这件事很重要，我希望你能集中精力。"

"可我宁愿现在就把它谈完，"牛虻带着同样的语调说，"我会把您的话听得一清二楚。"

"要是这样的话，"蒙泰尼里接着说，"因为你真有可能引起骚乱和流血，那继续反对上校的意见，我就必须承担巨大的责任。我认为他的话还是有些道理的。但在另一方面，我又觉得从某种程度上说，他的判断也有误，因为他对你不安好心，很可能夸大这种可能性。因为我已经看到这些可耻的野蛮行为了，在我看来这种可能性现在更大了。"他看了眼放在地上的皮带和镣铐，接着往下说："要是我同意，就相当于是我杀死了你；要是我拒绝，我就要冒着杀死无辜民众的危险。我很认真地考虑了这件事情，想从中找出一条新的选择来。现在我终于作了决定。"

"是想杀死我，挽救那些无辜的民众——这是基督徒做的唯一抉择。'若是右手冒犯你，就砍下来丢掉，'① 等等。我不、不幸成了您的右手，可我却冒犯了你。结、结、结论非常明显，不需要再长篇大论，您能说的直接点吗？"

牛虻有些冷漠和鄙视地说着，仿佛对此感到十分厌倦。

"呃？"他过了一会儿又问，"主教阁下，您决定好了吧？"

"不！"

牛虻换了个姿势，将双手枕在头后，眯起眼睛看着蒙泰尼里。红衣主教陷入沉思中，一只手轻轻地敲着椅边的扶手。啊，这是个多么熟悉的姿势啊！

"我决定好了，"他后来抬头说，"我是想做一件从未做过的事情。当我得知你要和我见面时，我就决定来这儿，将一切都跟你说。我也是这么做的，就是把问题让你来处理。"

"我——我来处理？"

"里瓦雷兹先生，我不是以一位红衣主教或法官的身份来你这儿的。我是作为一个看望者来你这儿的。我不会强迫你跟我说，说你的劫狱计划。我非常明白，就算你知道，那也是你的秘密，你也绝对不会说的。可你站在我的立场考虑。我已经老了，也活不了多久。我只希望我

---

① 引自《福音书》。

死时，双手不是沾满鲜血的。"

"主教阁下，它们不是已经沾满鲜血了吗？"

蒙泰尼里气得脸发白，可他尽量保持镇静，接着说："我一生都反对高压政策和残暴事件，无论在哪我都没有变过。我一直都不赞成死刑。前任教皇还在任期的时候，我因再三强烈抗议设立军事委员会而失势。现在，我也是把影响和权力都用在布施慈悲上。你要相信我说的是真心话。现在我处于进退两难的境地。要是我拒绝，本城有可能爆发骚乱，后果将不堪设想。而这么做，又会挽救一个人的生命，虽然这个人亵渎了我的宗教，诽谤、冤枉、侮辱了我本人（虽然这只是一件不足为道的事），可我坚信就算我放了他，他也还会继续做坏事。可是——这样就会挽救一个人的生命啊。"

他停了一会儿，接着说："里瓦雷兹先生，依我看你的行为都是恶意的。我一开始就知道你是个胡作非为、凶狠残暴并无法无天的人。从某种程度上说，我还是这样看待你的。可在之前的两周里，我又觉得你勇敢、忠于自己的朋友。那些士兵也热爱你，钦佩你；这不是每个人都能做到的。我想或许我误解了你，你肯定存在着某种美好的品质，而从外表上是看不出来的。我向你心中善良的一面郑重地恳求，凭良心跟我说实话——站在我的立场，你打算怎么办？"

接着是一阵漫长的沉默，牛虻渐渐抬起头。

"至少我会自己拿主意，勇敢地承担后果。我不会装作一副懦弱的基督徒模样，低三下四地跑到别人面前恳求帮助！"

这阵攻击来得太过突然，猛烈的言辞和激愤的情绪与之前懒散的态度形成鲜明的反差。牛虻仿佛突然间扔掉了自己的面具。

"无神论者都知道，"他愤怒地说，"要是一个人必须要承担一件事情，他就应该去承担。就算他被压垮了——哼，那也是他活该。而基督徒则会跑到上帝或者他的圣徒面前哭号；要是他们不能帮他，他还会跑到敌人面前哭号——反正他总要找个靠山，借此拿下自己的负担。难道你的《圣经》、你的弥撒书和你的那些伪善的神学书里明确规定了你必须要问我怎么做决定吗？天啊，你居然这样！我的负担难道就不重吗？你一定要把你的责任加在我的肩上？找你的耶稣吧，他不是说要将一切献出么，你就那么做吧。反正你只不过杀了一个无神论者——一个咬不准'示潘列'①的人，这也不算什么大罪！"

他停下来喘了口气，又慷慨陈词道："你居然说起了残暴！哼，那个笨蛋就算花一年也不能像你这样伤害我；他没有脑子。他能想的办法只是抽紧皮带，要是抽不紧了，他也没有办法了。笨蛋们都会这么做的！可你呢——'自己签上死亡判决书吧，我太仁慈了，下不了这个手。'哦！基督徒才会想到这个法子——一位性情温和、以慈悲为怀的基督徒，看到皮带抽得太紧，就会脸色发白！您在进来的时候，就像天使一样慈祥——见到上校的'野蛮行径'显得那么震惊——我应该就明白就要上演好戏了！您为什么用这样的眼神看我？伙计，当然我还是会同意的，回家吃饭去吧。这事不值得这么费心思。跟上校说，他既可以枪毙我，也可以绞死，怎么方便就怎么做吧——只要他愿意，把我活生生地拷死可也是可以的——这事就这样定了！"

他几乎都认不出牛虻了。在愤怒和绝望之余，牛虻早已身不由己。他不断地喘着粗气，且浑身发抖着，他的眼睛像是一只正在发怒的小猫，还闪现出绿色的光。

蒙泰尼里站了起来，默默地俯视他。他不知道自己受这样指责的原因，可他知道他是在情急下才会说那样的话的。知道了这一点，他也就原谅了之前牛虻对他的侮辱。

"嘘！"他说，"我不想伤害你。我真没想过把自己的负担转移到你身上，你的负担是够多了。我从未对活人做过——"

"说谎！"牛虻两眼直冒火，大声地说，"你主教的职位是怎么得到的？"

"主教的职位？"

---

① 引自《圣经》之《旧士师记》中的故事。

"哈！您忘记了，是吗？这么容易就忘了！'如果你希望我不去，亚瑟，我就说我不去。'你居然让我来做决定——我，当时只有十七岁啊！要是这还不算丑陋的行径，那就太可、太可、可笑了！"

"住嘴！"蒙泰尼里绝望地叫了一声，并用双手将自己的脑袋捂住了。他又将手垂下来，慢慢地走到窗前。在窗台上坐了下来，一只胳膊支在栏杆上，前额抵着胳膊。牛虻躺在那里望着他，身体不停地抖着。

蒙泰尼里很快站起身，走了回来，嘴唇如死灰般煞白。

"很抱歉。"他说，楚楚可怜地打起精神，尽力保持从容不迫的神情。"可现在我必须走了。我——身体不舒服。"

他就像患了疟疾似的全身直哆嗦。牛虻所有的愤怒都烟消云散了。

"Padre，您难道还不知道——"

蒙泰尼里直向后退，站在那里不敢动。

"希望不是！"他最后低声说。"上帝啊，千万不是啊！我肯定是在发疯——"

牛虻勉强用一只胳膊抬起身体，将蒙泰尼里的双手一把抓住。

"Padre，难道您真的以为我被淹死了吗？"

突然间，那双手变得又冷又硬。一会儿工夫，一切都那样的寂静，蒙泰尼里随后跪下来，把脸伏到牛虻的胸前。

当他抬起头时，太阳早已落山，西边的晚霞也正暗淡下来。他们已然忘了时间和地点，忘了生死，忘了彼此是敌人。

"亚瑟，"蒙泰尼里低声呼唤，"真的是你？你从死亡那头回来了吗？"

"从死亡那头——"牛虻全身颤抖着重复。他躺在那里，将头枕在蒙泰尼里的胳膊上，就像生病的小孩偎依在母亲的怀里。

"你回来了——你可算回来了！"

牛虻长叹一声。"嗯，"他说；"可您必须要和我斗，不然就把我杀了。"

"哦，Carino，不要再说话了！现在说那些有什么意义！我们就像在黑暗中迷失的两个孩子，错把对方当成幽灵。现在我们已经把对方找着了，我们现在正走向光明的世界。可怜的孩子，你的变化太大了——变化太大了！你就像是历尽了世界上所有的苦难——你过去的生活可是充满了欢乐啊！亚瑟，真是你吗？我常常做梦梦见你回来了，可接着我就醒了，只能看见外面的黑暗凝视着一个空荡荡的地方。我要怎样才能确定我不会再次醒来，发现不是梦呢？给我一些证据——把事情的全部过程跟我说吧。"

"过程很简单。我当了一回偷渡客，藏在一只货船上，去了南美。"

"然后呢？"

"然后我就——活着呗，要是你愿意的话，后来——哦，除了在神学院，您教过我哲学，我还知道一些其他的事情！您说您梦到过我——是啊，我也梦到过您——"

他不再说话了，只是身体还在颤抖着。

"记得有次，"突然，他又说，"我在厄瓜多尔的一个矿场做事——"

"矿工吗？"

"不，是矿工的下手，——跟苦力打些散工。我们在矿井口边的一个工棚内睡觉。有个晚上——我像这几天一样，一直在生病，在烈日下还要扛石头——当时我一定是头晕了，因为我看见您在门口，举着一个十字架。您当时正在祈祷，头也不回一下地从我身边走过。我请求您帮帮我——给我一瓶毒药，或是一把刀子——让我在发疯前把一切都了结了。可您——啊——！"

他抬起一只手将眼睛挡住了。蒙泰尼里却仍抓住另一只手。

"您的脸色已经表明您听到我的呼唤了，可您却依然不回头。当您祈祷完，吻了吻那个十字架，接着回头看了看我，低声说：'抱歉，亚瑟，可我不能表现出来。上帝会不高兴的。'我看向他，那个木雕一样的偶像正在狂笑。

"接着我就醒了过来，看见工棚和患有麻风病的苦力，我全都知道了。您更关心的是怎么向您的上帝邀宠，而不是救我。我一直都没有忘记这件事情。只是在您刚刚碰我的时候，我给忘了。我——一直都生着病，虽然我曾经爱您。可现在我们之间只剩下战争、战争还有战争。为什么您抓住我的手？难道您还不知道，只要您继续信仰耶稣，我们就只能是敌人吗？"

蒙泰尼里将头低下来，吻向那只残疾的手。

"亚瑟，我怎么可以不去相信他呢？回想起来这些年太可怕了，可我一直对自己的信念很坚定。现在他已经把你还给我了，我怎么还去怀疑他呢？不要忘了，是我把你杀死了。"

"你现在还必须这么做。"

"亚瑟！"他带着恐惧喊出这一声，可牛虻并未察觉，他接着说："我们还是诚实点吧，不管接下来要怎么做，我们再也不要犹犹豫豫了。我们站在一个深渊的两侧，要想隔着深渊携起手来是根本不可能的事情。要是您认为您无法做到，或者不愿放弃那东西，"——他瞄了眼墙上的十字架——"您就必须同意上校的意见——"

"同意！上帝啊——同意——亚瑟，可我是爱你的啊！"

牛虻的脸扭曲得可怕。

"您到底更爱谁呢，是我还是它？"

蒙泰尼里慢慢站了起来。他的心因遭受恐怖而渐渐焦枯，他的肉体似乎也在萎缩。他慢慢变得虚弱、衰老和憔悴，就像被霜打的一片树叶。他开始从梦中惊醒，外部的黑暗正凝视着一个空荡荡的地方。

"亚瑟，请你可怜可怜我吧——"

"当您欺骗我，让我变成甘蔗园的奴隶时，您可怜我了吗？怎么您一听到这个就气得发抖了呢——呵，你们这些仁慈的圣人啊！你们是讨上帝欢心的人——这个人对自己的罪过进行了忏悔，还活下来了。只是他的儿子死了。您居然说您还爱着我——您害我害得够惨的了！您觉得可以一笔勾销，说几句好听的话就能让我变回以前的亚瑟吗？我曾在肮脏的妓院里洗盘子；我曾给比畜生还要凶蛮的农场主当马童；我曾在杂耍班子里当小丑，还要戴着帽子，挂着铃铛；我曾在斗牛场里为斗牛士做各种事情；我曾屈服于任何欺负我的混蛋；我还必须忍饥挨饿，被人吐唾沫，被人踩在脚底；我曾乞讨发了霉的残羹冷炙，却被人拒绝，因为狗要先吃。哼，说这些还有用吗？我怎么才能把你加在我身上所有的痛苦说出来呢？现在——您却说爱我！您对我的爱有多深呢？足够为了我而放弃上帝吗？哼，他为你干什么了？这个永恒的耶稣——他为您受过罪么，居然让您爱他超过我？您就为了被钉穿的双手而爱戴他吗？那你看看我吧！看看这儿，还有这儿，还有这儿——”

他将自己的衬衣撕开，露出那些可怕的伤疤。

“Padre，您的上帝是个骗子。他的伤都是假的。他是在演戏！我才应该获得您的心！Padre，您让我受够了各种苦难。你要是知道我曾过的是什么样的生活就明白了！可我还没死啊！我还必须得忍受一切折磨，耐心地把握住自己的心灵，因为我还会回来的，和您的上帝继续斗争。这就是我的目的，把它作为盾牌来捍卫内心，只有这样我才不会发疯，不会第二次死去。现在，等我回来后，却发现他仍霸占着我的位置——这个虚伪的受难者，他在十字架上只是被钉了六个小时，然后就死而复生！Padre，我在十字架上足足被钉了五年，我也死而复生了。可您打算怎么做？您要拿我怎么办？”

他没法说下去了。蒙泰尼里就像一尊石像在那坐着，或者就像被扶着的死人。一开始听到牛虻绝望的慷慨陈词时，他有些发抖，肌肤机械地收缩着，就像被鞭子抽了一样；可现在的他十分镇定。经过漫长的沉默后，他最终抬起头，沉闷而又耐心地说：“亚瑟，你再跟我说得清楚些吧？我被你弄糊涂了、吓坏了。我听不懂你的话。你是对我有什么要求吗？”

牛虻转过身望着他，脸色阴森又可怕。

“我不要求什么做什么。谁会逼别人去爱他呢？您只要在我和上帝中做出选择，看您最爱哪个。要是您最爱他，您就选择他吧。”

“我还是不懂，”蒙泰尼里无力地回答，“我还能选择什么呢？对过去，我是无法弥补的。"

"可您必须选出一个。要是您爱我，就把您脖子上的十字架取下来，跟我一起离开吧。我的朋友正安排新的劫狱计划，要是您愿意帮忙，他们会更容易些的。接着等我们平安地越过边境，您就公开承认我是您的儿子。可万一您做不到这些——要是这个木雕的偶像比我重要——那么您就去找上校，告诉他您同意他的意见。要是您想去，那请您马上就去吧，免得我看着你而感到痛苦。我已经受够了。"

蒙泰尼里将头抬起头，微微颤抖着。他开始明白了牛虻的话。

"我一定会和你的朋友联系。可——跟你一起离开——这我做不到——我是一位教士。"

"那我不能接受您的帮助了。Padre，我不能妥协。我厌倦了妥协，吃尽了妥协的苦。要么您放弃教士的职位，要么您放弃我。"

"可我怎么才能放弃你呢？亚瑟，我怎能做到呢？"

"那你就放弃他吧。您必须选择的。难道您想分我一部分爱——一半给我，一半给上帝吗？我不会接受他不要的东西。要是您是他的，您就不是我的。"

"你真的要把我的心撕成两半吗？亚瑟！亚瑟！你要逼疯我么？"

牛虻拍着墙壁。

"您必须选择。"他又重复说。

蒙泰尼里从他的胸前取出一个装着一张又脏又皱的纸的盒子。

"请看！"

我信任过您，就像我曾信任过上帝。上帝是个泥塑的东西，我用锤子就可以轻易砸碎它。可您却用谎言欺骗了我。

牛虻大笑起来，接着把它递回去。"19 岁的小孩多么天、天真烂漫！拿起锤子砸碎它们看起来多容易啊。现在也是——可是我在锤子下了。您或许还可以用谎言欺骗很多人——也许他们不会发现。"

"你爱怎么说就怎么说吧，"蒙泰尼里说，"要是我在你的处境上，我也会像你一样残忍无情——上帝知道。我不能按照答应你说的，亚瑟，可我会力所能及地帮你。我会安排你离开，等你平安后，我会死在山里，要么吃了过多的安眠药——随便你吧。你答应吗？可我只能这么做了。虽然这是一项大罪，可我相信他会原谅我的。他很仁慈——"

牛虻摊开双手，尖锐地叫出声来。

"哦，这太残忍了！太残忍了！我究竟做什么了，以至于你会这样想我？您凭什么——就好像我在报复您似的！您难道没有觉察到我只是想救您吗？您难道永远都不理解我是爱您的吗？"

他一把抓住蒙泰尼里的手，开始炽烈地亲吻着它们，很快上面就沾满了泪水。

"Padre，和我离开吧！您与教士以及偶像的冷漠世界是没有任何关系的。它们只剩下久远的尘土，它们已腐烂了，臭气熏天！请您走出瘟疫肆虐的教会——跟我们走向光明吧！Padre，我们才是充满了生命和青春，我们才是永恒的春天，我们才是未来！Padre，我们很快就会迎来黎明——日出时，您不再会失望。快点清醒吧，忘记那可怕的噩梦——快点清醒吧，重新开始新的生活！Padre，我一直都是爱着您的——一直都爱着您呢，即使当初您杀死我时——难道您还会再次杀我吗？"

蒙泰尼里将自己的双手从牛虻那里抽开。"哦，上帝啊，可怜可怜我吧！"他发出绝望的叫喊。"你拥有像你母亲那样的眼睛！"

他们陷入了一阵诡异的静默中，是那么得长久、深沉和突然。在灰蒙蒙的黄昏中，他们对视着，心灵因害怕而不再跳动。

"你还想说什么吗？"蒙泰尼里低声问，"可以——给我一点希望吗？"

"不。我的一生除了和教士斗争就再也没有别的了。我不是一个纯粹的人，而是一把刀子。要是您想让我活命，您就得答应动用刀子。"

蒙泰尼里转身望向十字架。"上帝！听听——！"

在空洞的静寂中，他的声音渐渐消失了，没有回音。只是牛虻又变成了那个冷嘲热讽的恶魔。

“大点声，或许他睡、睡、睡着了——”

蒙泰尼里像是被突然打了一样地吓了一跳。很长时间都站在那里，呆呆地望着前方——然后坐回到地铺上，用双手遮住了自己的脸，哭出声来。牛虻也不停地颤抖着，身上直冒冷汗。他明白那些泪水的含义。

他为了不去听那些哭声，把床单拉起来盖在自己的头上。他想死了算了，这就足够他受得了——他曾那么洒脱，那么美好地活着。可现在他不能堵住那声音；它在耳边不断响起，不断地敲打着大脑，冲击着脉搏。蒙泰尼里还在没完没了地哭，泪水不断地从他的指缝中落下来。

他终于不再哭泣，开始用手帕擦干自己的眼泪，就像是个刚哭完的小孩。在他站起来时，手帕从他的膝上掉下来了。

“再继续说下去也于事无补了，”他说，“你懂吗？”

“嗯。”牛虻默然而又顺从地说道。“这不算您的错。您的上帝饿了，您必须要喂他。”

蒙泰尼里转过身望着他。坟墓都不会比他们更寂静。他们只是默默地互相对视着，就像一对生离死别的情人，隔着他们无法超越的障碍。

牛虻先低下眼睛。他缩着身体、捂着脸。蒙泰尼里知道这是让他“走”的动作！他转过身，离开了牢房。

可过不了多久，牛虻就惊跳起来。

“哦，我再也受不住啦！Padre，回来！回来！”

可牢门却被关上了。他慢慢地转过头，眼睛剩下呆滞。他知道一切都结束了。那个加利利人①赢了。

这一夜，院子里的茅草都在轻轻地摇晃着——茅草就快枯萎了，被人用铲子连根拔起。整夜牛虻都在黑暗中哭泣。

---

① 指耶稣基督。

第七章

周二上午是军事法庭开审的日子。审判只是流于形式,仅仅二十分钟就草草结束了。其实也没用什么事情可以占用太长时间,犯人不可以辩护,而仅有的证人也就是负伤的暗探和军官,还有几名士兵,因此他们提前起草了判决书。蒙泰尼里派人过来转达了同意的意见。法官(费拉里上校、本地龙骑兵少校和瑞士卫队的两名军官)也不需要做什么事的。他宣读了起诉书,证人也作了证,判决书上签了字,随后又正式地向犯人读了一遍。犯人静静地听着,依据惯例问了他有什么意见要表达的,他仅仅是不耐烦地挥挥手,打发了这个问题。蒙泰尼里丢下的手帕被他藏在胸前。昨夜他一直吻着那个手帕哭泣,好像它就是一个活人一样。现在他看起来很憔悴,无精打采的;眼睑还留有泪痕。"枪毙"这个词并不能影响他很深。在这个词被读出的时候,他只是瞳孔略微放大了些罢了。

"押他回牢房。"在所有形式化的事情结束后,统领说。军曹好像快哭出来了,他碰了碰牛虻的肩膀。可牛虻却一动不动地在那里坐着。他只是微微一惊,转过身。

"啊,对,"他说,"我忘了。"

统领似乎也表露出怜悯的神情。他并非残忍,在私下里,他也对自己在这个月里的行为而感到些许的羞愧。现在他已经做了自己一直想做的事情,所以他愿意在范围内做出小的让步。

"不用再给他戴镣铐了。"他说,同时望了望牛虻红肿的手。"让他在自己的牢房里待着吧。死囚室漆黑又阴沉。"他接着说,立即转向他的侄子,"这只是一个过场罢了。"他连连咳嗽,改变了站立的姿势,感到有些局促。他随后将军曹叫了回来，此时他正在押着犯人呢，"等等，军曹。我有几句话要和他说。"

牛虻没有动，没有对统领的话做出任何反应。

"要是你想给朋友和亲人留个交代——我想，你有亲人吧？"

牛虻还是没有作声。

"好吧，想想再跟我说吧，或是跟牧师说。我答应做到。你最好找牧师吧，他一会就来了，他会陪你度过今晚。要是你还有别的嘱托——"

牛虻抬起头。

"跟牧师说，我想一个人。我没朋友，也不需要交代什么的。"

"可你必须忏悔呀。"

"我是无神论者，我只需要安静，不想被打扰。"

他带着单调而又平静的语调说着，没有蔑视也没有生气。他缓缓地转过身，在门口他又停下来。

"我忘了，上校。我有一件事情想请求你。明天不要让他们将我绑起来，也不要将我的眼睛蒙住。我会老实地站在那里。"

周三的凌晨，他们将牛虻带进院子。他的腿瘸得更厉害了，走起路也是很困难的样子，好像疼得很厉害。

他重重地靠在军曹的胳膊上。可却没有倦怠下的温顺。曾在黑暗中，将他压垮的幽灵般的恐怖，那个阴影世界的幻象和噩梦，以及产生这一切的黑夜都不存在了。一旦太阳重新升起，他的敌人就会激起他的战斗意志，他就会无所畏惧。

六名执行枪决的士兵扛着短筒马枪，靠在长满常青藤的墙壁边，站成了一排。越狱失败的那晚，他曾爬上这堵满是窟窿，看起来摇摇欲坠的墙壁。他们站在一起就好像快要哭出来了，每个人都拿着短筒马枪。竟然派他们来枪毙牛虻，他们认为这是一件令人亡魂丧胆的坏事，真是难以想象。他以及他尖刻的反击，永无止息的笑声，豪爽又有感染力的勇气，全填塞在他们沉闷而贫乏的生活中，就像游离的阳光。可他马上就要死了，还是死在他们的手中，这种事情这对他们而言，就像亲手泯灭天堂里的明灯一样。

他的坟墓在院子里那棵硕大的无花果树下正等着他。这是昨夜一个毫不情愿的人挖的，铁锹上还滴上了他的泪水。当他走来时，面带微笑地垂下了头。望着这个黑洞洞的土穴和旁边枯萎的茅草，他长长地吸了口气，闻着刚刚翻过的泥土所散发出的清香。

军曹在大树边停了下来，牛虻回过头，露出灿烂的笑容。

"军曹，我就在这儿站着吗？"

那人只是默默地点头。他的喉咙有些哽咽，无法正常说话了，他救不了他。院子里站着统领、他的侄子、指挥枪决的马枪士兵中尉、医生以及牧师，他们神情严肃地走上来，看到牛虻含笑的眼睛里透出的铮铮傲气，他们都有些慌张。

"早上好，先生们！啊，尊敬的牧师这么早来了啊！上尉，你还好吗？我们这次见面愉快得多吧？你怎么还吊着膀子？肯定是我当时那一枪没打准。这帮兄弟会打得很准——小伙子们，是吧？"

他望了望士兵们阴郁的面孔。

"这次不用悬带了。好啦，好啦，不要凄凄惨惨的！把你们的脚并起来，向我展示一下你们的枪法。不用花很长时间，你们有更多的事情要去做，多得自己都无法想象，之前可没机会去练习。"

"我的孩子。"牧师走上前，中断了他的讲话，同时，其他人都往后退，让他们单独交谈。"再过几分钟，你就要去造物主那儿。给你最后几分钟来忏悔，你能做点别的吗？你想要是不忏悔，你所有的罪恶都在头上，那你躺在那里是件多恐怖的事啊。等你站在审判者面前，再忏悔那就太晚了。难道你想一边开玩笑，一边走近威严的神座吗？"

"尊敬的牧师，你在说笑吗？我看只有你们才需要这小小的训条。而我们将会用大炮，而不是六支破旧的短筒马枪，到那时，你就会知道我们要开什么玩笑了。"

"你们将会用大炮！哦，可怜的人啊！你居然还死性不改，没意识到自己正站在深渊的边缘吗?"

牛虻扭过头,看了看敞开的坟墓。

"也就是说,尊敬的牧师觉得当你们把我扔到里面,就算把我处置好了?也许你还要放块石头,防、防、防止我死后三天复、复生吧?不用担心,尊敬的牧师!我不会去表演了。我会像一只老、老鼠,安静地躺在那里。无论如何,我们都会动用大炮。"

"哦,仁慈的上帝啊,"牧师叫道。"宽恕这个可怜人吧!"

"阿门!"马枪士兵中尉喃喃地说,声音低沉又浑厚。上校和他的侄子也虔诚地画了个十字。

因为就算牧师再坚持下去也不会得到好的结果,所以不再努力。他走到牛虻身边,摇头晃脑地吟诵了一段祈祷文。简短的准备工作没花多少时间,紧接着就结束了。牛虻很自觉地站在指定的位置上,回头看了一眼绚丽的日出。他再次要求不要将他的眼睛蒙住,他那傲气凛然的表情迫使上校同意。他们俩都忘了他们在折磨那些士兵。

他满脸笑容地面对他们站着,短筒马枪在他们手中不断抖动着。

"我已经就绪了。"他说。

中尉跨步向前,激动得颤抖起来。他从未下过死刑的命令。

"预备——举枪——射击!"

牛虻晃了晃,立马恢复了平衡。一颗子弹打偏了,把他的面颊擦破了,白色的围巾上滴了几滴鲜血。另一颗子弹又打在膝盖上。在烟雾散去后,士兵们却看见他还在笑,用那只残废的手擦着面颊上的血。

"伙计们,你们的枪法太差了!"他说。声音清晰又响亮,那些可怜的士兵看得目瞪口呆。"再来一次。"

一片呻吟声从这排马枪士兵那里发出来,他们都在瑟瑟发抖。每个人都往一边瞄准,希望致命的子弹是其他人射出的。牛虻在那里站着,冲他们微笑。他们把枪决变成了屠杀,并还要再次开始这件可怕的事情。突然,他们有些失魂落魄。放下短筒马枪,无奈地听军官愤怒的咒骂和训斥声,非常担忧地看着已被他们枪决却没被杀死的犯人。

统领朝他们的脸晃动着拳头，凶狠地命令他们各就各位，再次举枪，快结束这件事。他和他们都很心慌意乱，不敢去看那个站着不倒的人。当牛虻说话时，当他听到那个冷嘲热讽的声音时，他就吓了一跳，浑身不停地发抖。

"上校，你领着一支很差的行刑队！我看能不能教导他们一下。好了，伙计们！高举你们的枪，往左一点。打起精神来，伙计，要知道你们拿的是马枪，不是煎锅！准备好了吗？来吧！预备——举枪——"

"射击！"上校冲上前叫道。这个家伙居然给自己下死刑，太过分了。

又是一阵乱七八糟的射击。队形都被打散了，瑟瑟发抖的士兵又挤在一团，瞪大了眼睛向前张望。还有个士兵没有开枪，他将马枪丢下了，蹲着不断呻吟："我不能——我不能！"

当烟雾渐渐散去，又冉冉升起，消失在晨曦中的时候，他们发现牛虻倒了下来，可又很快发现他还没死。刹那间，士兵和军官都站在那里，好像变成了石头。他们看着那个可怕的东西不断地在地上扭动着、挣扎着。接着医生和上校跑上去，惊叫了一声，因为他正以一只膝盖撑起全身，对着士兵放声大笑。

"还是没有打中！再来——一次，小伙子们——看看——要是你们不能——"

他突然摇晃起来，接着就往一侧倒了下去。

"他是死了吗？"上校低声问。医生跪了下来，一只手搭在血淋淋的衬衣上，轻声回答："我想是吧——感谢上帝！"

"感谢上帝！"上校重复说。"总算结束了！"

他的侄子碰了碰他的胳膊。

"叔叔！红衣主教来了！他在门口，好像想进来。"

"什么？他可不能进来——我不能让他看到这些！卫兵在做什么？主教阁下——"

大门打开后又被关上了，蒙泰尼里站在院子里，傻傻地看着前方。

"主教阁下！请原谅——您不适合这个场面！我们刚刚结束枪决，尸体还没——"

"我就是来看他的。"蒙泰尼里说。这时统领从他的声音和举止上觉察到很奇怪，他就像是个梦游的人。

"哦，上帝啊！"一名士兵突然叫起来，统领也马上回头看。果然——

那个血肉模糊的身体在草地上再次挣扎着，开始呻吟起来。医生弯下身，将牛虻的脑袋托在到自己的膝上。

"快！"他绝望地叫道。"你们这群野蛮的人，快！求求你们，赶紧结束吧！太让人忍无可忍了！"

大量的鲜血涌到医生的手上，牛虻的身体在他怀中止不住地抽搐，使得他也浑身颤抖着。他发疯似朝四处望，想找个人来帮他。这时，牧师弯下身来，把十字架放到牛虻的嘴上。

"以圣父和圣子的名义——"

牛虻靠在医生的膝盖，慢慢抬起了身子，睁大眼睛直视着十字架。

在寂静中，他慢慢举起已被打断的右手，推开十字架。耶稣的脸也抹上了鲜血。

"Padre——您的——上帝——高兴了吧？"

他仰头倒在了医生的胳膊上。

"主教阁下！"

因为红衣主教还处在恍惚中，所以上校又大声地喊了一遍。

"主教阁下！"

蒙泰尼里抬起头。

"他死了。"

"真的死了，主教阁下。您不想回去吗？这种场面太可怕了。"

"他死了。"蒙泰尼里又重复了一遍，再次俯身看着那张脸。"我碰了碰他，他是死了。"

"你还指望中了六发子弹的人活着吗？"中尉轻蔑地低声说。医生小声回答："我猜看到了流血，主教阁下有些惶恐。"

统领紧紧地抓住了蒙泰尼里的胳膊。

"主教阁下——您别看他了。让牧师送您回去吧？"

"嗯——我马上走。"

他慢慢转身离开了那血迹斑斑的地方，牧师和军曹跟在他后面。他在门口停下来，带着幽灵般的宁静和惊愕回过头。

马尔科尼在几个小时后，走进山坡上的小屋，跟马尔蒂尼说不需要那么拼命了。

第二次营救计划因为比前一个要简单些，所有准备工作很快就全部完成了。营救安排在第二天的上午，按计划当游行队伍经过城堡所在的小山时，马尔蒂尼会冲出人群，从胸前拔出手枪，向统领开枪。二十名武装人员在接着的混乱中，突然冲进大门，撞开城堡，强迫看守，闯进犯人牢房，把他背走，对任何一个企图干涉的人采取杀死或是制伏的手段。他们从大门的地方边打边撤，掩护另一队骑马的武装私贩子撤退。

牛虻会被第二队人马会把送进山里，隐藏起来。只有琼玛一点也不知道这个计划，因为马尔蒂尼特别要求要瞒住她。"若是知道这个计划，她会伤心欲绝的。"

当那个私贩子走到花园里时，马尔蒂尼打开玻璃院门，走出游廊来迎接他。

"马尔科尼，有新消息了吗？啊！"

私贩子只是将草帽推到了脑后。

他们坐在游廊上，并没有开口说话。当马尔蒂尼看到帽檐下的那张脸后，立即就猜到发生什么事了。

"发生在什么时候？"沉默了片刻后，他带着沉闷又倦怠的声音说。

"在今天凌晨。军曹跟我说的。他在那里亲眼看见的。"

马尔蒂尼将头低下去，并从外套袖子里抽出一根散纱。

虚伪的虚伪，这也是虚伪。他本来打算明天去死。可现在，他内心想要前往的世界已消失了，就像晚上到来时，布满晚霞般美好的仙境跟着消失一样。他只能回到那不断重复的世界里——那里有格拉西尼和加利，有秘密书信和油印小册子，还有党内同志的争执和奥地利暗探的奸计——让人力不从心的老一套革命。在他的脑海里有一片偌大的空地，荒芜的地方，现在牛虻也死了，没人可以将那个地方填满了。

有人问了他一个问题，他抬起头，奇怪现在还有什么可以说的。

"什么？"

"我说你去把消息跟她说是最好的了。"

马尔蒂尼的脸上突然有种生机，可也表现出莫大的恐惧。

"我怎么跟她说呢？"他说。"你还是让我去拿把刀把她杀了。哦，我怎么能跟她说——我怎么能啊？"

他用握紧的双手将自己的眼睛捂住了。尽管看不见，但他还是察觉到私贩子大吃一惊的样子，于是他抬起头。琼玛正站在门口。

"塞萨雷，你知道了吗？"她说，"一切都结束了。他们把他杀了。"

第八章

"让我伏在上帝的神座之前。"蒙泰尼里在高大的祭坛上站着，以平稳的语调朗诵赞美诗。他手下的教士和侍祭围在他的身边。

整个大教堂都被装饰得异常繁华。从聚集的人们身上的节日盛装，到悬挂的火红帷幕和花圈的柱子，没有一处是暗淡的。

敞开着的门口挂上了鲜红的门帘，6月里炎热的阳光透过门帘，像阳光映过麦田的红色罂粟花瓣一样，发出耀眼的光芒。

各个修道会的会友们举着蜡烛和火炬，各个教区的教友们也举着十字架和旗帜，将两侧的小祭坛照得透亮；过道里挂着游行旗帜的丝绸，在拱门下，镀金的旗杆和流苏也熠熠发光。唱诗班教士的白色法衣在彩色玻璃窗户的映衬下，闪耀出五彩缤纷的颜色；阳光也照射进内殿的地板上，发出橘红色的、紫色的和绿色的光斑。在祭坛的后面，还挂着一道银色织锦；红衣主教身穿白色长袍，他的身影在帷幕、饰物及祭坛的灯光的映衬下，像是一尊赋予了生命的大理石雕像。

根据游行的惯例，他只需要负责主持弥撒，而不需要参加庆祝活动。在完成恕罪祷告后，他就离开了祭坛，慢慢走向主教的宝座。教士和教友们在他经过时，深深对他鞠了一躬。

"也许主教阁下身体不舒服，"一位神甫对同伴低声说，"你看他的表情多奇怪啊。"

蒙泰尼里低着头，接受了担任副主祭的教士给他戴上的镶有宝石的主教冠。那个教士看了看他，接着屈身轻声问道："主教阁下，您是不是生病了？"

蒙泰尼里只是微微转过身，没有做出任何表情。

"请原谅，主教阁下！"那位教士只是低声说着，还行了一个屈膝礼，接着走到自己的位置上。他后悔打扰到红衣主教的祈祷。

仪式继续进行着，蒙泰尼里一动不动地，直着身子在那里坐着。闪亮的主教冠和金丝锦缎法衣反射出绚烂的光芒，白色长袍的沉重褶皱拖在了红色地毯上。他胸前的蓝宝石上闪耀着百十支蜡烛的光亮，这些光亮也照进他深邃而平静的眼睛里，可他的眼里却没有光芒。听到"Benedicite，pater eminentissime"［拉丁语：请赐福吧，主教阁下。］时，他才想起来要向香炉弯腰祝福。阳光照映着宝石，他或许想起了山里壮丽而可怕的冰雪精灵，头顶上的彩虹，身上的飞雪，伸出双手播撒祝福或是诅咒。

他在奉献圣饼时离开宝座，跪在祭坛前。他的所有行为都有一种怪异而平静的呆滞。后来他又回到了自己的座位上。身穿节日制服的骑巡队少校坐在总督的后面，轻声对负伤的上尉说："老红衣主教肯定是过于操劳了。他的行为像机器一样呆板。"

"活该！"上尉低声说，"自从颁布了那道可恶的大赦令后，他就一直跟我们作对。”

“可他最后还是让步了，答应建立军事法庭。”

“嗯，总算答应了。可他花了很长时间才下定决心的。

天啊，天气真热啊！待会游行时，我们一定会中暑的。可惜我们不是红衣主教，有华盖在头上罩着——嘘——嘘——嘘！我叔叔正望着我们呢！”

费拉里上校转过身恶狠狠地瞪着这两位年轻军官。经历昨天那件事后，他一直处于一种虔诚的、严肃的状态，想要批评他们对“国家之痛苦需要”缺少该有的正确认识。

司仪开始指挥要去参加游行的、由群众排成的队伍。费拉里上校离开了自己的座位，走到内殿栏杆的前面，招呼其他的军官跟在他后面。圣饼在弥撒结束后被放进圣体龛子的水晶罩里，主持仪式的教士和手下的其他教士退到法衣室更衣。这时教堂才响起了阵阵窃窃私语。

蒙泰尼里仍然一动不动地在那里坐着，傻傻地注视着前方。世间的喧哗仿佛在他的身边响起，又在他脚边渐渐平息。有人将一只香炉捧到他面前，他只是机械地抬起手，把香插进了香炉里，眼睛都没有向左右观望。

教士们陆续地从法衣室出来，在内殿里等他下来。可他还是一动不动的。副主祭上前弯腰替他取下主教冠，犹豫着低声说：“主教阁下！”

红衣主教渐渐转过头。

“什么？”

“您真的要参加游行吗？它或许会使您感到劳累。外面现在是骄阳似火呢！”

“骄阳又怎么了？”

蒙泰尼里回答，声音透着冷漠与分寸。教士觉得自己再次冒犯了他。

“请原谅，主教阁下。我看您的身体好像不怎么舒服。”

蒙泰尼里站起来，没有说话。他在宝座的最高台阶上停下来，带着同样有分寸的音调问："那是什么？"

他身上法衣的裙角拖在台阶上，又摊在内殿的地板那。他指着白色锦缎上的一片火红的色斑。

"是透过彩色玻璃窗户映下来的阳光罢了，主教阁下。"

"阳光？可为什么那么红呢？"

他下了台阶后就跪在祭坛前，慢慢来回晃动香炉。当他把香炉递回去的时候，方格形状的阳光照到他的头顶和那双睁大了的眼睛里，并在白色的法衣上投下了鲜红的光芒。手下的教士正他的四周叠起那件法衣。

副主祭递给他镀金的圣体龛子。在唱诗班和风琴发出扬扬得意的旋律时，他站起身来。

赞美光辉灿烂的圣体，

啊，我用舌头，歌唱它的神秘，

基督的宝贵鲜血啊，

慷慨地洒向宝贵的世间，

曾居于高贵的母体中，

这是基督的恩典。

仪仗队慢慢地走向前，丝绸华盖罩在他的头顶上，副主祭在他的周边站着，将长袍往后拉直。当侍祭从内殿的地板上将他的法衣托起时，站在游行队伍前的世俗会友整齐地排成两排，举起点亮的蜡烛，从中殿两边走去。

蒙泰尼里在华盖下一动不动，当他接近祭坛时，稳稳地高举着圣体龛子，看他们鱼贯而过。他们都成双成对地举起十字架、神像和旗帜。他开始走下内殿的台阶，沿着挂满花圈的中殿走过，经过大红门帘，走进被炽热的太阳烤着的街道。歌声渐渐消失了，变成嗡嗡的嘈杂声，很快又被随即而来的人群声淹没了。人流仿佛是绵延不断地向前涌过，中殿里慢慢响起脚步声。

各教区的教友都穿着长袍、罩着面纱从这经过；接着是一袭穿着全黑衣服的悲信会教士，透过面罩的小孔，他们的眼睛里散发出黯淡的光芒；紧接着是庄严肃穆的修道士，有的人穿暗着色长袍、拖着褐色脚板，他们是托钵修道士，有的人身穿白色长袍，他们是神情肃穆的多明会修道士。在他们的后面是这里的官员；接着又是骑巡队、马枪队和警官；他们后面是穿着礼服的总督，以及他的同僚。最后一名助祭跟在后面，举起一根巨大的十字架，两边的侍祭都捧着点亮的蜡烛。为了方便他们走出来，门帘被揭得更高了。蒙泰尼里站在华盖下，透过门帘看了眼街道和悬挂着旗帜的墙壁。穿着白袍的孩子们还撒着玫瑰花。啊，玫瑰花儿。多美的玫瑰花啊！

游行的队伍鱼贯前行。方队一个接一个，一种又一种颜色。一会儿是宽大的、庄重而得体的白色法衣；一会儿是华丽的祭服和绣花的长袍。现在他们来到一根又高又细的镀金十字架，它就在点燃的蜡烛上；庄重的大教堂神甫走过这，个个穿着白色的长袍。一位牧师走下内殿，在两把火炬间擎着主教的十字架；紧接着侍祭走上前，香炉亦随乐曲的节奏而晃动；仪仗人员将华盖举得更高了，数着他们的步子："一，二；一，二！"蒙泰尼里踏上了十字架之路。

他走下内殿台阶，又走过了中殿，穿过了风琴雷动的游廊，再穿过红得可怕的门帘，然后来到闷热的街上。撒在街上的新鲜玫瑰花早就枯萎了，被人踩进红色的地毯里。他在门口停了一会儿，这时几位官员上来接着撑起华盖。游行队伍还在前进，他捧起圣体龛子走在队伍中。周围唱诗班的歌声抑扬顿挫，香炉的摇动以及人们的步伐也合着节拍。

主使基督的身体变成了饼，

主使基督的鲜血变成了酒……

又是鲜血，又是鲜血！前面的地毯就像是一条血河；玫瑰也像是滴在石头上的鲜血——哦，上帝！难不成你的世界是红色的？啊，这对你而言究竟是什么呢，万能的上帝——你，难道你的嘴上也涂了鲜血吗？

让我们深深鞠躬，

让我们膜拜伟大的圣餐。

他盯着水晶罩子里的圣饼。圣饼的汁液渗了出来，从圣体龛子的四周滴了下来——是什么滴到他白色法衣上了？他看到滴下——从他手中滴下的东西是什么？

茅草仿佛也被人踩成了红色——都是红色——这么多的鲜血。它们是从面颊流下来的，从钉穿的手上流了下来的，从受伤的胁部涌出了热血啊。甚至连头发也有鲜血——湿答答的头发贴在前额——啊，这是象征着死亡的汗水呢，它来自可怕的痛苦中。

唱诗班的歌声更大了，显得得意洋洋的：

赞美圣父和圣子，

赞美主拯救人类，

赞美主的光荣与权威，

赞美主的恩惠。

哦，再也忍受不了了！坐在天堂的黄铜宝座上的上帝通过鲜红的嘴唇展露出微笑。他俯看着痛苦和死亡。这还不够？没有了拙劣的赞美和祝福，这难道还不够吗？基督的肉体为了拯救人类而粉身碎骨；基督的鲜血为了替人类赎罪而流尽了。

这难道还不够吗？

啊，再大点声吧，他也许睡熟了！

亲爱的，难道你真的睡着了吗？难道你真的不会再醒来了？坟墓如此得意它的胜利吗？亲爱的儿子，那黑色的水坑一点都不肯放过你吗？

水晶罩子里面的东西给出了答案，它滴下鲜血并说：

"难道你是在做出选择后，后悔你的选择吗？难道你的愿望没有得到满足吗？你看那些穿着丝绸、穿金戴银的人们吧，他们在光明中前进；我不正是因为他们才被抛进黑色的土坑里的嘛。看那些撒玫瑰花的孩子们，听听他们的歌声是不是还那么甜蜜；难道不是因为他们我的嘴巴才塞满了尘土嘛，那些玫瑰花是我用心里的血染红的。你看人们正跪下来，他们要去喝从衣角滴下的鲜血；我是为了抑制他们贪得无厌的饥渴才流血的啊。因为《圣经》上不是写着：'倘使有人为了朋友而献身，这种爱是最伟大的。'"

"哦，亚瑟，亚瑟。这爱是世间最伟大的了！难道牺牲了他最爱的人，这这种爱还不够伟大吗？"

它答道："到底谁是你最爱的人呢？当然不是我。"

当他准备再次开口时，那些话却在他的舌头上冻结住了。因为唱诗班的歌声绕过了他们，就像北风吹过结冰的池塘，而他们却缄默不语。

我们向伟大的躯体顶礼，

我们向光荣的鲜血奉祭，

把它们吃下去，喝下去，

我们幸福无比。

喝了它，基督徒们；喝了它，你们全把它喝了吧！这就是你们的啊。因为你们的鲜血才把茅草染红了；活人的肉体因为你们才会枯朽，并被撕碎。吃了它吧，食肉的野人们；吃了它吧，你们全吃了吧！这是属于你们的盛宴，你们的狂欢；这是你们喜庆的日子！快参加这个节日吧；加入到队伍中，和我们一起前进；不管是女人和孩子，还是年轻人和老人——都过来分享一块肉吧！

它又回答："我把自己藏在哪了？《圣经》不是写着：'他们将会在城里来回跑；他们将会撞到墙上；他们将会爬上房屋；他们将会像小偷一样从窗户进去？'难道我把坟墓修在山顶上，就不会被人打开了？难道我把坟墓挖在河床上，就不会被他们捣毁了？他们就像猎狗似的，善于追寻他们的猎物。正因为他们，我的伤口流血不止，只有这样，他们才能喝血。你难道没有听出他们在唱什么吗？"

膜拜圣体吧，

那是圣母玛利亚之子，

拯救人类，

他被钉在十字架上，

钉子刺穿了他的躯体，

任凭鲜血流淌。

当他们不再歌唱时，主教大人走到门口，经过成排的修道士和教士。他们举起点燃的蜡烛，各自跪在各自的位置上。

他注意到他们饥饿的眼睛都注视着圣体，他们都明白自己为什么在他经过的时候低下头。因为暗黑的血从他的白袍里流了出来，在大教堂的地板上，他的脚步留下了一块深深的红色血迹。

主教穿过中殿，又走到内殿栏杆前。仪仗队在那里停下来，他从华盖下走出来，登上祭坛的台阶。身边的祭侍捧着香炉跪下来，教士们也举着火炬跪了下来。他们的眼睛在望向圣体时都从炽亮的火光中发出贪婪的光芒。

他用那双沾满鲜血的手高举着爱子残缺的身体，缓缓走向了祭坛。这时，准备分享圣体的人们又唱起了歌：

啊，神圣的主！

崇高的牺牲者，

我们心之慰抚，

我们永世的安乐。

啊，他们现在就想过来拿走圣体了——去吧，儿子，走向痛苦的末日就相当于打开了天堂的大门，放进那些不能被赶走的饿狼。地狱的大门已为我敞开了。副主祭在祭坛上放下了装有圣体的器皿，这是蒙泰尼里弯下身，在祭坛台阶上跪着。鲜血从上方的白色祭坛流下来，滴在了他的头上。唱诗班的歌声再次响起，回荡在拱门和穹顶之间：

三位一体的圣灵，

他使我们世代相传，

他的光荣永世长存，

永无终止。

"永无终止，永无终止——"哦，耶稣是多么幸福啊，他可以在十字架前倒下！哦，幸福的耶稣可以说："事情都解决了！"然而末日审判从未结束过；它像在宇宙中运行的星星那样永恒。它是不死的蚯蚓，它是无法扑灭的火焰。

"永无终止，永无终止——"

虽然感到非常疲倦，但在剩下的仪式当中，主教阁下却非常有耐心地行使自己的职责，在旧习惯的支配下完成了那些毫无意义的礼节。接着，在祝福结束后，他又在祭坛前跪下来，捂住自己的脸。一位教士正在宣读免罪书，他的声音一开始抑扬顿挫，可最后却成了喃喃地低语声，似乎是来自不属于他的世界。

他在那个声音停止后，站起身来，伸手示意大家安静。有些人正打算走出去，见此又立即转过身。大教堂里马上就响起了一片私语："主教阁下肯定有话要说。"

主教手下的教士也觉得很意外，他们来到他的面前，其中一人小声寻问："主教阁下，您现在是有什么话想和大家说吗？"

蒙泰尼里没有回答，挥手打发他们到一边。教士们退下去，开始交头接耳地议论着。这事很奇怪，也不合规定，但红衣主教有权这么做。他肯定是要表达一些意义很重大的声明，或是宣布罗马颁发的新改革法令，或是宣读圣父的特别圣谕。

从祭坛台阶上，蒙泰尼里俯看抬头仰望的众人们。他们充满了急切的期待的样子望向他。他却像幽灵一般，站在他们的上方，平静而苍白。

"嘘——嘘！安静！"游行队伍的领队轻声说，众人的窃窃低语才慢慢地平息下去，就像是一阵狂风消失在哗哗作响的树梢。

他开始一字一句地说道："《约翰福音》写道：'神爱世人，甚至将他的独生子赐给他们，叫一切信他的，不致灭亡，反得永生。'今天是圣体和圣血的节日，为了拯救你们，受难者被杀死。上帝的羔羊剔除了世间所有的罪恶，圣子是为你们的罪孽而牺牲。现在你们在这里聚集，参加这个庄严肃穆的节日，吃下分给你们的牺牲品，并感激这些伟大的恩惠。我清楚今天上午，当你们要来参加这次盛宴，准备接受难者圣体时，你们充满了喜悦之情，因为你们回忆起圣子受难的情形，圣子是为了拯救你们而牺牲的。

"但是请和我说，你没有想过别人的受难吗——圣父的受难？他献出了自己的儿子，让他钉死在十字架上。你们有谁思考过当他走下神座，看到加尔佛莱时，圣父的痛苦呢？

"今天，当你们排着队经过这里时，我仔细观察你们。我发现你们因为自己的罪恶得以赦免而充满了喜悦之情，你们高兴的是自己获得了拯救。可我请你们想想拯救的代价吧。代价很大，比红宝石还高。这是血的代价啊。"

人群中立马引起了一阵长时间轻微的骚动。教士们也都躬身向前，相互交头接耳。然而红衣主教还没有停止说话，他们很快又安静了下来。

"所以现在是我在和你们说话：我就是我。由于我关心你们的懦弱和凄惨，关心你们膝下的孩子。亲眼看到他们离开人世，我的确很怜悯他们。可当我看着我儿子的眼睛时，我意识到那就是赎罪的血。我竟自顾自地离开了，让他一个人惨遭灭顶之灾。

"这就是赎罪，他是因你们而死，现在黑暗已经将他吞噬了。他死了，我失去了自己的儿子。哦，我的孩子，我的孩子！"

红衣主教突然号啕起来，惊讶的人们纷纷议论起来。教士们也都从站起身来，副主祭立马走上前，双手放在红衣主教的肩上。可他立即挣脱了，突然双眼冒火地面对他们，就像一只发怒的猛兽。

"你想怎么样？难道血还不够多吗？等着吧，很快就到你们了，你们这些豺狼虎豹。你们会被喂饱的！"

他们吓得退下去，缩成一团，瑟瑟发抖。他们都喘着粗气，脸色像粉笔一样煞白。蒙泰尼里接着转过身。他们就像遭到飓风袭击的麦田一般，在他的前面止不住地摇晃颤抖。

"是你们把他杀死了！是你们把他杀死了！而我却仍然饱受煎熬，因为我不想让牺牲你们。可现在，当你们带着虚假的赞美和并不圣洁的祈祷，来到我的面前时，我才后悔——我后悔我居然做出这种傻事！你们应该在自己的罪恶中腐烂，在无底的地狱中腐烂，而他应该生存下来。你们龌蹉的心灵有什么值得说的呢，竟然让我付出如此惨痛的代价？可现在太晚了——太晚了啊！就算我再大声呼唤，他也听不到我的声音了；就算我不断敲打着坟墓的门，他也不会再次醒来了；我只能一个人站在空旷的沙漠里。我那亲爱的宝贝埋的那片血迹斑斑的土地里，而我却孑然一身，置于空虚恐怖的天空下。是我，放弃了他。你们这些恶毒的人啊，我居然为了你们放弃了他！把这些圣体拿走吧，它是你们的！我现在就把它扔给你们，就像给一群狂吠的恶狗扔一根骨头一样！这次宴会的代价我已经付出了。来吧，狼吞虎咽般地开怀大吃吧，你们这些吃人的野人和吸血鬼们——你们就是专吃腐肉的野兽啊！看看，从我宝贝心中流出的热血已经流下了祭坛——这是为你们流出的热血啊！把它喝下吧，把你们的嘴抹得再红一些！争抢圣体吧，大口吃吧——不要再来扰乱我了！这是奉献给你们的遗体——看看它吧，它现在被撕得七零八碎，鲜血淋漓，还带着受酷刑的生命不断地跳动，由于濒临死亡的剧痛而不停地颤抖着。把它拿走吧，基督徒们，吃吧！"

他抓起装圣体的龛子，将它举过自己的头顶，然后狠狠地摔到地上去。当金属镶边碰到石头上时，教士们立马冲了过来，20 只手缚住了这个疯子。

此时，人们打破了沉寂，发出了歇斯底里的叫喊。他们将椅子和长凳推翻了，冲向门口，相互践踏着，忙乱中门帘和花圈也被撕了下来。骚动的人流涌向了街道。

尾声

"琼玛，有个人在楼下，他说想见你。"马尔蒂尼压低声说。在这10 天内，他们无疑都用这样的声音。只有这种语调和迟缓的言谈举止，才流露出他们内心的哀痛。

琼玛赤着胳膊，布围裙系在连衣裙上。她正在桌边站着，摞起马上要分发下去的子弹盒。一大早，她就站在这里开始工作了，现在早是艳阳高照的下午时分了，她的脸因劳累而有些憔悴。

"塞萨雷，有人来找我？他有什么事情吗？"

"这我就不清楚了，亲爱的。他显然不想跟我说。说是必须单独和你谈谈。"

"好的。"她将布围裙解下来，放下连衣裙的袖子里。"我还是出去见见他吧，很有可能只是个暗探罢了。"

"我在隔壁的房间里，随叫随到。打发他后，最好你还是赶紧休息一会儿，你今天几乎是一直这么站着的。"

"哦，不了！我想工作。"

她走下楼梯，马尔蒂尼静静地跟在后面。这几天，她看起来像是老了10岁，原先头上只有几缕白发，可现在却有了一大片。大多数时间里，现在她都是低着眼睛。在她偶尔抬起头的时候，他见到她眼睛深处的恐惧时，不禁会打寒战。

在小客厅里，琼玛见到了这个显得有些笨拙的人，他并着脚跟站在屋子中间。他在她走进时抬起了头，看上去有些担心。可从他的身体和表情判断，她看出他是一名瑞士卫兵。虽然他穿着一件农民的衬衫，可很明显这衣服不是他的。并且他还在不停地四处张望，担心被人发现了似的。

"您可以用德语交谈吗？"他以浓重的苏黎士方言说。

"只会说一些。听说你要见我。"

"您是波拉夫人吧？我有一封信给您。"

"一封信吗？"她有些颤抖，用一只手撑在桌上，企图稳住自己。

"我在那里，担当一名看守。"他指着窗外山上的那座城堡，说道，"是——上周被枪决的那个人让我给你带来的。他在枪决前一天夜里，写了这封信。我答应他，一定把这封信亲手交给您。"

她垂下头。也就是说，他还是给他一个交代了。

"我现在才过来，"那名士兵接着说，"是因为他说不能把这封信交给任何人，只能给您。可我一直很忙——他们也总盯着我。我必须借这些东西才能进来。"

他将手探进自己的衬衣，在胸前不停摸索着。很快他就拿出一张折在一起的纸条。由于天气热得很，那张纸现在不仅又脏又皱，而且还湿乎乎的。

他站了好一会儿，很不安地乱走一气，接着抬起一只手，摸摸自己的后脑勺。

"您不会泄露出去吧。"他担心地说，半信半疑地看了看她。"我是用生命做赌注来这里的。"

"我肯定不会说出去的。不会说的，请等一下——"

她在他转身准备离开时，叫住了他，伸手去找自己的皮夹。然而他却直往后退，还有些生气。

"我是不会拿您的钱的，"他一点也不客气地说，"我只是为了他——因为他请求我这么做的。他对我一直都不错——愿上帝保佑我！"

他的声音突然有些哽咽，她不禁地抬起头，看见他正用布满污垢的袖子擦着眼睛。

"当时我们必须开枪去射击，"他将声音压低了，接着说，"我和伙伴们别无他法。服从命令是军人的天职。所以我们只能胡乱开枪，可结果又让我们必须重来——他笑话我们——说我们是一支差劲的行刑队——可他对我一直都很不错——"

屋子里很安静的。过了好一会儿，他直起身子，很傻地敬了一个军礼，就走了。

她傻傻地立了一会儿，手里拿着那张破信。马上坐在敞开的窗户边开始读起来。他是用铅笔写成这封信的，字写得密密麻麻的，而且有好几处都难以辨认。可开头的几个字却很清晰，信还是用英语写的：

亲爱的吉姆：

突然，信上的字变得很模糊。她再次失去了他——再次失去了他！一看到这熟悉的小名，她又陷入失去亲人的绝望之中。

她无助地伸出双手，就好像堆在他身上的土块，重重地压在了她的心上。

很快，她又拿起信，继续读下去：

我会在明早日出时被枪决。我曾答应你，告诉你一切。所以要是我想遵守我的承诺的话，我就必须现在开始行动了。可话又说回来，我们之间不需要什么解释。我们不需太多的语言，总能体谅对方，在我们还是小孩子的时候，就这样了。

所以，你看，亲爱的，你不需要为一记耳光这样的陈年往事而感到伤心。虽然你这一记耳光打得很重，可我还受了许多其他的打击，好在我熬过来——还做过好几次回击——我一直在这儿，就像我们曾读过的那本幼儿读物（我忘了书名）里的那条鲭鱼，"活得又蹦又跳，嗬！"虽然这是我生命中的最后一跳。还有，到了明天早上，"戏结束了！"我们会翻译成："杂耍表演结束了。"我们将会对诸神表示感谢，至少他们曾给我们很多的仁慈。虽然并不是很多，可还算是有的。为了这个以及其他的恩惠，我衷心地表示感谢！我想让你和马尔蒂尼清楚地知道，对于明天早上的事，我是非常快乐，非常知足的，不再奢求命运做出更好的安排了。跟马尔蒂尼说，就说我要跟他说句话，他是个很不错的人，一位很好的同志。他懂我说这话的意思。你看，亲爱的，我就知道那些坏人会为我做了一件不错的事，为自己做了件坏事。他们如此快地采取审讯和处决的手段，我知道要是你们能团结一致，猛烈地回击他们，你们肯定能实现宏伟的业绩。而我将会以轻松愉悦的心情，走进院子里，就像一个放假回家的小学生。我已经完成了自己的使命，死刑就是我完成使命的最好证明。他们之所以将我杀死，是因为他们惧怕我，我还能有什么要求呢？

可我还存在一个愿望。一个将死之人是可以憧憬他个人的幻想，我的幻想就是你肯定知道我为什么总是粗暴地对你，为什么久久不能忘却以前的怨恨。你当然清楚原因，我告诉你只是因为我想写给你一封信。

琼玛，当你还是个没长成的小姑娘时，我就喜欢上你了。那时的你，总是穿着方格花布连衣裙，还系着皱巴巴的围脖，一根辫子在身后拖着。可我还是喜欢你。你还记得有天我大胆地亲吻你的手吗？当时你还可怜巴巴地求我"再也不要这样做"。

我清楚那是一场玩笑，可你必须原谅我这种幼稚的举动。现在我又吻了吻这张信纸，上面还有你的名字。那么我一共吻了你两次，可两次都没有你的许可。

就到此为止吧。再见，亲爱的。

信上并没有署名，末尾只有一首他们小时候一起学的小诗：

不管我活着

还是我死去

我都是一只牛虻

快乐地飞来飞去

马尔蒂尼在半个小时后走进了屋子。半辈子都是沉默寡言，这会儿他才惊醒过来。他将手中的布告扔掉了，一把抱住了她。

"琼玛！求求你看在上帝的份上，告诉我到底发生什么事情了？不要一直哭啊——你从来都没有这样哭过！琼玛，亲爱的！"

"没事，塞萨雷。过会儿我一定会跟你说——我——现在一点也说不出话。"

她慌忙地将那封沾满泪水的信塞进自己的口袋，接着站了起来，靠着窗户，并把脸伸到窗外。马尔蒂尼沉默着，紧紧地咬着胡须。

这么多年都过去了，他居然像个学童那样失态——而她却一点也没有发现！

"大教堂的钟敲响了两次。"她停顿了一段时间才说，这时，他恢复了自制，并转过身。"必定是有人死了。"

"我来就是把这个给你看的，"马尔蒂尼以往的声音平静地回答。布告上匆忙地印着加有黑边的大字讣告：

我们尊敬的红衣主教阁下：劳伦佐·蒙泰尼里大人，由于心脏动脉瘤破碎而遽然长逝于拉文纳。

她很快地看了看那张布告，马尔蒂尼只是耸了耸肩，对她眼睛里还未提出的问题予以了回答。

"夫人，你觉得接下来要怎么做？动脉瘤和别的致死病一样可怕。"